心有柒柒

1

素禾 著

風文創 1255

目錄

序文

素禾

讀者朋友們好，我是素禾。

很高興鳳柒和慕羽崢的故事被大家看到，也感謝各位對這個故事的喜愛。

這個故事的靈感，來自於許久前我在網路上無意中看到的一則新聞。新聞裡附上一張圖片，那是一個戰亂頻繁的國度，兩個年紀很小的孩子，身著髒污的衣衫、揹著簡單的行囊，相互攙扶著，徒步走在邊境地區逃難。

孩子們那弱小無助的身影、忐忑茫然的神情，還有那慌亂不安的眼神，深深觸動了我，讓我久久無法釋懷。

這不禁讓我想到古代那些動盪不安的歲月，炮火紛飛、硝煙瀰漫下，那些生活在邊關、飽受戰火之苦的孤兒。

於是，我非常想寫一個關於他們的故事，想讓那些經歷過種種苦難的孩子們，在我的筆下健康快樂地成長，獲得溫馨的友情，收穫甜蜜的愛情，治癒受傷的心靈，過上幸福的生活。

在這個故事的創作過程中，隨著柒柒和小太子殿下的喜怒哀樂，我與他們一同哭哭笑笑，彷彿真正置身於那個世界之中，陪伴他們度過了那段酸甜苦辣的歲月。

這個故事在我的筆下已經結束，但在他們的世界裡，那美好又幸福的生活仍在繼續……

在這裡，我要感謝我的家人，感謝我的朋友，是他們的支持和陪伴，讓我能夠靜下心來完成創作，將一個溫馨甜蜜的故事呈現給各位。

最後，再次感謝大家的喜愛。

第一章　孤苦無依

清晨，清風拂面，大朵大朵的雲飄在空中。

雲中郡的郡城剛經歷過戰火洗禮，斷垣殘壁，破敗不堪。

城外的大草原廣袤無限、荒無人煙，幾個面黃肌瘦、穿著破舊的孩子，拎著竹筐、拿著鏟子，在地上仔細搜尋能入口的野菜。

一個五、六歲的瘦弱小姑娘，蹲在一叢嫩生生的蒲公英面前，用一雙龜裂的小手小心翼翼地摘下一把尚帶著露水的葉子，直接放進嘴裡，鼓著腮幫子快速咀嚼。

昨兒下午那碗清湯寡水的野菜粥下肚之後，她再也不曾進食。蒲公英又苦又澀，可對於飢腸轆轆的她而言，卻是堪稱人間美味。

在她旁邊，一個八、九歲的男孩用鏟子挖著一叢野蒜，見小姑娘將一把蒲公英吃得狼吞虎嚥，沒能忍住，問了一句。「柒柒，妳表姑母又沒讓妳吃早飯嗎？」

小姑娘嚥下嘴裡的蒲公英葉子，抬起頭來——頭髮枯黃、皮膚粗糙、面帶菜色，唯獨一雙因為臉龐削瘦而顯得格外大的眼睛，黝黑、清澈，宛若草原夜空上的星星，熠熠生輝。

只見小姑娘認真解釋道：「在山哥，我家米不多了，我表姑母也不吃早飯的。」

在山拿鏟子用力挖了一下土，道：「可我姊都看過好幾回了，每日等妳出門，妳表姑母便會生火煮飯。」

柒柒一愣。

表姑母竟背著她多吃了一頓，難怪家裡本就不多的米最近少得那樣快。

愣神過後，她低下頭，繼續摘著蒲公英的葉子。「我爹娘都沒了，表姑母肯要我，已經很好了。」

在山把剛挖出來的那把野蒜在鏟子上敲了敲，把土敲掉，才放進小姑娘的竹筐裡。

「她的房子被火燒沒了，她要是不要妳，怎好住進妳家？如今吃的還是妳爹娘留下的糧，倒苛待起妳了，真是可惡！」男孩為小姑娘打抱不平。

柒柒安安靜靜地摘著葉子，不再言語。

等她再長大一些，挑得動水、劈得動柴時；等她不再那般怕黑，敢一個人住時，她就自己過。

在山人小鬼大地嘆了口氣，蹲到她身邊，從懷裡掏出一小塊饢餅遞了過去。「給。」

柒柒盯著那塊和她手掌差不多一樣大的饢餅，忍不住嚥了嚥口水，卻態度堅決地擺了擺手說：「在山哥，這是蔓雲姊給你帶著墊肚子的，我不能要。」

在山不顧小姑娘的推拒，硬是把饢餅塞到她手裡。「我早上吃得飽飽的，妳快吃。」

柒柒捏著那塊饢餅，心中酸酸的，又暖暖的。

現如今，別說雲中郡了，就是整個並州，家家戶戶皆缺衣少食，堅持著不讓自己餓死都是一件天大的難事，何來「吃飽」一說？

在山嘿嘿笑著催促。「快吃啊。」

柒柒想了想，撕下一小塊餅放進嘴裡，剩下的還給男孩。「在山哥，我人小，胃口也小，一口就能吃飽，剩下的你吃。」

在山接過那餅，也撕下一小塊吃了，其餘的又要給柒柒。

兩個孩子你讓過來、我讓過去，你也不要、我也不要，就著一塊饢餅拉扯不下。

旁邊的幾個孩子見狀，湊了過來。

「別讓了，免得待會兒餅掉到地上。我帶了塊饃，柒柒，分妳一半。」

「我的野菜團子也好吃，柒柒嚐一口吧。」

孩子們七嘴八舌的，紛紛從懷裡掏出為數不多的乾糧，各自掰下一小塊，遞到小姑娘手裡。

眨眼間，小姑娘的手上多出一小捧各色乾糧，她點著小腦袋，認認真真挨個兒道謝。

「多謝在山哥、多謝小翠姊、多謝柱子哥……」

「我說柒柒，妳年紀最小，卻最客套，總是謝啊謝的。」

「不必這麼見外，以前妳爹娘在的時候，妳不也經常分給我們吃的嗎？」

「是啊，我長這麼大，就吃過一回飴糖，還是妳給的呢。」

「對，我可是吃過柒柒給的雞腿。」

「那雞腿被我咬了一口，你還追了我三條街呢，哈哈哈……」

孩子們圍坐成一圈，一邊嘻嘻哈哈回憶往事，一邊吃起乾糧。

聽著那歡快的笑聲，柒柒也彎著眼睛笑出了聲，隨後如珍似寶地捧著手裡的乾糧，小口小口地慢慢啃起來。

正吃著，城門的方向跑來一個半大孩子，遠遠地朝眾人招手。

「在山，好像是你姊？」有個孩子眼力好，看清了來人，用手肘碰了碰在山。

在山起身，跑著迎了上去。「姊，妳怎麼來了？」

十一歲的蔓雲跑得滿臉通紅，越過自家弟弟，直接跑到柒柒面前，彎腰拄著雙膝，上氣不接下氣道：「柒柒，快、快回去……妳表姑母抱著妳表弟，挎著包袱，跟著商隊往、往南城門去了，像是要出遠門。」

「她這是想跑？柒柒呢，她不要了？」在山氣得把手裡的鏟子重重插在地上。

柒柒心裡一個咯噔，小臉緊繃，瞬間從地上跳起來，把剩下的半塊饃往蔓雲手裡一塞，邊跑邊道：「蔓雲姊，幫我拿竹筐和鏟子，若是我還回來，便去妳家拿！」

小姑娘跑得實在太急，沒注意腳下，狠狠撲在地上，摔得悶哼一聲，可她連緩都不緩，爬起來接著跑。

在山跺了下腳，跑著追了上去。「姊，我陪柒柒一起去，她那表姑母不是什麼好人！」

看著眨眼就跑遠的兩個孩子，蔓雲雙手攏著嘴大聲喊：「在山，若是柒柒的表姑母不肯帶她一起走，你就帶她回咱們家！」

雲中城內的集市，十鋪五關，百業蕭條。

一支由十幾輛馬車組成的商隊，終於清點完東拼西湊得來的貨物，啟程上路，沒多久便到了南城門。

最後那輛馬車裡面坐著一對母子，年輕婦人時不時掀開簾子回頭看一眼，神色隱隱帶著焦急，像是怕什麼人追上來。

婦人懷裡坐著一個四、五歲的小男孩，小男孩剛睡醒，揉著眼睛，懵懵懂懂地問：「娘，姊姊呢？」

婦人敷衍答道：「挖菜去了。」

小男孩又問：「那咱們要去哪兒？」

看著馬車出了城門，婦人鬆了一口氣，眉宇間難掩興奮。「娘帶你去個好地方，從今往後，咱們娘兒倆就要過上好日子了！」

小男孩掙脫婦人的懷抱，趴在車窗邊上，小腦袋探出去往外看，看著越來越遠的城門，他轉過頭來說：「娘，我們不帶上姊姊嗎？」

婦人別過頭去，隨口糊弄。「等過陣子我們安頓好了，娘再回來接你姊姊。」

小男孩看著婦人，突然意識到什麼，猛地往車廂地板上一躺，撒潑打起滾來。「娘，我要姊姊，我要姊姊！」

婦人伸手去拽小男孩，卻怎麼都拽不起，哄也哄不好，氣得她用力推了他一把。「混帳東西，你要她，那你就留在這破地方，跟她一起喝西北風去！」

見婦人當真發怒，小男孩不敢再鬧，抹了抹泛淚的眼角，起身靠在她身上央求道：「娘，遇兒求求您，咱們去接姊姊一起走好不好？」

婦人煩躁異常，猛地推開小男孩，還不等她說話，就聽外頭遠遠傳來了呼喊聲。「姑姑……姑姑！」

小男孩眼睛一亮，撲到車窗邊，掀開簾子，脖子長長地伸出去喊：「姊姊，我們在這兒！」

婦人臉色難看，抓住小男孩的胳膊就想往回拽，可小男孩兩隻手緊緊扒著窗子，她拽了兩下仍是沒拽動。

母子兩人拉扯之間，在山已經先一步跑到前面攔停了馬車，正和車夫交涉。「老伯，我們有事找車上的人。」

車夫方才已經把車內母子倆的對話都聽去，此刻看了跑得滿頭是汗、臉頰脹紅、累得話都快說不出來的兩個孩子一眼，拿鞭子磕了磕車轅。「有話快說，不能耽擱太久。」

柒柒拱手作揖、呼哧帶喘地道謝。「多謝老伯。」

在山也抱著拳頭謝過。

柒柒走到車窗旁，踮起腳尖，攥住小男孩的手道：「遇兒，姑姑呢？」

小男孩回頭看向婦人。「娘，姊姊找您。」

婦人不情不願地湊到車窗前，冷臉看著柒柒。「有話快說。」

柒柒仰頭問：「姑姑，您要去哪兒？」

婦人心虛地看向別處。「都城。」

都城嗎？聽娘說過，那是個好地方，沒有敵寇、沒有風沙，安定富裕。

小姑娘眼中帶著期盼，伸出小手試圖拉婦人的袖子。「姑姑，我吃得很少，還能洗衣做飯，您能不能帶上我？」

婦人抬起胳膊，避開小姑娘的手，卻不敢和那雙黝黑明亮的眼睛對視。「我只弄到我和遇兒的路引，沒辦法帶上妳。」

柒柒昂著腦袋，語氣焦急。「可是姑姑，我娘臨去前給了您一只金手鐲，換您照看我長大，您答應了的。」

婦人下意識伸手把身旁的包袱往裡推了推，隨後捋了捋頭髮說：「不知道妳在說什麼，老伯，走吧。」

這是不打算要她，還想霸占手鐲嗎？小姑娘的心瞬間涼了半截。

她伸手死死抓住車窗道：「既然您不肯要我，那就把我娘的手鐲還回來。」

小小年紀，她的眼神卻帶著一股冷意。

鄭秀梅被柒柒的眼神嚇了一跳，把車簾重重撂下，催促車夫。「老伯，快些走，免得金爺等急了。」

在山生怕馬車走了，伸手抱住車轅，衝著車廂裡頭喊：「鄭嬸子，您說話不算話，快把柒柒的手鐲還她！」

已經聽出眉目的車夫不屑地搖了搖頭，拿著鞭子靠坐在車轅上，語氣嘲諷。「鄭娘子，這兩個孩子一個巴著車窗、一個抱著車轅，我如何走得？妳趕緊把話跟人家說清楚，我們好趕路。」

正僵持間，車簾被掀開，遇兒趴在車窗上，將一個包著東西的帕子丟在柒柒身上。「姊姊，拿好！」

柒柒接住，打開帕子，是一只雕花金手鐲。

在山見狀，忙問道：「是妳娘那只嗎？」

柒柒仔細地辨認過後，點頭道：「是。」

「那就好。」在山吁了一口氣，鬆開車轅。

柒柒攥著手鐲，抬頭看向小男孩道：「遇兒……」

還不待她把話說完，遇兒就被拖了回去，緊接著車內響起一聲重重的巴掌聲，伴隨著鄭秀梅的怒罵。「你這個吃裡扒外的小畜生，那是你舅母給我的，你充什麼好人?!」

聽著小男孩的哭聲，柒柒眉頭皺起，抬手重重敲了一下車廂，怒道：「鐲子原本就該是我的東西，您憑什麼打遇兒！」

前面已走遠的車隊傳來一聲哨音，車夫甩了一下馬鞭，在山連忙把柒柒拽到一旁，讓開路。

車輪轉動，馬車緩緩向前駛去。

柒柒紅著眼，跑著追上幾步。「遇兒，你要好好的！」

遇兒頂著一臉巴掌印，再次探出小腦袋來，朝柒柒用力揮手，哽咽著喊道：「姊姊，等遇兒長大，便來接妳！」

馬車揚塵而去，追上車隊，漸漸走遠。

柒柒把金手鐲小心揣進懷裡，轉過身，一滴眼淚順著眼角滾落。

待她如丫鬟一般使喚的表姑母，她絲毫沒有留戀，可遇兒這個表弟，往日都是她帶著，既懂事又黏她，她實在捨不得。

在山伸手摸摸小姑娘的頭，憨憨地笑了。「柒柒，妳別難過，跟我回家吧，我早就想要有個妹妹了。」

「在山哥，多謝你和蔓雲姊的好意。」柒柒拱手作揖，正經八百地道過謝後，拒絕了。「我不去你家，我就一個人過。」

三番兩次被人拋下，從今往後，她不會再依靠任何人。

「為什麼不去？」在山無法理解，追上往城內走的小姑娘，伸手在她頭頂上往自己胸口比劃。「妳才快要六歲，又這麼矮，一個人怎麼過啊？」

「我一個人能過。」柒柒的語氣慢悠悠，態度卻異常堅定。她又不是真的才快六歲，上一世意外死亡的時候，她已滿九歲，是大姑娘了。

在山低頭看著油鹽不進的小姑娘，急得跳腳道：「妳去了我家，我就是妳的親哥，會一輩子護著妳的！」

柒柒衝他笑了笑。「在山哥，你現在不也時常護著我嗎？」

在山又勸道：「妳不是喜歡弟弟嗎？要是去我家，就可以帶著在江玩了啊！」

在江是在山的親弟弟，如今才一歲半，牙齒還沒長全，每次見到柒柒就往她身上撲。想到那招人稀罕的小娃娃，柒柒忍不住笑了，可仍舊沒有動搖。「我們兩家就隔著一道牆，我住自己家，一樣可以帶著在江玩。」

往家走的一路上，在山對著柒柒嘮嘮叨叨、不停地勸說，可一直到了家門口，小姑娘還是沒答應。

看著在自家院子裡等著的蔓雲，在山直接從牆頭翻過去道：「姊，柒柒她不肯來咱們家，妳快勸勸她。」

柒柒從破爛的木頭院門走進去，笑著打招呼。「蔓雲姊。」

看著跑得披頭散髮、明明被拋棄卻像個沒事人一樣笑著的小姑娘，蔓雲心疼不已，拉起她的小手道：「柒柒，妳表姑母走了？」

柒柒點頭說：「嗯，走了。」

蔓雲抬手將小姑娘糊在臉上的頭髮往耳後掖了掖，溫柔安慰道：「那種人走了便走了，妳不必難過。等會兒妳就搬過來，從今往後，妳就是我和在山的親妹子。」

在山立刻翻上兩家中間的土牆，騎在牆頭上，興沖沖道：「要搬什麼，我來搬。」

看著真心實意為她著想的姊弟倆，柒柒紅著眼，上前用力抱了抱蔓雲。「蔓雲姊，謝謝妳和在山哥的好意，但我還是想一個人過。呂叔正在養傷，需要人伺候，在江還小，也需要人照顧，妳和在山哥已經夠辛苦了，我不能再給你們添麻煩。」

上一世被最親的親人放棄，到了這裡又被出爾反爾的表姑母丟下，被捨棄的滋味真的不好受，她不想再體驗一回。

呂家人都很善良，可她不敢再依靠他人。

蔓雲和在山同時道——

「不麻煩。」

「一點都不麻煩。」

盛情難卻，又不能說出心中的真實想法，柒柒便認真找其他理由。「蔓雲姊、在山哥，你們家房子不夠住啊。」

這是實話，呂家東屋一鋪炕，住著在山和在戰亂中斷了雙腿的呂叔；西屋堆放雜物，只疊了一張小炕，蔓雲帶著在江住，兩個人剛剛好，再睡一個她便有些不夠了，何況大家都在長身體，以後只會越來越擠。

姊弟倆齊齊轉頭，看了自家那算上灶間總共才三間的低矮土房，蔓雲嘆了口氣，在山則撓了撓頭。

他們只想著不能讓柒柒一個人孤苦伶仃，竟忘了這點。

第二章　奮力求生

見姊弟倆一臉窘迫，柒柒笑著說：「蔓雲姊、在山哥，反正咱們就住隔壁，有事我就找你們，不用擔心。」

蔓雲又嘆了口氣。「看來也只能這樣了，日後挑水、劈柴這些重活，我和在山幫妳做。」

眼看即將到手的妹妹沒了，在山很失望，可也沒有辦法，他蔫蔫地從牆頭上溜下來。「有什麼事一定要說，不要一個人傻扛著。」

柒柒彎著眼睛甜甜地笑了。「好。」

蔓雲把鏟子和裝滿野菜的竹筐拿過來，遞到柒柒手裡，道：「這菜是大夥兒幫著一起挖的，明兒妳要出門，就跟在山、柱子他們一起，莫要一個人。」

柒柒認真道了謝，告辭離開呂家，來到右邊相鄰的院子，推開木頭院門，走了進去。

她回手把院門門插好，走到屋外推門進了灶間，把竹筐和鏟子放在地上，環顧屋內——

灶臺上放著一雙筷子、一個陶碗，都是用過的。鍋邊沾著一些黃米粒，還有一些煮粥煮出來的米油。

顯然，她的表姑母……不對，從丟下她的那一刻起，那女人便不再是她的表姑母，以後她便喊她鄭氏。

看來鄭氏是煮了一頓米粥，吃過才走的。

柒柒走到米缸那裡，掀開蓋子往裡瞅了瞅——幸好，米還在。

她踮著腳探身到米缸裡，用手撥了撥米，在心裡悄悄估算起來——

一個人省著點吃，一天煮一頓、一頓一把米，大概能吃上個把月左右，到那時，草原上、野地裡、遠山中，能吃的東西就多了起來，日子會好過一些。

仔細把米缸蓋好後，柒柒進了自己平常住的西屋，仔細檢查一遍，又走到鄭氏和遇兒先前住的東屋到處看了看，發現只少了母子兩人的衣物和一床小被子，其他的都在，這才鬆了一口氣。

先前敵賊打進城內，燒殺搶掠一番，家裡能用的東西所剩不多了，每一樣都很要緊。

在空空落落的屋內來回走了一圈，小姑娘伸出一雙小手把自己的臉蛋往上推了推，推出個大大的笑臉，大聲說：「一個人過更自在，不用洗那麼多衣裳，不用做其他人的飯，想什麼時候躺就什麼時候躺，想吃多少就吃多少，再也不用動不動就挨罵，多好！」

說完，小姑娘走到灶間，踩在灶臺旁的小板凳上，拿了根木匙，把鍋裡剩下的米粒和米油全刮起來，珍惜地吃了個乾乾淨淨。

意猶未盡地舔了舔嘴唇，小姑娘又搬著小板凳到灶臺旁的水缸邊，踩了上去，半個身子探到水缸裡，費力地舀了半瓢水倒進鍋裡，連續舀了兩次，這才把水瓢扔回水缸，又搬著小板凳走到灶臺邊，踩在板凳上，把碗筷和鍋子都洗刷乾淨，刷過的水則倒進泔水桶裡。

本就沒吃什麼東西，還跑了那麼遠的路，小姑娘既累又餓，等收拾好灶臺，她已經頭暈眼花，差點一頭栽進鍋裡，嚇得她忙從小板凳上下來，捂著咕嚕咕嚕叫個不停的肚子，一屁股坐在小板凳上。

必須煮飯了，再餓下去怕是要暈倒，如今這個時候可是病不起。

緩了一會兒，小姑娘起身，拿了個碗走到米缸邊，探身進去抓了一把米，用水洗過倒進鍋裡，又添了兩瓢水，把灶裡的火生了起來，慢慢煮著。

隨後她將門口那筐野菜拎過來摘好，留一把薺菜清洗乾淨，放在砧板上，雙手握著沉重的菜刀費力地剁碎，收進碗裡放著。

往灶裡添了根柴，小姑娘把剩下的野菜裝回筐裡，拎到外頭，在一輛破舊的板車上攤開來晾著。

她一個人吃不了那麼多，往後每天也會出去挖新的回來，多的就晾成菜乾儲存起來，留著秋冬吃。

等攤平大半筐野菜、返回灶間之後，鍋裡的水已經燒開了，一粒一粒金黃色的米在鍋裡翻滾，看得小姑娘忍不住吞了吞口水。

她跑去東屋，把家中唯一的一把椅子搬出來，往灶臺旁一放，爬上去抱著雙腿坐好，下巴擱在膝蓋上，就這樣盯著翻騰的鍋裡，看得出神。

清水慢慢變成黏稠的米湯，一陣陣米香瀰漫開來，小姑娘用力地吸著鼻子，瞇起了眼睛。

又等了一小會兒，她爬下椅子，把切好的薺菜倒進鍋裡，又用勺子從鹽罐裡舀出一點鹽丟進去，拿了一把長柄木勺不停地攪動，直到菜熟了時，灶裡的火恰好也熄了。

小姑娘樂顛顛地拿了個陶碗，小心翼翼地盛出幾勺薺菜黃米粥，留了一半在鍋裡，打算留著晚上吃。

避免不小心把碗摔了，她也不往別處端，就站在灶臺邊，拿勺子小口小口吃起來，燙得一個勁兒地嘶嘶叫，卻吃得格外歡快。

大半碗菜粥下肚，小姑娘抱著碗心滿意足，眼睛彎成了月牙，自言自語道：「看吧，一個人過，想吃多少就吃多少，多好。」

收拾完碗筷，把鍋蓋好、屋門閂插上，又把椅子搬到門口擋住，小姑娘便把自己的衣服、被褥等物從西屋搬到更寬敞的東屋。

原本她和娘、鄭氏與遇兒四個人一起睡在東屋朝南的大炕上，可娘過世以後，鄭氏便說擠，讓她挪到西屋那又冷又小的北炕上。

如今好了，這麼大的炕，她今天睡炕頭、明天睡炕梢、後天睡炕中間，想怎麼睡就怎麼睡，一個人樂得自在。

把被褥鋪在炕頭，小姑娘便鑽到靠牆放著的八仙桌下面，費勁地挪開一個裝雜物的木箱子，隨後搬開底下的地磚，從下面翻出一個木盒，打開之後，從裡面拿出一支玉簪看了看，心道幸好自己沒把藏東西的地方告訴鄭氏。

她掏出懷裡的金手鐲，連同玉簪一起放進盒子，又按照步驟把物品一樣一樣歸位。

忙活完，小姑娘從桌子底下爬出來，拍了拍手上的灰塵，脫鞋爬上炕，脫掉外衣鑽進被子，頃刻間便睡了過去。

五、六歲原就是要多睡的年紀，由於長時間營養不良，身體本就虛弱，今日又城外、城南跑了那麼一大圈，早已疲憊不堪。

填飽了肚子，小姑娘躺在燒得暖烘烘的炕上熟睡，等到餓得醒過來時，天已經黑透了。

入目一片漆黑，小姑娘的心猛地揪起，手忙腳亂地點燃睡前放在枕頭邊的火摺子，等到火光亮起，一顆高高懸起的心才落到實處。

此刻，小姑娘腦門上滿是細密的汗珠。

她抬起袖子擦了擦，大聲和自己說著話。「鳳柒，妳已經是大姑娘了，沒什麼好怕的！」

給自己打氣完畢，小姑娘這才穿鞋下地，點起蠟燭，隨後又走去灶間，把那裡也點亮。

火光跳動，屋子變得亮堂，小姑娘的心終於安穩下來。她挪開椅子，拎著竹筐開門出去收晾著的野菜，免得明早被露水打濕。

一出門，就見門口有一個碗，裡面放著一塊有她兩個手掌大的野菜餅。

小姑娘把碗拿起來，看向隔壁呂家，知道定是她睡著的時候，在山哥或蔓雲姊送過來的，想必是她睡得太沈，沒聽到喊聲。

她走到牆根底下，正準備喊人，就聽隔壁屋內傳來陣陣哭聲，她一愣，仔細聽了一會兒，無奈地嘆氣。

上次戰禍，嬸子沒了，呂叔又斷了雙腿，長期臥床。

呂叔過去性格爽朗，又是個極其能幹之人，可自那以後，他便意志消沈，時不時要痛哭一場。

他一哭，蔓雲、在山和在江便跟著哭成一團，而這不過是戰亂過後的雲中城百姓悲慘生活的一角罷了。

這種傷痛，外人勸了也沒用，只能等時間一長，慢慢淡忘。

小姑娘又嘆了口氣，把蔫了的野菜收好，拎著竹筐、端著碗回屋，插好門閂，拿椅子堵在門前，灶裡生火，把已經涼了的菜粥熱過吃下肚。

野菜餅她沒捨得吃，好生收了起來，準備留著明天出門的時候帶著。

簡單漱洗過後，小姑娘再次回到東屋炕上。

燭火搖曳，夜風呼嘯。

小姑娘一閉眼，眼前就浮現各種妖魔鬼怪，揮舞著殘肢斷臂，張著血盆大口向她撲來，嚇得她裹著被子縮到炕角，坐在那邊瑟瑟發抖。

「不怕、不怕，柒柒不怕。」

小姑娘帶著哭腔給自己壯膽，強行睜著眼到後半夜，實在睏得撐不住了，才靠在牆上睡了過去。

等到天亮以後，在山和柱子等人在外頭喊她去挖野菜，小姑娘才一個激靈醒過來，大聲應了一句，穿鞋下地。

匆匆洗臉、漱口，小姑娘以手當梳子理了理頭髮，拿條頭繩胡亂一繞一繫，灌了口冷水，拿上昨晚那塊野菜餅，睡眼惺忪、蓬頭垢面，拎著竹筐和鏟子，關好屋門、院門，才跟著大夥兒走。

一群孩子吃不飽又起得早，個個精神不濟、哈欠連連。

好在又是個晴天，孩子們頂著剛升起的太陽，踩著朝露出了城門，來到草原上。

雲中城內，除了為數不多的達官顯貴、富庶商賈，普通百姓幾乎都得靠採野菜貼補糧食的不足。

此刻是晚春，不過雲中城位置偏北，天氣還是比較冷，野菜沒那麼多，摘過之後也沒那麼快重新長起來，導致孩子們一天走得比一天遠。

走了小半個時辰，過了個小山坡，才來到一處不曾被人採摘過的草地。孩子們都很高興，四處散開，揮舞鏟子忙活起來。

柒柒年紀最小，已經累得兩腿發痠，她坐在地上，啃著野菜餅並歇腿。

昨晚哭得跟狼嚎一樣的在山，此刻正活力四射地挖著一叢叢綠油油的薺菜道：「柒柒，妳累就歇著，我把這些薺菜挖完，咱們的筐就差不多能裝一半了。」

「謝謝在山哥。」柒柒點頭道謝，啃著餅子看向遠方。

看著看著，她突然伸手一指。「在山哥，那裡有藍色的花，我去看看。」

在山不甚在意地揮了揮手。「妳去吧，記得給我姊摘一朵，她也愛花。」

「欸。」柒柒乖巧應著，把最後一口野菜餅放進嘴裡，起身朝那藍色的花朵跑去。

可等她跑近時卻嚇了一跳——那並不是什麼花，而是一條藍色的髮帶，被一個與在山差不多大的孩子攥在手裡。

只見那孩子面朝下趴著，一動也不動。

前世見過無數死人的小姑娘很快就鎮定下來，撿起一個土塊朝他丟去。「喂，你還活著嗎？」

土塊落在那個孩子身上，他沒什麼太大的反應，唯獨攥著髮帶的手指微微蜷了一下。

「活人。」柒柒拍了拍胸口，抬腳走過去，扳著那孩子的肩膀，費力地將他翻了個身。

如同他那身髒污不堪的粗布衣裳，男孩的臉上滿是泥土，混著已經乾涸的暗紅色血跡，有些慘不忍睹，也看不清本來的面容。

他似乎是哪裡有傷，在被柒柒翻過來時，痛苦地悶哼一聲，臉皺成一團。

「對不起，我弄疼你了嗎？」柒柒手足無措地道歉。

不過男孩卻雙眼緊閉，再無回應。

柒柒伸出一根手指在男孩鼻下探了探，確認還有呼吸之後，起身朝在山招手，喊道：「在山哥，你快來，這裡躺了個人！」

在山一聽這話，拎著鐽子撒腿就往這邊跑。「妳先別靠近！」

聽到在山的呼喊，孩子們不知發生何事，紛紛撂下手裡的活，先後跟著跑了過來，看到躺在地上的男孩時，也都是一愣。

在山跑近後的第一件事，就是拽著柒柒的胳膊，帶著她往後退了好幾步。「當心是敵賊。」

一聽見「敵賊」兩字，飽受戰禍之苦的孩子們頓時變了臉色，齊齊舉高手裡的鐽子、鎬子，擺出戒備的姿態。

見大夥兒草木皆兵，柒柒生怕下一瞬那些鐽子跟鎬子就會落在男孩身上，忙伸手指著他道：「你們看，他暈了，不會傷害我們。」

在山警惕地環顧四周。「那也不能大意，萬一是敵軍派來的細作施苦肉計呢？」

柒柒想了想，說道：「應該不會吧，他穿著漢人的衣裳，長得也像咱們。」

前陣子韓東將軍帶著大興軍隊打了一場大勝仗，將侵擾邊關多年的匈奴人驅趕到草原腹地，戰場北移，大家都說匈奴人不敢再回來了，他們也是因為這樣才有膽子出城尋野菜。再說了，哪有讓這麼小的孩子當細作的，何況他還性命垂危。

聽了柒柒的話，孩子們湊過去仔細打量起來，發現那男孩真是生得一副漢人的模樣。虛驚一場，幾個人撂下手裡的傢伙，紛紛猜測起男孩出現在這裡的緣由。

柒柒說：「現在北邊在打仗，咱們這裡眼下倒是太平，他是不是跟著家人逃難，不小心走散了？」

先前雲中城戰火紛飛時，城中有不少百姓攜家帶眷往南逃，這個推測合理，孩子們紛紛點頭，表示有可能。

見柒柒一直盯著那男孩看，在山猜到她的意圖。「柒柒，妳不是想救他吧？」

大夥兒聞言，齊刷刷地看向柒柒。

柒柒認真點了點頭。「嗯。」

一聽柒柒想救這個人，孩子們紛紛勸了起來——

「雖說他的確長得像漢人，可萬一他是匈奴人呢？那可是害得咱們家破人亡的敵人！」

「是啊，柒柒，多一事不如少一事，別管他了。」

「看他這樣，想必也活不了幾天，估計很難救回來，何必白費力氣？」

「柒柒，別犯傻，妳自己都吃不飽，哪裡來的糧食再養一個人！」

孩子們七嘴八舌，你一言、我一語，各有各的理由，但幾乎全員不同意柒柒救人。

在這朝不保夕、自顧不暇的時候，救一個來歷不明之人，確實是給自己找麻煩。

柒柒知道他們說的都有理，她小臉緊繃，沈默良久後，低聲喃喃道：「可他還有氣。」

上輩子她就是這般，尚未嚥氣就被拋棄了。若那時有人肯救她，她定然能活，絕不至於在無盡的黑暗中孤獨死去。

她已經來到這個世界幾年了，可那種絕望依舊刻骨銘心。

柒柒是想救他，不過她很清楚，若是大夥兒不同意，她一個人也救不了。

既然大家怕他是匈奴人，那她就把人喊醒，問個清楚好了。

柒柒掙脫了在山的手，走到男孩身邊蹲下去，輕輕推了推他的肩膀道：「能聽到我說話嗎，你可是漢人？若你是漢人，我便救你。」

等了一會兒，男孩沒有任何回應。

「看吧，他馬上就要死了，救也救不活的。」一個孩子說道。

其他孩子也附和著，勸說柒柒打消救人的念頭。

第三章　義無反顧

得不到回應，大夥兒的態度又明確，柒柒一張小臉垮了下去，語氣傷感。「既然你不說話，那我們就算無緣了。過兩日我再來看你，若你死了，我便挖坑將你埋好，讓你入土為安。」

在山上前拉起柒柒，少年老成地嘆道：「走吧，人各有命，這年頭咱們顧好自己已屬不易。」

小姑娘看了男孩兩眼，猶豫不決。

在山扯了她一把，她順著這股力道抬腳往前，卻沒能走動，低頭一看，才發現不知什麼時候，她的褲腿被男孩死死拽住了。

小姑娘頓時眼睛一亮，忙看向男孩的臉，就見他雙眼仍舊緊閉，可嘴唇卻一張一合，像是在說什麼，她急忙跪到地上，俯身把耳朵湊過去傾聽。

男孩氣若游絲，聲音細若蚊蚋，卻聽得出是斷斷續續且不停地說著「救我」。

柒柒心中不禁一喜，抬起頭來說：「在山哥、柱子哥，他說了『救我』，是漢話。」

「當真?!」

兩個孩子學柒柒往地上一跪，湊過去仔細聽了聽，隨後對視一眼，異口同聲道：「還真是。」

柒柒挺直了瘦弱的小身板，一雙烏黑的大眼睛閃閃發亮。「在山哥、柱子哥，我要救他。」

不管過得有多辛苦、多勞累，柒柒都不怕，可她怕黑，更怕孤獨，尤其是烏漆墨黑的夜裡，孤零零一個人，實在是煎熬。

再這樣下去，不必等到餓死，哪天夜裡她就先嚇死了。

把他救回去以後，好歹家裡多個喘氣的，晚上害怕時有人能陪她說上一、兩句話，也就沒那麼難熬了。

見小姑娘態度堅決，在山跺腳嘆氣，恨鐵不成鋼地說：「柒柒，妳可要想好，他一副要死不活的模樣，就算救過來了，日後妳也得勻出一半的糧食養他。」

柒柒站起來，鄭重地點著小腦袋，聲音稚嫩，口氣卻無比堅定。「我願意養他。」

她仰頭看著在山，雙手作揖，語帶央求。「在山哥，你們只要幫我把他帶回去就好，接下來是好是壞，都是我自個兒的事，絕不連累大家。」

「妳說的這是哪裡話，太見外了。」在山對柒柒劃清界線的舉動不太滿意。「妳先讓我想想。」

見在山態度動搖，柒柒指著那男孩一直緊緊抓著她褲腿的手，說道：「在山哥，你看，他真的很想活。」

在山的顧慮不是沒有道理的，家裡有個常年臥床不起的病人是怎樣一幅光景，他的體會太過深刻，看著連做飯都要踩板凳才搆得到灶臺的小姑娘，他能想像在未來的日子裡她會是如何忙碌與勞累。

然而在山的心地到底善良，盯著和自己差不多年歲的男孩一會兒，終究還是心軟了。他撓了撓腦袋，鬆了口。「行吧，不過就是多了一張嘴，大不了以後我幫妳一起養他。」

在山對朋友十分仗義，在這群孩子裡算是個頭，他肯答應，便意味著這件事成了。柒柒嘴角翹起來，連忙拱手作揖道：「多謝在山哥，我自己能養。」

小姑娘矮不隆咚的，偏偏就是愛逞強，在山懶得和她爭辯，他看向其他孩子們，豪邁道：「救人一命勝造七級浮屠，既然柒柒要救他，那這事就這麼定了，往後大家多幫襯些。」

柒柒死活非要救這個男孩，在山又這麼說，孩子們便紛紛點頭應下，反正不是敵賊就行，救了也不是什麼大事。

在山讓小翠帶著其他孩子繼續去挖野菜，他和柱子留下來，幫柒柒把人送回她家。

一個人扣住腋下、一個人抓住腳，擺好姿勢就準備抬人，可沒想到柱子一碰到男孩的腳，他就痛苦地哼出聲，額頭不斷冒冷汗，原本緊緊抓著柒柒褲腿的手止不住地劇烈顫抖，再也無法施力。

柒柒見狀，忙攔住柱子。「柱子哥，他的腿好像有傷。」

在山立刻走了過來，慢慢捲起男孩的褲腿，待他看清楚狀況後，便倒吸了一口氣——男孩的左腿很明顯已經斷了。

看著錯位的小腿，柒柒頓時齜牙咧嘴的，彷彿受傷的人是自己。「在山哥，怎麼辦？」

想起自家父親斷掉的雙腿，在山嘆了口氣說：「柒柒，他這傷可不比我爹的輕，就算接上了，以後怕也是個瘸子。」

柒柒無所謂地說道：「瘸子就瘸子，不管怎樣，我都要救他。」

在山點了點頭。「行，那咱們就把他揹回去。」

柱子比在山高了一個頭，他主動蹲下去道：「我來揹。」

在山也不爭，和柒柒兩個人小心翼翼地扶著那男孩，讓他趴在柱子背上，一左一右護著，把人送回城內，進了柒柒家。

柒柒一路小跑著開了院門、屋門，直接將人引到東屋，也顧不得脫鞋，爬上炕，膝行著把自己的被褥扯過來，橫放在炕邊上，一把掀開被子，拍了拍褥子道：「把人放這兒。」

在山和柱子動作極輕地把那男孩放在褥子上，他們已經格外留意那隻斷腿，可來回搬動還是引得男孩痛苦地哼了幾聲。

等到把人平放在褥子上，在山和柱子都像完成一項大任務般鬆了一口氣，十分歉疚地跟那男孩說了聲「對不起」。

男孩閉著眼睛沒反應，只是臉皺成了一團。

柒柒跪坐在男孩身邊，攥著袖子為他輕輕擦著額頭的汗珠。「你再忍忍，我去給你請大夫。」

在山問道：「妳現在沒什麼錢吧？」

小姑娘一愣，才反應過來她如今只有金手鐲跟玉簪，還沒換成錢。

在山一副「我就知道的神情」，道：「我爹的腿是林爺爺看的，他認得我，還是我去喊來吧，再說我的腿比妳長，跑得也比妳快。」

這些話句句在理，柒柒沒有推讓，伸手在自己手腕上摸了摸，點頭道：「謝謝你，在山哥，麻煩你跟林爺爺說我有錢，過兩日一定付他，讓他拿好的傷藥過來。」

看著小姑娘的動作，在山明白她在說她那個金手鐲，點頭表示自己知道了，轉身出門。

柱子也告辭，說要回去繼續挖野菜，柒柒追著他道了謝，等兩個人都出去之後，她往鍋裡舀水，灶裡生火，燒起了熱水，順便燒炕。

等水燒熱的工夫，她先拿碗裝了半碗水端進屋，像是怕嚇到男孩一般，小聲說：「你好呀，我是柒柒，你能聽到我說話嗎？」

男孩並未言語，眼睛也沒睜開，可手指卻稍微動了動，示意自己能聽到。

柒柒笑了，拿湯匙盛了些水，餵到男孩那乾得泛白發裂的嘴邊，道：「在山哥去請大夫了，你先喝點水。」

男孩費力地吞嚥著喝下水，見他這麼聽話，柒柒有些高興，一勺一勺耐心地餵了他小半碗。

餵過水，她又去舀了半盆溫水進來，浸濕帕子，舉到男孩臉旁。「你臉上有點髒，我幫你擦擦好不好？」

男孩又動了動手指，柒柒看到了，便輕輕為他擦拭，那張臉又是血又是泥，實在太髒，不過片刻工夫，半盆水已經渾濁不清。

「我去換盆水，很快就回來，你別怕喔。」柒柒像哄孩子一般，做一件事便交代一句。男孩倒也配合，手指又蜷了一下，柒柒便端著盆子出門倒水，再次打了半盆溫水回來，擦掉男孩臉上的所有髒污。

如今男孩還沒有長開，可五官卻已精緻俊美得不似凡人，但柒柒年歲小，看不出什麼好壞，只覺得把那麼髒的一張臉擦得乾乾淨淨，心中莫名升起一股成就感。

她用那盆水順便洗了洗男孩髒污不堪的手，只是不知是不是在地上爬過的緣故，男孩一雙手十根指頭上全是倒刺，指甲縫裡都是泥，費了好半天工夫也沒洗乾淨，只得先作罷。

看著那一身髒得不成樣子的衣裳，柒柒想了想還是沒敢動，畢竟不知道他除了左腿以外別處有沒有傷，還是等大夫來再處理比較好。

「你先自己待一會兒，我去門口看看大夫來了沒有。」柒柒交代了一下，可男孩這次卻沒動手指。

柒柒伸手探了探他的鼻息，見他呼吸正常，還活得好好的，這才跑到院門外去等人。

等了約莫一盞茶的工夫，就見在山挎著藥箱出現在街口，身後跟著鬍子花白的大夫林義川。

兩人很快就走了過來，柒柒作揖鞠躬道：「多謝林爺爺前來。」

在山去請人的時候，已經把柒柒家裡如今的情況，還有怎麼撿到這個男孩的事，全都一五一十地和林義川說了。

此刻，林義川看著還不到他腰間高的小姑娘宛如小大人一般，既懂事又知禮，重重嘆了口氣道：「造孽呀，走吧，帶我去看看那孩子。」

幾人進屋，林義川見男孩的衣裳髒污不堪，臉和手卻被清理得乾乾淨淨，便伸手摸了摸柒柒的頭，讚了句。「妳倒是個會照顧人的。」

柒柒彎了彎眼睛，先湊過去跟男孩說了聲「大夫來了」，又指著男孩的腿仰頭看著林義川道：「林爺爺，他左小腿的骨頭錯開了。」

「好，我來看看。」林義川應聲，小心地脫掉男孩的鞋子，隨後從藥箱裡拿出一把剪刀，剪開男孩左邊的褲腿，慢慢掀開一看，面色沈重道：「倒是能治，只不過……」

柒柒忙不迭說道：「林爺爺，我有錢，您儘管治。」那只金手鐲應該足夠治腿的了。

林義川一愣，看著眼巴巴望著他的小姑娘，嘆了口氣說：「並非錢的事，他這腿整個斷掉，就算接回去，也得養上一年半載才能下地，這期間得細心照料，馬虎不得。」

柒柒認真點著腦袋道：「好，我記得了。」

林義川又說：「接上之後，藥得按時服下，不能斷了。」

柒柒應道：「好。」

林義川接著說：「飯食也得配合。」

柒柒沒有絲毫猶豫。「好。」

林義川再交代。「若是將養不好，往後走路就得一瘸一拐。」

柒柒又道：「好。」

看著傻呼呼、什麼都說好的小姑娘，林義川在心底嘆氣。這小姑娘怕是不知道要做到他說的這些事情，得耗費多少金錢和精力。

罷了，治病救人，醫者仁心，難道他還不如一個小娃娃不成，先救了再說。

林義川從藥箱掏出一個藥瓶，估算分量後倒在碗裡，兌了水，餵男孩喝下。

柒柒在一旁好奇地問：「林爺爺，這是什麼藥？」

林義川也不隱瞞。「睡聖散，可使人昏睡，免得待會兒接腿的時候他疼暈過去。」

那就是這裡的麻醉劑了，柒柒乖巧地「喔」了一聲，表示自己知道了。

餵完睡聖散，林義川又吩咐柒柒打了溫水過來，親自將男孩的腿輕輕擦乾淨。

淨了手之後，林義川為男孩把脈，臉色又是一沈——這孩子不光斷了腿，還有嚴重的內傷與中毒之象，長得又是這般天人之姿，他究竟是何來歷，為何遭此大罪？

見林義川臉色不對，柒柒一顆心揪了起來，雙手捂著胸口道：「林爺爺，怎麼了？」

「無妨，先接腿再說。」林義川不想嚇到小姑娘，見藥粉起了效用，男孩已徹底昏睡過去，便準備接骨。

見小姑娘伸長脖子、探著小腦袋看得認真，而在山一個男孩卻扒著小姑娘的肩膀躲身窩在她身後，一副想看又不敢看的模樣，林義川便說：「若是不敢看，就出去等。」

上輩子見過無數殘肢斷臂，如今不過是接骨而已，柒柒並不覺得有什麼可怕的，搖搖頭說：「林爺爺，我不怕。」

在山從柒柒身後探出了腦袋。「我也不怕。」

林義川不再說什麼，手法嫻熟、格外仔細地將男孩的斷骨接了回去，敷上自製的藥粉，拿布纏好，再從藥箱裡拿出三片夾板將左腿固定好，用布纏妥。「接上了，七日之內，切莫磕著、碰著這條腿。」

柒柒認真道：「我記得了，林爺爺。」

林義川又從頭到腳檢查了男孩一番，見他身上再無其他傷處，便重新把脈，隨後又檢查了他的眼睛，這才說道：「柒柒，這孩子還有內傷，稍後我開藥的時候會加兩味藥材進去，煎好讓他服下，內傷、腿傷一起治。」

柒柒應好，指著男孩腿上、手上一塊塊發紫的瘀青問道：「這些傷要緊嗎？」

林義川擺了擺手。「這些都是外傷，不要緊，沒搽藥過些時日也能好。」

「那就好。」柒柒點頭。

林義川看著鬆了一口氣的小姑娘，有些為難地開口。「柒柒，還有一事我得先同妳說明，這孩子似是中了毒，眼睛怕是看不見。」

柒柒一愣。「那能治嗎？」

林義川嘆道：「我醫術有限，查不出他所中何毒，無從下藥。」

一聽這話，靠在炕沿邊一直沈默的在山震驚得跳了起來。「柒柒，他不光是個瘸子，還是個瞎子？」

柒柒忙伸手拽住一蹦三尺高的在山，壓低聲音說：「在山哥，你小聲點，他聽見會難過的。」

在山很無語地說：「這都什麼時候了，妳還擔心他難不難過？原本我以為他不過是瘸了腿，等治好了，好歹能幫妳劈個柴、燒個火、摘個菜、看個家什麼的，可萬萬沒料到竟還眼瞎，這又瞎又瘸的，不得拖累死妳?!」

一想到本就可憐無依的小姑娘，以後還要養活這樣一個人，在山都替她發愁，直抓頭髮。

林義川也望著小姑娘道：「在山這話說得雖直白，但的確是這麼糟。聽衙門裡的人說，慈幼堂過陣子便要重開，柒柒，妳聽我一句勸，到時妳就把他送去那裡。」

一聽到「慈幼堂」三個字，柒柒的小腦袋搖成了撥浪鼓，像是怕誰跟她搶人一般，小身子一挪，擋在男孩身前。「我不會送他去那裡。」

她曾進去城西的慈幼堂一次，裡面的孩子除了有個吃飯跟睡覺的地方，並無人細心照料，她親眼見到瘦小的孩子被人搶了吃食還挨打。

這樣一個又瞎又瘸的人去了那裡，飯能不能吃得上都難說，更別想有人掏錢給他看病了，怕是送過去沒多久就會沒了命。

見小姑娘堅持，林義川搖了搖頭，卻沒有再勸，而是掏出筆墨紙硯，磨墨提筆開了藥方。「每日早晚各煎一服飲下，先服上十日再說，妳能在我那裡拿藥，也可以去城中藥鋪抓藥。」

柒柒道：「林爺爺，就在您那兒抓藥，回頭我一併付錢給您。」

「銀子的事，日後再說。」林義川壓根兒就沒指望這小娃娃能給什麼錢，抄了份藥方遞給柒柒，收拾好東西便起身。「那就在山跟著我跑一趟去拿藥？」

第四章　溫文爾雅

事已至此，在山知道再勸也無用，跺了下腳，認命地跟著林義川出門去取藥。

林義川離開前又特地交代，讓柒柒仔細看著男孩，若是發燒就再去喊他。

柒柒一一應好，再三道謝，恭恭敬敬地把林義川送到院門外，目送人走遠，這才轉頭跑回屋。

見男孩安然昏睡著，柒柒趴在炕邊，雙手托著小臉看了一會兒，伸手有模有樣地摸了摸他的額頭，又為他蓋好被子，這才去灶間準備淘米煮粥。

小姑娘半個身子探進米缸，伸著小手抓了一把米放進碗裡，想了想，又多抓了一把。

林爺爺說那男孩不會那麼快醒來，但在山哥前前後後幫了自己那麼大的忙，留他吃頓飯是應該的。

柒柒動作熟練地淘米下鍋，等灶裡的火燒起來，又去把昨日晾得半乾的野菜抓來一大把，仔細洗淨、剁碎，隨後爬上椅子抱膝坐好，盯著鍋裡，一直盯到米煮熟，才從椅子上下來，把菜倒進鍋，加鹽、攪拌……

噴香的野菜黃米粥剛剛煮好，在山便提著一大串藥包走了進來，柒柒開心地迎上去說道：「在山哥，你回來了。」

在山把藥包交到小姑娘手裡。「這裡是二十包，十天份，早、晚各一包，熬好了讓他喝下。」

「欸。」柒柒應著，進了東屋，把藥包放在八仙桌上，解開草繩拿了一包，走回灶間時，便見在山正盯著鍋裡的菜粥在吞口水。

見她出來，在山忙裝作不在意地東張西望道：「妳家也沒個爐子、陶壺什麼的，這藥怎麼熬？」

「有的，在西屋放著，待會兒我找出來。」柒柒把藥包放在灶臺上，拿了個大陶碗，盛好滿滿一大碗菜粥，又拿木匙塞進在山手裡。「在山哥，吃飯。」

在山有些意外地撓了撓腦袋，不好意思地說道：「妳煮了我的份？妳家都沒什麼米了，我還是回家吃吧。」說著就轉身往門口走。

柒柒跑到門口，雙手扠腰把門一堵，神色格外認真道：「憑什麼你和蔓雲姊給我吃的就行，我請你吃就不行？」

在山又搔了搔頭，道：「妳家這不是多了張嘴嗎……」

柒柒說：「那也不差這一、兩頓，快吃。」

見小姑娘瞪著眼睛凶巴巴的，一副不吃不給走的架勢，在山又回頭看了那碗誘人的菜粥一眼，摸著肚子走了過去，語氣無奈。「行，吃就吃，可之後我姊要是問起來，我會說這是妳逼著我吃的。」

柒柒笑了。「好。」

兩個孩子圍著灶臺，吹著氣、時不時被燙到地吃完了粥，隨後又把熬藥用的爐子和陶壺翻出來，添柴生火，熬起了藥。

正忙活著，柱子拎著兩個人的竹筐來了，看著裡面滿滿的野菜，兩人一陣感謝，柒柒還把鍋裡剩下的小半碗菜粥盛出來，熱情地請柱子吃。

柱子推辭不過，端起碗便直接往嘴裡倒，這幾口粥稀得連木匙都用不上，但他卻很高興。

道過謝，進屋看了看在炕上躺著的男孩，柱子背著手，模樣老成地說道：「柒柒啊，如今妳這日子也不容易，往後有什麼事，妳就吱個聲。」

柒柒點頭應下。「我知道了，柱子哥。」

在山看不慣柱子裝模作樣，抬腿給了他一腳。「少裝了！」

柱子嗷了一聲蹦起來，抬腳就要踹回去，兩個男孩子嘻嘻哈哈地不停打鬧，柒柒看得直樂，躲得遠遠的，免得被誤傷。

他們鬧騰完後便勾肩搭背地一同告辭，臨走前又圍著小姑娘各種叮囑，囉哩囉嗦個沒完。

柒柒一點都沒有不耐煩，認真地點著小腦袋，不停地說好，乖順得很。

看著在山與柱子哥倆好地出了院門，柒柒這才揉了揉耳朵，吁了一口氣，回屋接著熬藥，等到藥熬好了，見男孩還睡著，便先熄了爐子的火進屋。

她從櫃子裡翻出一套舊的被褥，抱到炕上，橫著鋪在男孩身邊，挨著他躺好，伸手摸了摸他的額頭，又摸了摸自己的額頭，見溫度差不多，這才放心地閉眼睡覺。

昏昏沈沈不知睡了多久，柒柒便聽身邊有人啞著嗓子喊「水」，她忙睜開眼，一個翻身坐了起來，欣喜萬分道：「你醒了？」

男孩睜著眼，聲音沙啞，艱難出聲。「水。」

「欸，好，你等著，這就來！」柒柒歡快地應下。

為了方便男孩服藥、喝水，又怕碰到他的左腿，林義川走了之後柒柒一直沒敢動他，還是讓他橫著睡在炕邊，她方才則睡在裡側。如今急著下地，便手腳並用地繞過他爬到了炕邊，跳到地上。

小姑娘踩著鞋跑到灶間，打了半碗水進來，端著碗靠在炕沿，拿湯匙一勺一勺地餵著男孩。

男孩喝了幾口水之後，啞著嗓子道：「多謝，不知在下該如何稱呼姑娘？」

他本就虛弱無力，講起話來又客客氣氣、慢條斯理，還文謅謅的，柒柒便也正經地介紹自己。「不必客氣，我叫鳳柒，你可以喊我柒柒。」

「柒柒姑娘，是妳救了在下嗎？」男孩盯著房頂，一雙漂亮的眼睛很深邃，眼神卻空洞，眼珠不曾轉動。

柒柒伸手在他眼前揮了揮，見他眨都不曾眨一下，便知道林義川說對了，他果然瞎了眼。

一想到不論白天或夜晚，一直都活在黑暗中，柒柒心中難免替他感到難過，出言安慰道：「你別怕……」

隨後便把如何在草原上發現他、怎麼救他回家、大夫又講了些什麼，全都說給他聽。

男孩安安靜靜地聽完，面無波瀾，微微偏頭，朝著柒柒的方向拱了拱手道：「感謝柒柒姑娘的救命之恩。」

說完，男孩便放下手，沒了下句。

柒柒不認為這有什麼不妥，只是覺得他喊自己「柒柒姑娘」怪彆扭的，便說：「你喊我柒柒就成。」

男孩從善如流道：「好，那便冒犯了。」

「不冒犯。」柒柒擺著小手。

她爹娘還有左鄰右舍，全都是些能把名字認全就可以的粗人，加上雲中城的人大多是豪邁爽快之輩，大夥兒說起話來都是直來直往，從不講究虛禮。

平日柒柒和在山他們一幫孩子相處時，好的時候嘻嘻哈哈、勾肩搭背，若是意見相左，說到急處時，相互推搡兩把、踹上幾腳也是常有的事。

她還是頭一次和這麼客氣有禮的人打交道，一時之間有些不適應，拘謹得半晌沒說話。

男孩雖然看不見，卻感知敏銳，很快便察覺了異樣，微微偏頭道：「若是在下哪裡說錯了話，還請柒柒直言。」

「你這麼客氣，我不自在。」柒柒如實說出心中的想法，一連串問道：「你叫什麼？要到何處去？還有家人嗎？傷好之後會離開嗎？」

柒柒不介意一直養著他，也很希望留他下來陪她，可如今看他說話的架勢，似乎不是尋常人家逃難出來的，覺得最好先問清楚情況再說。

若他是哪個大戶人家流落在外的公子，那她就想辦法給他家送個信，與其在她這裡吃了上頓沒下頓的，想必他更樂意回到家人身邊，那樣他的傷能得到更好的醫治，眼睛說不定也能復原，不用一直瞎著。

男孩平靜的臉上微微一繃，稍稍咬了咬牙關，隨後便恢復如初，一一作答。「我本名慕羽崢，家中遭受仇家算計，家人已全數喪命，剩我一個拚死逃了出來，如今已是無處可去，還望柒柒收留。」

家中遭此大難，一個孩子能夠如此冷靜平淡地說出口，不是在撒謊，便是內心十分強大。

可柒柒年歲小，絲毫沒察覺這有何不對，對慕羽崢的話也沒有任何懷疑，一聽他也是孤兒，便感同身受、信誓旦旦地安慰道：「你別難過，我爹娘也沒了，現在我家就我一個人。

你放心，既然我救回你，從今往後你便是我的家人，我一定會治好你，也會養著你，永遠不會丟下你。」

聽著小姑娘宛如發誓一般的話語，慕羽崢有些愣怔，沈默了片刻才說：「多謝。」

乾巴巴的兩個字剛出口，慕羽崢自己便有些不滿意。一個說起話來奶聲奶氣的小姑娘這般義氣地救了他，還說要治好他、養著他，他應該多說些話以表達內心的感激，可卻不知該說什麼才好。

要說什麼呢？說日後會贈予金銀珠寶、許以榮華富貴？可他如今又瞎又瘸、一身是傷，即便不死也是個廢人，怕是連找份營生養活自己都是難事，還談什麼前途？

更何況，那些想置他於死地的幕後黑手若是知道他還活著，恐怕不會善罷甘休。往後他的人生會走向何方，無人知曉，那些哄人開心的虛言，他無法保證自己能夠做到，所以實在說不出口。

見慕羽崢眼眸低垂，神情有些落寞，柒柒猜測他大概是在擔心自己一身的傷，想起爐子上的藥，便說：「你別擔心，大夫說了，只要好好吃藥，身上的傷全都能養好，你等著，我去給你熱藥。」

說完，也不等慕羽崢回話，柒柒穿好鞋子跑到灶間，把已經冷透的爐子重新生起火來熱藥，隨後拿抹布小心地把陶壺包著端起來，將黑黑的藥汁倒進陶碗端進屋。「藥來嘍！」

聽著小姑娘稚嫩歡快的聲音，慕羽崢從發呆中回過神來，雙手撐著炕掙扎著想坐起身，可一動就扯到傷處，忍不住哼了一聲，臉色頓時煞白。

柒柒急忙出聲喝止。「躺好，快躺好！」

小姑娘凶巴巴的，和方才的溫聲細語完全不同，加上自己確實動彈不得，慕羽崢便乖乖地躺了回去。

柒柒見他聽話，緩和了語氣。「大夫說了，你的左腿千萬不能動，要是不小心錯位長歪了，以後可就是長短腿，走路一高一低的，還有你的內傷，也得好生養著。」

慕羽崢謹慎地點頭應道：「好，我不動。」

柒柒將藥放在炕沿上，拿了湯匙舀起來再倒回去，慢慢晾涼，這才一勺一勺餵他喝了。

這碗藥汁光聞味道就讓人覺得難喝，可慕羽崢卻只是微微皺了皺眉，便一言不發地全部喝下。

柒柒想起娘親還在的時候，她生病都要撒嬌、討蜜餞、娘親哄上幾句才肯喝藥，可慕羽崢卻這麼乖……

她十分高興，一副小大人的模樣，摸了下他的腦門，誇讚道：「好孩子，等日後家裡有錢了，我買蜜餞給你。」

感受那有些粗糙的小手的撫摸，聽著那明明還有奶音卻彷彿長輩疼愛晚輩的許諾，慕羽崢的嘴角忍不住抽了一下。「柒柒，妳今年幾歲？」

柒柒把碗放在一旁，道：「還有兩個月便滿六歲了，你呢？」

慕羽崢回道：「我九歲。柒柒，妳若不嫌棄，日後便把我當哥哥可好？」

既然老天讓柒柒救了他，那麼即便瞎、即便瘸，他也要好好活下去。為了不浪費柒柒的心血，也為了有一絲機會能找出幕後黑手，手刃仇人。

柒柒本就想認慕羽崢當哥哥，見他主動提出來，便痛快地答應了，聲音清脆，語氣認真地喊了句。「哥哥。」

「欸。」聽出小姑娘的鄭重，慕羽崢也真誠地回應。

有了哥哥，不再是孤零零一個人，柒柒很開心，小小地歡呼了兩下，端起碗就往外跑。「哥哥，我去煮飯！」

小姑娘趴到米缸邊，伸著小手抓了滿滿一把米放進碗裡，隨後又抓了一把，想了想，從指縫裡放掉一些，可隨即全數放掉，重新抓了滿滿一把——今天是個好日子，慶祝一下也不算過分吧。

奢侈地抓好兩把米，小姑娘忙碌地煮起了粥，灶裡的火燒得旺旺的，小姑娘就坐在小板凳上，把柱子送來的野菜全摘好，拿了一大把薺菜洗淨，放在砧板上剁了起來。

慕羽崢躺在床上，眼前一片漆黑，可聽著灶間傳來的剁菜聲，柴火劈里啪啦的響動，連日來絕望灰暗的心，頭一次生出了一種叫做「心安」的感覺。

他慢慢伸手摸了摸熱呼呼的炕，開口道：「柒柒，妳把灶間的門打開些，我們說說話。」

兩人認了兄妹，慕羽崢便未再像先前那麼客套，說話隨意了許多。

「欸。」柒柒應了一聲，把虛掩著的東屋門打開，繼續切菜。「哥哥，你想說什麼？」

慕羽崢如實道：「為了避免仇家尋來，我想改個名字，往後對外就用假名，不如妳給我取一個？」

柒柒雙手握著菜刀剁了幾下，努力想了想，說道：「你既然是我哥哥，那自然要跟我姓，就姓鳳。」

慕羽崢沒有異議。「自是應該。」

柒柒有條有理地接著分析。「我娘說，我是七月生的，便叫柒柒，今日剛好是五月初一，不如叫鳳伍？」

慕羽崢認真琢磨了一番，欣然接受道：「就叫鳳伍。」

兩個人都姓鳳，一個伍、一個柒，柒柒一下子覺得兩個人好像真的是兄妹了，高興得連剁菜的速度都快了起來。「那日後別人問起，我便說你把以前的事全忘了，也不知自己叫什麼，我重新給你取的名。」

「好。」慕羽崢正思考著如何隱藏身分，聞言不禁感嘆小姑娘著實聰慧。

等柒柒煮好薺菜黃米粥，天色也暗了下來，她忙點燃蠟燭，先小口小口地餵慕羽崢吃了半碗菜粥，隨後自己也吃了一碗。

慕羽崢吃得比她預計的少了很多，還剩下半碗粥，柒柒舔了舔嘴唇，還想吃，可猶豫過後還是決定留著，以防慕羽崢半夜餓了。

收拾好了碗筷，又燒了一鍋熱水，柒柒正準備再去給慕羽崢擦擦臉和手，便聽到外頭有人跳到了地上，隨後響起在山急促的聲音。「柒柒，官府的糧倉被人打開了，現在大家都跑去搶糧食，妳去不去？」

「糧食？」柒柒拿著瓢舀水的手一頓，眼睛一亮，聲音帶著一絲雀躍。

與此同時，躺在炕上的慕羽崢開口阻止。「不可。」

慕羽崢有氣無力，可簡簡單單的兩個字卻異常果決，似乎他往日就習慣發號施令一般，不容質疑。

柒柒下意識就想聽他的，可想起快見底的米缸，便有些猶豫。

在山拍門道：「快，米袋我都幫妳拿好了，趕緊走，要是再不去，待會兒就被人搶光了。」

柒柒放下水瓢，打開門讓在山進來，為難道：「在山哥，我哥哥說不可以去。」

第五章　世道不易

「哥哥？」

在山先是一愣，隨即反應過來柒柒說的是撿回來的那小癟子，他把手裡拎著的兩個米袋塞了一個給小姑娘，道：「別聽他的，妳家米缸就那麼點米，現在又多了張嘴，還能吃幾天呢？」

有糧食自然好，可到底是去搶，柒柒直覺有些不妥，再加上慕羽崢也說了不可，她便有些擔心地說：「在山哥，那是官府的糧倉，跑去的話會不會被抓？」

「在山，快點，走了！」柱子在院門外大喊，聲音焦急。

在山急得跳腳道：「那麼多人都去搶，我們趁亂搶一點就跑，應該不會出什麼大事，反正也不多搶，哪怕幾把米也好啊！」

兩個孩子在灶間說話，柒柒猶豫不決，沈默了。

「打劫官倉，按大興律法，乃是砍頭的重罪。」見小姑娘似是要被說動，慕羽崢便再開口，語氣格外嚴肅。「柒柒、在山兄弟，萬萬去不得。」

孩子們餓怕了，一聽有糧食可拿，又是所有人都在搶，想著「法不責眾」，不免蠢蠢欲動，也想跟著撈一點回家，可一聽居然是砍頭的大罪，在山和柒柒都嚇到了。

柒柒摸了摸冷颼颼的脖子，當下決定道：「在山哥，為了幾把米掉了腦袋不值得，我不去，你也別去。」

在山為難地說：「可柱子和小翠他們都等在外頭。」

聽小姑娘決定不去，慕羽崢鬆了一口氣，乘機勸說。「在山兄弟，你信我，千萬莫去，也別讓你的朋友蹚這趟渾水。」

在山皺著臉，一時想留下，一時又想跑去糧倉搶上一把，整個人在原地直轉圈，不知如何是好。

柒柒見狀，忙把他懷裡的米袋搶下來藏到身後，又緊緊抓住他的胳膊說：「在山哥，別去，我不想你掉了腦袋。」

望著小姑娘那雙在燭火下閃著光芒的眼睛裡滿是央求，在山牙一咬，跺了下腳往外跑，邊跑邊道：「算了，不去就不去，餓幾頓也沒什麼大不了的，我去和柱子他們說一聲！」

「哥哥，我陪在山哥去勸他們。」柒柒把米袋丟到東屋炕上，和慕羽崢交代了一句，等他應好，便跑了出去。

院門外，孩子們拎著空空如也的米袋，一個個垂頭喪氣、怏怏不樂。

原本可以搶到半袋或一袋糧食，甚至更多，家裡可以吃上一陣子飽飯了，結果所有的歡喜全都落空，大家難免失望。

可他們一向聽在山的，在山說那是殺頭的大罪，他們便不敢去冒險，心中忍不住對這糟心的世道產生無限的惱恨。

杜子蹲在地上，一臉羨慕地盯著官府的方向。

柒柒順著他的視線看過去，就見昏暗的天色下，一個瘦弱的背影跑得飛快，忙問道：「那是誰？」

在山煩躁不已，撓了撓腦袋說道：「攔不住小翠，她娘說了，要是搶不到米，她就別回家。」

想到小翠那個整天對她非打即罵的娘，柒柒嘆氣，不知說什麼才好。

孩子們情緒低落，沈默不語地在柒柒家院門口蹲成了一圈。

柒柒知道大家是想等小翠平安回來，便出聲說道：「到屋裡坐著等吧？」

在山想到她家炕上躺著一個要死不活的人，帶頭拒絕了。「不進去了，免得吵到他，我們就在這兒等。」

柒柒點頭道：「那我先回屋去看看我哥，他還病著。」

這幫孩子一直混在一起，在草原上撿到慕羽崢的時候，他們都在，知道柒柒說的是誰，便讓她去忙。

灶間和東屋的窗子都透出了溫暖的燭光，柒柒跑了回去，也不等慕羽崢問，一進門就開口，聲音悶悶的。「哥哥，勸住了。」

慕羽崢微微往小姑娘的方向偏了偏頭，問道：「勸住了是好事，妳為何不開心？」

柒柒走到炕邊，垂著小腦袋趴在慕羽崢身側，稚嫩的聲音滿是不符合這個年紀的憂愁和哀傷。「小翠姊還是去了，她娘逼她去的。哥哥，你說這世道還能好嗎？大家還有吃上飽飯的一天嗎？」

慕羽崢睜著一雙宛如死水的眼睛，空洞地望著上方，沈默良久後，抬起手，摸索著找到了小姑娘毛茸茸、亂蓬蓬的頭髮，輕輕摸了兩下道：「會的，會有那麼一日的。」

聽著那沙啞難聽，卻溫和堅定的聲音，柒柒趴了一會兒，彎著眼睛抬起頭來說：「哥哥，我信你。」

果然只是個五、六歲的孩子，情緒來得快去得也快，慕羽崢聽著小姑娘話語裡的笑意，跟著勾了勾嘴角。

「哥哥，在山哥他們還等在門口，我去看看小翠姊回來了沒。」柒柒說道。

慕羽崢微微點頭道：「去吧，跑慢些。」

「欸。」柒柒乖巧地應聲，幫慕羽崢掖了掖被子，又跑走了。

路過灶間時，柒柒抓了一大把摘乾淨的野蒜，打算拿去給大夥兒每人分一些當零食吃。

一群個頭參差不齊的孩子，靠著牆根整齊地蹲成一排，又齊刷刷盯著剛才小翠跑走的方向。

柒柒挨個兒分完野蒜，便蹲到在山身邊，慢慢嚼著野蒜，隨大家一起歪著腦袋瞅著。

也不知等了多久，孩子們手裡的野蒜全都嚼完了，柒柒正準備回屋再去拿一把，就聽見遠處傳來咚咚咚的腳步聲。

寂靜的夜裡，那腳步聲猶如鼓聲，打在孩子們的心上，敲得他們一個激靈，倏地全站了起來。

很快的，就瞧見一個瘦弱矮小的身影拚了命地往這邊跑，懷裡還抱著東西，大夥兒定睛一看，是小翠。

「搶到了！」

「小翠真的搶到米了！」

「這下她娘可沒話說了。」

「是啊，接下來幾天，她娘應該不會打她、罵她了！」

見到小夥伴終於平安歸來，還拿到了米，孩子們一掃剛才的低落情緒，莫名地興奮不已，七嘴八舌，急匆匆抬腳就要迎上去。

誰知孩子們還沒走出幾步，就見小翠的身後追來兩道身影，手裡還提著寒光閃閃的刀。其中一人氣急敗壞地叫嚷著。「膽大包天的小畜生！快把米放下，不然老子抓到妳可是完蛋了！」

孩子們頓時僵在原地，張著嘴發不出聲音。

柒柒急得不得了，雙手攏著嘴大喊：「快點把米放——」

話還沒說完，那兩名穿著衙役服的漢子便追上了小翠，伸手就去搶她懷裡的米袋。

小翠死死抱住米袋不放，一名衙役就伸手往小翠臉上一搧，直接把她搧翻在地，另一名衙役搶過米袋後猶不解氣，抬腳就朝小翠踢過去。

「要不是看妳是個孩子，老子今天就一刀砍了妳！」

「老子可是被你們這些刁民害慘了！」

他們揮著刀、拎著米袋，罵罵咧咧地走了，頭也不回。

這一切不過發生在一瞬間，等到孩子們回過神來，兩名衙役已經消失在黑暗中，小翠則是躺在地上一動也不動。

「小翠姊！」柒柒撒腿就往前跑，其他孩子也跟著跑了過去。

大家跑到小翠身旁，小心翼翼地扶著她坐起來，關切地問她怎麼樣、可有哪裡疼。

小翠頂著被搧得高高腫起來的半張臉，眼淚撲簌簌掉個不停，神情哀傷地說：「我可真沒用，什麼都幹不好……」

柒柒看得難過，蹲在她旁邊，一雙小手去摸她的胳膊和腿，檢查一遍過後，發現骨頭沒斷，略微放下心來，伸手抱住她安慰道：「小翠姊，不是妳的錯。」

「都搶到了……要是我再跑快一點就好了。」小翠靠在柒柒瘦小的肩膀上低聲哭泣，無比自責和懊惱。

若是沒去就罷了，若是去了沒搶到就算了，可明明搶到了手，又差點跑回了家，卻被追上搶了回去，更挨打、挨罵，這樣的委屈，讓一個才不過九歲的孩子幾乎陷入絕望。

「小翠姊，不怪妳，真的不怪妳。」柒柒的年紀比小翠小，此刻卻像個大姊姊一般抱著她，拍著她的背安撫。

其餘的孩子也都你一言、我一語地開導小翠。

小翠的爹早就過世了，她娘素來重男輕女，小翠在家不受寵，習慣去壓抑自己的情緒，此刻被朋友們溫聲細語圍著安慰，也不敢放聲大哭，只趴在柒柒身上嗚咽。

難過了一陣子，小翠便止住了哭聲，強顏歡笑道：「讓你們擔心了，我沒事，天色也不早了，都回家吧。」

說著，小翠扶著柒柒站了起來，捂著剛才被踢中的腿，一瘸一拐地往家的方向走。瘦弱的小姑娘低垂著腦袋、佝僂著背，背影無比沮喪，光是看著就讓人忍不住心酸掉淚。

想到小翠沒搶到米，回家怕是會被她娘打罵，柒柒抹了抹滿是淚水的雙眼，忙追上去道：「小翠姊，妳等我一下！」

說罷，小姑娘迅速跑進灶間，拿了只破了一小角的碗，探身到米缸裡抓了兩把米，小心翼翼端著走到院外，遞到小翠手裡道：「小翠姊，這些妳拿回去。」

現在這個時候，米是各家各戶最重要的東西，柒柒家如今是個什麼糟心狀況，孩子們都一清二楚，小翠萬萬沒想到柒柒竟然送她米，她看著碗裡的米，眼淚不受控制地啪嗒啪嗒往下掉，死活不肯收。「柒柒，我不能要，妳快拿回去！」

柒柒打定主意要送，一雙小手背到身後，仰著頭，表情格外嚴肅地說：「小翠姊，妳先拿回去交差，免得妳娘又要找碴發脾氣。妳既然不肯要，那就算是我借給妳的。」

小翠待人向來溫柔和善，見柒柒餓著，每每都會把自己帶的野菜糰子分她一半，說她年紀小不能挨餓，對她非常照顧。

柒柒家確實很缺米，可今天小翠被兩個衙役又打又罵，已經夠難受的了，她不希望小翠回家還要被為難。

小翠捧著碗，低頭看向碗裡那一小捧金燦燦的黃米，想像了一下空手回家可能面臨的場面，哽咽著猶豫道：「可我娘把米缸看得緊緊的，我怕是沒那麼快還上。」

柒柒晃了晃自己的小手，很認真地說道：「不過就是兩把米而已，借了不用還。」

見柒柒如此，孩子們相互對視一眼，相當有默契地說了句「等一下」，便齊齊撒腿往自家跑。

大夥兒全住在附近，很快就跑了回來，你一把、我一把，慎重地把攥得牢牢的米放進小翠捧著的破碗裡，片刻工夫，那一小捧米變成了一大捧。

小翠像捧著金銀珠寶一樣，把那破碗緊緊抱在懷裡，嗚嗚地哭，話都說不清楚。「謝、謝謝大家……我一定、一定會想辦法還。」

柒柒踮著腳尖為小翠擦了擦眼淚道：「小翠姊快回去吧，明天還得出門挖野菜呢。」

在山知道柒柒怕黑，開口道：「柒柒，妳先回家，我和柱子送小翠回去。」

柒柒應了聲「好」，走進院子把門關上，撒腿就往屋子跑，打開屋門邁進門檻後，朝還在院門外望著她的在山揮揮手，在山他們這才離開。

關上房門，柒柒將先前舀了一半的水接著舀到盆子裡，端進屋放在炕上道：「哥哥，我回來了。」

慕羽崢內外都有傷，又喝了藥，精神不濟，一直昏昏沈沈的，剛剛小姑娘不在，他便閉目養神，此刻她回來了，他便睜開眼，雖然看不見，還是往小姑娘的方向偏了偏頭說：「好。」

柒柒打濕了帕子，正準備給慕羽崢擦臉，慕羽崢卻抓住她粗糙不堪的小手道：「如今我醒了，這些事我自己來。」

「喔，好啊。」柒柒也不跟他爭，把帕子交給他，等他擦了臉又擦了手，便問：「哥哥，你衣裳髒了，要不我幫你脫下來洗洗？」

聞著那夾雜血腥味的難聞氣味，再想想自己先前的經歷，慕羽崢知道自己身上有多髒，點頭道：「拿去燒了吧。」

柒柒為難道：「那家裡就沒有你能穿的衣裳了。」

慕羽崢伸手到懷裡摸索了一陣，掏出一枚白玉蝴蝶玉珮，一分為二，交給柒柒道：「這個玉珮妳拿一半去當了，看能當多少錢，先買一些米，再替我買兩身粗布衣裳，另一半妳先幫我收著。」

柒柒伸手接過光滑的玉珮，見雕工精緻的漂亮蝴蝶被分成了一邊一半翅膀，有些可惜地說道：「分開的話，蝴蝶就不完整了。」

慕羽崢道：「無妨，拿去當了便是。」

柒柒撫摸著玉珮，問道：「哥哥，這可是你家人給你的？」

慕羽崢點頭道：「是，但人都不在了，留著也無用。」

聽出慕羽崢語調裡的傷感，望著那雙沒有光芒的眼睛，柒柒想了想，應道：「那我明日讓在山哥他們陪我一起去。」

慕羽崢搖了搖頭。「今夜官倉被劫，想必官府明日便會四處搜查以追回糧食，城裡怕是要亂上幾日，暫時先不要出門，等此事過去再說。」

想到剛才提刀追著小翠的兩個凶惡衙役，柒柒知道慕羽崢說得沒錯，乖巧地應道：「好，那我待會兒也跟在山哥說一聲。」

說罷，小姑娘鑽到八仙桌下面，把玉珮收進地面下，藏好之後，她從桌子下鑽出來並拍了拍膝蓋上的土說：「哥哥，玉珮我先藏起來了。」

慕羽崢頷首，又問：「妳那去搶糧的朋友如何了？」

柒柒嘆了口氣，拿了把剪刀上炕為慕羽崢剪下髒污的外衫，邊剪邊說了小翠的遭遇。

慕羽崢聽完，沈默良久，也不知道在想些什麼。

「哥哥，幸好我們聽你的沒去，不然怕是腦袋真的要掉了。」柒柒小心地剪完了外衫，嘴裡絮絮叨叨，又去剪慕羽崢那已經被林義川剪開了褲腿的外褲。

聽著剪刀聲朝下方而去，慕羽崢面色一僵，急忙伸手護住下身。「柒柒，褲子還是留著吧，改天我能動了再自己來。」

這把剪刀似乎不是那麼鋒利，小姑娘的手也沒那麼有力，他聽她剪外衫剪得直呼氣，頗為費勁，要是剪褲子時一個失手……

柒柒也怕自己不小心碰到慕羽崢的左腿，便從善如流地應了，收起了剪刀，慢慢把那破爛的外衫從他身下拽了出來，抱著下地丟進灶膛裡燒了。

燒完後回到屋內，看著慕羽崢白色內衫上暗紅的血跡，柒柒又問：「哥哥，要不我幫你把內衫脫下來洗洗吧？洗完鋪在炕上，明早就會乾了。」

慕羽崢伸手摸了摸因血跡乾涸而發硬的內衫，應了一聲。

柒柒上前為他解開帶子，緩緩脫下袖子，從身下抽了出來，拿到灶間用冷水清洗。

不同於外衫，這內衫不知是用什麼料子做的，倒不算難洗，搓了一會兒，血跡竟全洗掉了。

第六章　衙門查案

柒柒剛倒掉洗衣的水，將擰乾的內衫鋪在炕上，在山就上門了，她忙把人請了進來。「小翠姊怎麼樣？」

在山攥起拳頭，黑著臉說：「她那黑心肝的娘，見她拿了米回去倒是沒打她，可嫌少，嘴上不乾不淨，還罵小翠沒用，要不是看她是長輩，老子真的很想上去揍她幾拳！」

「在山哥，別生氣，以後我們多幫小翠姊就好了。」柒柒拍了拍他的胳膊。「我哥說，官府之後怕是會四處搜查，咱們這幾日先別出門。」

有了先前那一遭，在山對慕羽崢倒是改觀了一些，覺得他不是個只會拖累柒柒的廢物，於是撓了撓腦袋，朝在炕上靜靜躺著、聽他們說話的慕羽崢說了句。「你這人，腦子還怪好使的嘛。」

慕羽崢沒說話，在山也不在意，從炕上拿起自家那兩個米袋，告辭離開。

閂好了門，柒柒漱洗完畢便熄了灶間的蠟燭回屋，爬上炕以後，她將自己的被褥挨著慕羽崢鋪好，躺下去蓋上被子，小小聲說：「哥哥，晚安。」

「晚安。」慕羽崢也小聲回應。

微弱的燭光閃爍，身邊躺了個會喘氣、會和她說晚安的人，柒柒心裡比昨晚安定了不少，她裹著被子往慕羽崢身旁挪了挪，閉上眼睛。

短短一天，小姑娘從早到晚經歷幾番波折、忙忙碌碌，身心都頗為疲憊，很快便陷入夢鄉。

至於慕羽崢，止痛的藥效過了，此刻他從內到外、從頭到腳，各個傷處都疼了起來。他渾身顫抖、冷汗直流，根本無法合眼，直到過了子時，實在熬不住，才昏睡了過去。

第二日天大亮，兩個孩子還窩在被子裡睡時，就被吵醒了。

不知誰家的院門被砰砰砰地砸響，還有人大吼道：「衙門查案，速速開門！」

衙門查案?!

柒柒第一個反應，就是這些人是為了昨夜官倉被搶一事而來，雖說她沒參與，可一想到那提刀追小翠的兩個凶惡衙役，便覺得心頭發慌。

她翻身坐起來，匆匆穿好衣裳，來不及梳理一頭睡得亂蓬蓬的頭髮，兩三下就下了地，因為太過匆忙，不慎一屁股坐到地上。

「柒柒，莫慌。」慕羽崢察覺到小姑娘的慌亂，出言安撫。

「欸。」柒柒應著，從地上爬起來，趿著鞋跑出門，站在門口豎起耳朵靜靜聽著。

西邊隔著兩家的鄰居院內傳來帶著哭腔的求饒聲。「官爺明鑑，我們真的沒去搶糧，咱一家老小就剩這最後一點口糧了，您可千萬別拿走啊！」

隨後便是衙役的怒斥聲。「刁民，沒去搶糧，那這麼多的糧食從哪裡來的？趕緊鬆手，讓爺把糧食收走，否則就抓你去衙門砍頭！」

柒柒小臉一白。她聽出那哭著求饒的人是崔老伯，她不知道昨夜崔老伯家是真的有人去搶糧食，還是衙役為了追回弄丟的糧食，開始不管不顧地胡亂收繳。

不行，她得把家裡的糧食藏一些起來，雖說本來就沒多少，可少上一把也是要命的。別人她是來不及提醒了，不過呂家那邊她得說一聲，柒柒安靜且迅速地跑到兩家院牆那邊，壓著聲音喊：「在山哥、蔓雲姊？」

她一出聲，在山的頭就從牆頭上冒了出來，神色緊張道：「柒柒，妳是不是也聽到動靜了？」

柒柒把握時間，多餘的話不說，只焦急叮囑道：「在山哥，把你家的米藏一些起來，快去。」

崔老伯家那邊還沒消停，在山立刻反應過來柒柒這話是什麼意思，連忙應道：「好，妳也快回去藏。」

兩個孩子不再廢話，各自跑進屋裡。

柒柒把門閂插好，從西屋翻了三個米袋出來，拿了個碗趴在米缸邊，探身到缸裡，把本就不多的米平均裝進三個米袋裡，各裝了小半袋。

她先是抱著一個米袋藏到東屋八仙桌底下裝寶貝的盒子裡，按照原樣收妥，又抱著一個米袋藏到西屋一堆雜物裡，最後一個米袋則藏到灰已經涼透的灶膛裡。

「柒柒，妳在忙什麼？」慕羽崢看不見，聽到小姑娘忙得呼哧帶喘，忍不住問道。

「我在藏米。」柒柒解釋道。

緊張加上忙個不停，小姑娘此刻腦門上已全是汗，她胡亂地用袖子擦臉，又交代。「哥哥，待會兒衙門的人來的時候，你別說話，我來答。」

慕羽崢說話完全沒有雲中郡的口音，別人一聽就知道是外地來的，加上他這一身傷來得蹊蹺，這種時候多一事不如少一事。

慕羽崢也想到了這一點，再次震驚於一個年幼小姑娘的聰慧，便道：「柒柒，我琢磨了一番，先前我們商量的說詞，對付官府的人怕是有些不妥。」

柒柒道：「哥哥，你說說看該怎麼講，我聽你的。」

慕羽崢說道：「我想了想，若是他們問起，妳便說我是妳的遠房堂兄，家中遭難，前來投奔，路上遇到山匪翦徑，翻了馬車，這才落到如此境地。待會兒我裝暈，若是他們再多問，妳便說不知道，此刻他們急著尋回糧食，應該不會為難妳一個小孩子。」

柒柒扒拉兩下擋在眼前的頭髮，乖巧應道：「好。」

聽出小姑娘話語裡的忐忑，慕羽崢伸出手來，待小姑娘把粗糙的小手放在他掌心上時，他便用力握住。「柒柒，別怕，妳該做什麼便做什麼，就當不知道發生何事。」

「好，那我去摘菜。」柒柒說道。

慕羽崢捏了捏她的小手。「去吧，若是他們為難妳，我便出聲。」

柒柒應了聲「好」，走到灶間把那筐已經摘過的野菜拿過來，坐在小板凳上又摘了起來，一拿菜才發現自己兩隻手全是灰，急忙往身上蹭了蹭，剛蹭兩下就聽外頭的院門被拍響了。

她的心猛然揪了一下，朝東屋說道：「哥哥，人到咱們家了，我去開門。」

慕羽崢的語調平和且鎮定。「去吧，莫怕。」

柒柒打開了屋門，先是喊了句「來了、來了」，接著便一路小跑著去開了院門。

兩名高大的衙役見門打開卻沒人，先是詫異了一下，隨後便聽見低處傳來一道稚氣十足的聲音。「官爺，你們找誰？」

聞言，兩人低頭一看，這才發現腳邊站著一個又矮又瘦的孩子，頭髮亂糟糟，臉上還左一道、右一道沾滿了灰，正睜著一雙黑黝黝、怯生生的眼睛看著他們。

官倉被搶，深夜得知消息的太守大人震怒，天還沒亮就下了死令，說是兩日之內若追不回所有糧食，包括縣令在內，整個雲中城縣衙的人都得掉腦袋。

縣令大人昨晚就已經命人封鎖城門，今早又說要不惜一切代價找回糧食，一大早縣衙上下就已全數出動。

兩名衙役本來怒氣沖沖，可現在面對這個可憐又乖巧的小孩，他們的臉色不由得緩了一分，其中一人問道：「妳家大人呢？」

柒柒用兩隻龜裂的小手摳著門板，垂下小腦袋說：「我爹娘都死了，就我和哥哥在家。」

兩名衙役不禁想到前陣子那場禍亂，暗道一聲「造孽」，可眼下提著腦袋在當差，也容不得他們浪費時間憐憫孩子，另外一人道：「昨夜官倉被搶，我們奉命挨家搜查。」

柒柒便乖乖推開院門道：「官爺請進。」

兩名衙役點了點頭，跨進院門四下掃視了一圈，見院子空蕩蕩的，沒什麼異樣，便急匆匆地往屋裡走。

他們人高馬大，柒柒邁著兩隻小短腿拚命跑著才勉強追上，緊跟在後面進了屋。

進了灶間，兩名衙役便直奔米缸，一掀開蓋子，看著連缸底都鋪不滿的米，皆是一愣，一人轉頭看向柒柒問：「就這麼點米？」

柒柒緊張得兩隻小手揪著衣襬，由於害怕自己露餡，便低下頭撒起了謊。「原本還有一些的，可我表姑母跟人跑的時候把米也帶走了，就留下了這一點。」

看著低垂著腦袋的小姑娘，又看了那筐已經蔫了的野菜一眼，兩名衙役心生不忍，把米缸蓋好，沒再多問。

亂世之中這種事不少見，他們如今自身難保，即便能理解眼前這個小姑娘的情況，也是無計可施，還不如不問來得心靜。

「妳哥哥呢？」一個衙役又問。

這小姑娘一副老實的模樣，肯定不會去搶糧食，可她既然說自己有個哥哥，那就得問上一問。

柒柒指了指東屋，道：「摔斷了腿，正在炕上躺著呢。」

說著她先跑進東屋，挨著慕羽崢，靠在炕邊站著，用自己的身體把他的臉擋住，心想萬一哥哥不會裝暈，露出破綻來就糟了，還是擋著點好。

兩名衙役一前一後進入東屋，走過去將蓋著慕羽崢的被子掀開一角，見他腿上纏著布、綁著夾板，滿是青青紫紫的傷，便把被子蓋回去。

看了在炕上一動也不動地躺著、容貌俊美卻面色蒼白、一看就是個病秧子的男孩，兩人便知道，別說去搶糧了，他怕是連下地都難。

這個家沒搜出多餘的糧食，兩個孩子又沒有搶糧的本事，兩名衙役便未太過為難他們，朝西屋隨便瞅了一眼，便急急忙忙地離開了。

柒柒小跑著送人出了院門，見他們朝呂家去了，她便躲在牆根下，一直到蔓雲和在山姊弟倆客客氣氣地將兩人送走，她才鬆了一口氣，踩著一個木頭墩子爬上牆頭，對著姊弟倆招手。

蔓雲指了指屋內，示意還有活要忙以後便先進門，在山則小跑到牆邊，迅速從牆頭上翻了過來，拉著柒柒蹲到地上，小聲了解彼此家裡的情況，一聽都沒事，這才放下心來。

商量過後，他們決定那些糧食還是先藏著，吃一點拿一點。

等在山翻牆回家，柒柒就回屋插好門閂，進了東屋後往炕邊一趴，害怕不已地說：「哥哥，幸好我們聽你的，昨晚沒去湊熱鬧。」

慕羽崢抬手摸索著找到小姑娘的頭摸了兩下。「柒柒，不管是什麼時候，切記，律法觸碰不得。」

柒柒乖順地點頭說：「好，柒柒記得了。」

慕羽崢又道：「妳不曾見過，那等哄搶的場合乃是萬分凶險，妳這麼小，一個不留神就會被撞倒、踩踏。」

柒柒想像了一下被一堆人踩過去的情景，只覺得脊背發涼，小腦袋往前湊了湊，靠在慕羽崢旁邊。「哥哥，以後這種熱鬧我不會湊的。」

見小姑娘聽勸，慕羽崢輕輕地拍了拍她的頭，沒再說話，因為他身上的傷又疼了起來。

柒柒注意到慕羽崢在發抖，猛地抬起頭，見他果然咬牙皺著眉，便立刻往外跑。「哥哥，我去熬藥煮粥！」

小姑娘先把藏在灶膛的米袋掏出來，拍掉上面的灰，往米缸裡倒了一些，接著封好藏到西屋，然後手腳俐落地熬藥、煮粥。昨天慕羽崢沒吃完的半碗粥，她也沒浪費，倒進新煮的粥裡一起熱了。

等到藥熬好時，粥也煮熟了，柒柒先端水給慕羽崢擦臉、淨手，之後一勺一勺餵他喝藥，接著又餵了他大半碗粥，等他吃完，才端著碗稀哩呼嚕地把自己那碗粥喝了。

收拾好碗筷，柒柒把晾過一次的野菜又拿出去攤在板車上，昨天摘的那些就留在屋裡，隨後她進屋上炕，坐在慕羽崢身邊打量他的臉色。「哥哥，你好點了沒？」

這藥湯應該有止痛的作用，加上喝了一碗熱呼呼的菜粥，慕羽崢此刻覺得傷處沒那麼痛了，便微微扯了扯嘴角道：「好多了。」

經過一天一夜的休養，他的嗓子狀況已經好轉不少，聽起來聲音沒那麼啞了。

柒柒便與他聊起天。「哥哥，你說官倉這件事得幾天才能結束？」她還得出去挖野菜呢。

慕羽崢想了想，回道：「此乃掉頭的大事，衙門不敢拖，想必兩、三日便能有個結果。」

「那就好。」柒柒說道。

慕羽崢把頭往小姑娘的方向偏了偏，用空洞的眼神望著她道：「柒柒，妳同我說說這雲中郡的情況。」

柒柒應了，將自己所知道的一切都講給他聽，兩個孩子有問有答，一聊就聊了一個多時辰。

說完雲中郡的情況，柒柒看著慕羽崢那雙像葡萄一樣烏溜溜的眼睛，嘆了口氣說：「哥哥，你也不知道你自己中的是什麼毒嗎？」

「不知。」慕羽崢微微搖頭，又道：「柒柒，過幾日等城裡太平一些，妳就找個熟識的大人相陪，將那半枚蝴蝶玉珮典當了吧。」

知道慕羽崢是怕當鋪的人欺她人小糊弄她，柒柒點頭應允。「好，那我就找林爺爺陪我去，剛好我要付他藥錢。」

到了晌午，柒柒把早上剩下的粥熱了，兩個人分著吃下，等睡過午覺起來，柒柒就洗了自己的衣裳晾好，之後又坐到慕羽崢身旁和他閒聊。

兩個人聊了許多，柒柒試探著詢問慕羽崢家裡的情況，他只說是大戶人家內部的齟齬，便不再多談。

柒柒知趣地不再打聽，他有不願告人的秘密，她能理解，因為她自己也一樣。

正聊著，在山跟柱子來了，他們去打探了一番，得到消息後便急匆匆地趕來知會一聲。

在山說道：「柒柒，官倉的糧食追回了一半，可還有一半不知去向，聽說縣令大人已經下令明日繼續搜查，這次不光要搜糧，還要查可疑人士。」

說完，兩個男孩齊齊看向躺在炕上的慕羽崢，柱子擔憂道：「柒柒，他連身分文牒都沒有，明日怎麼辦？」

「衙門說要查文牒嗎？」柒柒有些慌張。

如果只是問問話，他們還可以像之前商量的那般糊弄過去，但若是要查文牒，那可拿不出來。

在山滿臉憂色地說：「看那架勢是要查的。」

柒柒轉過身，看著慕羽崢問道：「哥哥，怎麼辦？」

慕羽崢分析著眼下的形勢，寬慰道：「柒柒，莫慌，如今邊關的城池戰火不斷，四處逃難之人不計其數，方才妳不也說了，城內時常能看到流民，我不過是個手無縛雞之力的傷患，年歲又小，任誰都看得出絕對沒有參與昨日搶糧一事，想必官府不會太過為難。」

見慕羽崢語氣平和、言之有理，柒柒莫名心安，再想起早上那兩個衙役的反應，略微寬了心。

然而在山和柱子對望了一眼，面色卻絲毫沒有緩和，在山說道：「那是先前，眼下尚有一半糧食不知去向，城門非但緊閉，衙門更派人把城裡的流民全趕到一處看管起來，此刻正在一一盤問，而且……昨晚哄搶糧食的時候，死了人。」

第七章　忍痛典當

柒柒聞言，震驚地瞪大了眼睛，慕羽崢則問道：「死者何人，怎麼死的？」

在山和柱子兩人便把今天在街上打聽到的消息詳細說來。

昨晚小翠去搶糧食的時候並不貪，拿米袋趁亂裝了一些米就跑，衙役追上來搶了回去，這事便作罷。

百姓天生畏懼官府，大多數人都和小翠一樣，哪怕有機會也不敢多拿，搶了一些就跑，若是運氣不好被追上，雖有不甘，也會老老實實地把糧食交回去。

可有幾夥人不知是另有目的，還是單純太過貪婪，竟然趕著車一麻袋一麻袋地搶，衙役追上去後還掏出武器反抗。

混亂之中，那些人當場打死了兩名衙役，隨後駕車揚長而去。守城門的人並未見到他們出城，可至今卻仍未抓到凶犯，官府因此嚴陣以待，不敢鬆懈。

慕羽崢眉頭蹙起，說道：「官倉被搶、衙役被殺，此事怕是沒那麼容易平息。」

雖然才認識沒多久，可慕羽崢給人的印象一向沈穩，如今連他都擔憂起來，柒柒等三個孩子不禁齊齊嘆了口氣，愁容不展，可誰都沒想過要把慕羽崢這個麻煩丟出去，反倒積極思考應對的法子。

柒柒看著慕羽崢，問道：「哥哥，要不明日把你藏起來？西屋有個地窖，夠你躺的。」

在山和柱子一聽這話，馬上跑到西屋挪開雜物，看了空空如也的地窖一眼，立刻跑回東屋表示可行。

慕羽崢卻說道：「柒柒，若是今日那兩名衙役不曾見過我，藏起來倒是個好方法，可他們已經知道這裡有我在，我若是藏起來，豈非此地無銀三百兩，反而會引起他們懷疑。」

柒柒愁眉苦臉地說：「也是。」

在山急得跺腳道：「那怎麼辦嘛！」

慕羽崢沈思片刻後，開口道：「柒柒、在山兄弟、柱子兄弟，你們可有家人或朋友認識在衙門做事的人？」

三人同聲問「怎麼了」，慕羽崢便解釋道：「眼前這種情況，只有盡快補辦身分文牒方為妥當。」

柒柒問：「現在去補，來得及嗎？」

慕羽崢點頭道：「既然官府今日在盤問流民，明日才會繼續挨家挨戶搜查，只要趕著今日去補，不管辦不辦得下來，我們都能有個說詞。」

聽了這些話，柒柒覺得有理，她拉著在山和柱子，三人蹲在一起仔細討論，最後作出了決定。

柒柒起身對慕羽崢說：「哥哥，柱子哥會留下來陪你，我和在山哥去找林爺爺，他一輩子在雲中城內行醫問診，認識的人多，而且他也知道你的來歷。」

慕羽崢將三個孩子商量的過程聽了個一字不落，知道林大夫是最適合他們求援的人選，便點頭應好，又拱了拱手道：「多謝在山兄弟和柱子兄弟。」

兩人見狀，連忙擺手說不用客氣。

上一世的生活經歷，讓柒柒深刻體會到，在金錢面前，難辦的事往往會容易一些，想著待會兒託關係怕是要花錢，便打算把金手鐲拿出來。

柒柒要在山和柱子先回家打個招呼，免得家人擔心，等他們一走，她便鑽到桌子底下去掏東西。

慕羽崢聽見挪東西的聲音，以為她在拿玉珮，便說：「柒柒，妳把那枚玉珮帶上，若是半枚不夠，便整枚當掉。」

「哥哥，我有錢的。」柒柒說道，把金手鐲用帕子包好塞進懷裡。

慕羽崢不知道小姑娘有多少錢，可從粥的濃稠度來看，他知道她並不富裕，便堅持道：「柒柒，拿玉珮去，妳的錢留著。」

「那我拿半枚吧。」柒柒思索了一下後說道。

等會兒不光要託人辦理身分文牒，還得付林爺爺藥錢，一只金手鐲不知道夠不夠用，不如乘機把玉珮一起當了，免得回頭還得再麻煩別人一次。

等柒柒拿好東西、梳過頭髮，在山和柱子都回來了，柱子留下來陪慕羽崢，柒柒則跟在山出門。

心想林氏醫館今日興許歇業，兩個孩子便直奔林義川家裡，結果還真被他們猜對了，林義川和妻子許翠嫻果然在家。

林義川夫婦育有兩子，可多年前全都因為戰亂而死，家中就剩下他們兩人，林義川的妻子許翠嫻每每見到孩子，便格外歡喜。

瞧兩個孩子跑得呼哧帶喘，許翠嫻立刻心疼起來，尤其是見到柒柒這小姑娘睜著一雙黑黝黝的眼睛，甜甜地喊她「林奶奶」，她一顆心都要化了，轉身就去沖了兩碗糖水來。

柒柒和在山連忙鞠躬道謝，咕嚕咕嚕地喝了甜甜的糖水，這才表明了來意。

還不待林義川說話，許翠嫻便開了口。「老頭子，柒柒這個孩子如今孤苦伶仃，著實不容易，家裡若再沒個男丁，往後的日子要怎麼過啊？再說了，柒柒她奶奶是我舅舅家的表姊她大姑的妯娌，論起來，柒柒也算是你我的孫女，這個忙，你得幫。」

世代居住在雲中城的人，多少都沾親帶故，可柒柒的小腦袋瓜還是被許翠嫻給繞暈了，不過她顧不了那麼多，見許翠嫻朝她使眼色，她趕忙跪地磕頭。「請爺爺救救柒柒的哥哥！」

林義川嘆了口氣，彎腰把她扶起來。「柒柒啊，不是爺爺不肯幫忙，只是眼下城裡這番境況，怕是難辦。」

柒柒馬上掏出身上的金手鐲和半枚玉珮，雙手捧著往前遞。「爺爺，我有錢，咱們花錢去託人，是不是會容易些？」

五、六歲的孩子，本該是窩在爹娘懷裡撒嬌的天真年紀，她卻仰著頭，一本正經地說起了人情世故，全是被這世道給生生逼出來的，林義川看得心酸，許翠嫻更是偏過頭去擦眼淚。

林義川蹲下，把小姑娘的寶貝用帕子包好，說道：「柒柒啊，東西妳收好，爺爺先帶妳去找人，若是辦不成，咱們再花錢。」

能不花錢當然是最好，柒柒想了想，也沒拒絕林義川的好意，乖巧地點頭道：「好。」

「在山，你就留在這裡等，我帶柒柒一個人去。」林義川交代道。

在山應下，直接到院裡幫忙劈起了柴。

林義川帶著柒柒出門，邊走邊問：「柒柒，妳哥哥叫什麼，妳打算怎麼說？」

「我哥哥叫鳳伍。」柒柒把自己和慕羽崢商量的說詞講給林義川聽。

林義川聽完，點頭道：「成，待會兒見了人，妳就這麼說。」

說來也巧，林義川帶柒柒去找的人，竟是今日去柒柒家搜查的其中一個衙役，名叫林正福，是林義川同宗的姪子。

聽到有人找自己，林正福急忙從衙門裡出來，朝林義川見禮。「三伯，您怎麼來了？」

林義川攬著柒柒的小肩膀往前一站，代替她說明來意。

等他說完，柒柒便抱著拳頭作揖。「官爺伯伯，請您幫幫忙。」

瞧了小姑娘兩眼，林正福想起柒柒是誰，可還是為難道：「三伯，這孩子的哥哥我見過，躺在炕上挺可憐的，看著也不是壞人，若擱在往日，並不是什麼大事，可趕上這當口，實在是難辦。」

「爺爺……」一聽這話，柒柒心中焦急，小手抓住林義川的袖子扯了扯，等他低頭看來，她便拍了拍自己的胸口，暗示他送錢。

林義川點頭，示意柒柒少安勿躁。

想到林正福為人頗為耿直爽快，再想到如今城裡的情況，林義川知道他並非有意為難，便又問：「沒有戶籍文書，兩個孩子害怕，你能不能想想其他法子？這孩子論起來也算是我的孫女，你就當幫三伯一個忙了。」

林正福回頭往衙門裡瞄了一眼，往前一步，極小聲地說：「三伯，戶籍一事是主簿大人在管，他一向愛財，若是能送些禮，此事倒也不是沒有可能。」

「只是……」林正福話說了一半，低頭看著柒柒，忍不住嘆了口氣。

眼前這小姑娘穿著破衣，家裡炕上躺著的男孩光著膀子，連條完整的褲子也沒有，米缸連底都蓋不住了，一看就窮得響叮噹，上哪兒弄錢呢？

林義川知道林正福的意思，也不解釋什麼，直接問道：「你只說需要多少？」

見小姑娘眼巴巴瞅著他，林正福想到自家閨女跟她差不多一樣大，實在於心不忍，他迅速衡量了一番，說了個能成事的最低數額。「現下少說得二兩銀子，我才有把握。」

隨後他又看著柒柒道：「若是能忍幾日，等風頭過了，一個孩子要補辦身分文牒也非難事，本不用花這麼多錢。不過縣令大人已經下令，明日開始，身分不明之人一律提到衙門審問，為了安全起見，的確是今日補辦為好。」

「我們今日就辦。」柒柒想都沒想便作了決定。

他們是沒搶糧，可就算最後沒事，慕羽崢那副身體去衙門裡頭折騰一回也是夠嗆，她不能冒險。

林義川看了態度堅決的小姑娘一眼，同林正福說：「我們去拿銀子，等會兒送來給你。」

「林正福，大人找你！」衙門裡頭有人喊道。

「馬上過去！」林正福應了一聲，朝林義川和柒柒點頭道：「我先去忙，待會兒你們拿到了銀子，便在此處等我。」說罷，急匆匆地離開了。

「爺爺，咱們去當鋪吧。」柒柒扯了扯林義川的袖子。

林義川應好，牽著柒柒的手直奔當鋪。

城裡亂糟糟的，很多商鋪都關了門，好在當鋪還開著，林義川帶著柒柒直接走到櫃檯前。

當鋪的邱掌櫃曾多次找林義川給家人看病、治傷，看在林義川的面子上，把那只雕花精美、重量卻很輕的金手鐲放在秤上秤了又秤，最後忍痛當了二兩銀子給柒柒，死當。

柒柒見林義川點頭，知道沒有少給，便同邱掌櫃作揖道謝，踮著腳尖從櫃檯上把那兩枚銀錠子拿下來，仔細收進懷中的荷包裡。

隨後她將那半枚蝴蝶玉珮放在櫃檯上，兩隻小手扒著櫃檯，儘量讓自己的小腦袋全露出來。「掌櫃的，您看這玉珮能當多少？一樣是死當。」

這是出門前慕羽崢一再交代的，玉珮要死當。

死當比活當能得到更多錢，最主要的是，他們一時半刻也沒錢贖回來，於是她決定聽他的。

邱掌櫃拿起玉珮仔細看了看，眼中露出驚豔之色。這是難得的好玉，做工精緻，且有些年頭了，實乃稀罕之物。

柒柒一直觀察邱掌櫃，見他眼睛發亮，便知道這玉珮值錢。她偷偷開心了一下，心想若是能當一兩銀子就好了，不光能付藥錢，還可以買很多米。

果不其然，邱掌櫃開口道：「小姑娘，這是好玉，只是這蝴蝶僅有半隻，若是整隻拿來，價格會高上許多。」

柒柒想了想，說道：「我爹娘留下的家當都在這兒了，玉珮只有這半枚。」

雖然慕羽崢說過若是錢不夠就把整枚都當掉，可這玉珮是他家人留給他的，對他來說肯定很重要，既然辦理身分文牒的錢已經足夠，那半枚玉珮就收著吧，總得給他留個念想。

「只有半枚啊……」邱掌櫃頗為失望，盯著玉珮仔細打量，在心裡默默估算了一番，報了個價。「二兩銀子。」

二兩？這小小的半枚玉珮，竟然比那麼大的金手鐲還要值錢?!

柒柒內心雀躍不已，正想答應下來，可轉念一想，又改了主意。

剛才兩人來當鋪的路上，林義川同她說，金手鐲他可以盯著秤幫她估算價格，可玉他不懂，沒辦法給主意，全看她自己。

柒柒扒著櫃檯，低著小腦袋認真琢磨了一番。有林義川在，邱掌櫃應該不會太坑她，但他瞧見玉珮時眼裡閃過的那道亮光，讓柒柒覺得她可以試著抬個價。

雖說二兩銀子已經超出她的預期了，可多當一點是一點，就算價格談不攏，也不會損失什麼。

打定主意以後，柒柒抬起頭來，伸出一隻小手，張開五根手指，想著是要三兩，還是再大膽一些要四兩好，稍稍糾結了一下。

見小姑娘仰著小腦袋，晃著五根手指，邱掌櫃倒吸一口氣，震驚道：「五兩？」

他把玉珮放回櫃檯上，指了指門口道：「來，小娃娃，妳出門左轉去錢莊，直接用搶的更快些。」

做生意、談價格講究的就是話術，邱掌櫃說這話，無非是想讓小姑娘降低價格，不然他的手指不會還按在玉珮的繩子上捨不得撒開。

柒柒原本沒打算要五兩那麼高，可當她注意到邱掌櫃一直按著玉珮的繩子以後，便把玉珮撈了起來。「那我不當了，回頭拿去換米。」

若交涉的對象是個大人，邱掌櫃定要賭上一賭，因為一般來當鋪的人定是急著用錢，最後會以什麼價格成交，端看誰沈得住氣。

可這不過是個年幼的小娃娃，說不當想必是真的不當了，要是真被她傻傻地拿去米鋪換了米，他想再得到這種好東西，可不會這麼簡單了。

邱掌櫃的手指死死按住繩子，不讓柒柒拿走。「最多三兩。」

天哪，竟然三兩了！

柒柒怕自己忍不住笑出聲，故意垂著腦袋，小手緊緊拽著玉珮道：「不當了。」

「三兩半。」邱掌櫃扯著繩子，卻是不敢太用力。

一大一小就這樣隔著櫃檯上的小窗子拉鋸，誰都不鬆口、誰也沒放手。

柒柒低著頭，像是不高興地說道：「我都說不當了，這可以換好多好多米呢。」

「再多兩百文？」邱掌櫃再一次讓步。

然而小姑娘卻像頭小蠻牛，就是不撒手，只說要拿去換米。

「唉唷，妳這熊孩子！」邱掌櫃又急又氣，沒辦法了。「四兩，四兩行了吧？真的不能再多了，本來那手鐲我就沒賺妳錢，而且妳這玉珮又只有半枚……」

邱掌櫃囉哩囉嗦地講了一大堆，聽他確實不能再給得更多，柒柒便滿足了，不過她還是故作不捨地往外拽了玉珮兩下，見沒能拽動，這才垂頭喪氣道：「那好吧。」

一聽小姑娘終於鬆了口，邱掌櫃光速將玉珮拽了過去，又嘮叨了兩句「熊孩子」，才去拿了四枚一兩的銀錠子過來放在櫃檯上。

柒柒一直踮著腳尖扒在櫃檯上，見到那些銀錠子，一雙大眼睛都要放出光，她拿了三枚，讓邱掌櫃把剩下那一枚換成了方便使用的碎銀，隨後一起收進懷中的荷包裡。

從當鋪出來以後，林義川摸了摸柒柒的頭頂，忍不住笑著讚道：「沒瞧出來，妳倒是個機靈的。」

柒柒仰頭看著林義川，有些不好意思，憨憨地笑了。「謝謝爺爺。」

第八章　急辦文牒

兩人快步回到衙門，找了林正福出來，偷偷塞給他二兩銀子，並把慕羽崢的假資料報了上去。

柒柒與林義川去當鋪的工夫，林正福就已經找機會私下和主簿偷偷說妥了此事，進去衙門之後很快便帶了「鳳伍」的身分文牒出來。

打開一看，柒柒見上面除了姓名與年歲，其他的都和她一樣，最重要的是蓋了官印，心裡一塊石頭總算落了地。

柒柒收好文牒，恭恭敬敬地朝林正福鞠了一躬。「多謝官爺伯伯。」

林正福本就忙得要冒煙了，既然事情已辦妥，也無暇和兩人多說，和林義川寒暄幾句，嚴詞拒絕他塞過去的一塊碎銀，便轉身跑進衙門了。

幫了這麼大的忙卻不要銀子，柒柒最怕欠人情，有些不知所措地看著林義川。

「不要便不要吧，我這點面子還是有的。」林義川把碎銀還給柒柒，便帶著她回自己家。

許翠嫻跟在山得知事情辦妥，都很高興。

柒柒問起上次的藥錢，林義川說都是些不值錢的藥材，許翠嫻也說算了，讓她趕緊回家。

可柒柒纏著林義川非要給錢，林義川沒辦法，最後收了她一百五十文的藥錢。

柒柒付了銀子，許翠嫻邊嘆氣邊秤了碎銀，多的找了銅錢給她。

想到慕羽崢的傷勢，柒柒又拜託林義川開一些上好的補藥，林義川衡量慕羽崢的傷勢，給她秤了一些滋補的藥材。

柒柒又買了一瓶治療皮肉傷的藥膏，一共付了一兩銀子，外加兩百文。

雖說收的都是成本費，一文都沒多賺，可許翠嫻從小姑娘粗糙的小手裡接過銀子時，還是有些難受，便進後廚拿紙包了兩份剛做好的黍米糕，遞到在山和柒柒手裡，讓他們帶回去。

兩個孩子鄭重地道過謝後，抱著藥、拿著黍米糕，一起往家跑。

想到柒柒揣著文牒和剩下的銀子，林義川有些不放心，一路在後頭不遠不近地跟著，直到親眼瞧見他們進了院門，這才轉身回去。

「哥哥，我回來了！」柒柒剛進了屋門就大喊。

一聽小姑娘那宛若林間鳥雀一般歡快的呼叫聲，慕羽崢便知道事情辦妥了，他朝聲音傳來的方向轉過頭去，彎了嘴角。「慢著些。」

「哥哥，辦好了。」柒柒把懷裡抱著的藥和黍米糕放在炕上，興奮不已。

柱子也很高興，給兩人道喜之後便告辭。「伍哥、柒柒，那我就先回家了，免得我娘擔心。」

柒柒道過謝，分了兩塊黍米糕給他，柱子推辭不過，拿著黍米糕高高興興地走了。

在山也擔心家裡，拿上自己那份黍米糕便回去了。

等柒柒藏妥剩下的銀子、收好身分文牒，慕羽崢這才問：「玉珮當了嗎？」

「當了，按你說的，死當。」柒柒爬上炕邊坐著，晃著兩條小腿，臉上滿是得意和歡喜。「哥哥，你那玉珮好值錢呢，當了足足四兩銀子。」

柒柒興致勃勃、喋喋不休，把今日出門之事全講給慕羽崢聽。

講到她和當鋪邱掌櫃討價還價、鬥智鬥勇，將玉珮當了四兩銀子的時候，柒柒樂得跳到地上，手舞足蹈。

四兩銀子就這般開心？慕羽崢不禁啞然失笑。

若小姑娘有朝一日知道那玉珮價值連城，卻只當了四兩銀子時，怕是要悔掉大牙吧。

不過在這地處偏遠、消息閉塞的邊關小城中，半枚不起眼的玉珮能當四兩銀子已是不錯了，小姑娘當真厲害。

最重要的是，希望那當鋪盡快把玉珮賣出去，再經幾番轉手，快些流向都城。

同一時刻，都城長安，太尉府中，年逾五旬的周太尉周敞一掌拍碎了手邊的紫檀木八仙桌，顫著聲問：「你說什麼？公主殉國，太子戰死？送親隊伍呢？派去護他們周全的人呢？」

送信的護衛單膝跪在地上，雙手抱拳，語氣悲痛。「所有人……包括咱們派去的人，全部戰死，無一生還。」

「老夫不信，老夫要親自去接太子和公主回家！」周敞悲淒地喊出聲，起身就往外走，可走沒兩步，猛地噴出一口鮮血，直直栽倒。

護衛一個箭步上前扶住周敞，高聲焦急呼喊道：「快來人！大人暈倒了，快去給公子們送信，再去接夫人回府——」

頃刻間，請大夫的請大夫、送信的送信、接人的接人，太尉府奔出多名護衛，翻身上馬疾馳，四散而去。

沈沈暮色之下，原本井然有序的太尉府，霎時人仰馬翻。

邊關，雲中城內，各家各戶關了門，衙役和士兵手持火把，持續在各個街巷搜查流民。

柒柒靠在炕邊絮絮叨叨說了一會兒話，見慕羽崢靜靜地發呆，便伸手摸了摸他的額頭道：「哥哥，你可是傷口又疼了？」

慕羽崢回過神，扯了扯嘴角，笑著說：「還好。」

見他臉色微微發白，柒柒便從藥包裡翻出切片人參，拿一片餵到慕羽崢嘴裡。「哥哥，你先嚼著，我去熬藥煮粥。」

說罷，便急匆匆地跑去灶間生火。

聽著灶間裡傳來的動靜，慕羽崢伸手摸了摸很快就熱起來的炕，竟覺得嘴裡已經嚼碎的人參也沒那麼苦了。

等藥熬完、粥煮好，柒柒便打水給慕羽崢擦臉和手，先餵他把藥喝下，再把粥喝了，還餵了他半塊黍米糕。

打理好慕羽崢這邊，柒柒先喝了粥，才拿起半塊黍米糕，抱個碗接著，小口小口啃起來。好久沒吃過這麼好吃的糕點，一點渣她都捨不得掉。

柒柒就坐在慕羽崢身旁，他聽著那慢得不可思議的咀嚼聲，忍不住好奇問道：「柒柒，妳為何吃得這般慢？」

柒柒舔了舔嘴邊的糕點渣屑，眼睛彎彎、聲音甜甜的。「好吃，要多吃一會兒。」

慕羽崢一愣，心頭彷彿被什麼堵住了，悶悶的，透不過氣來。

他很想說，柒柒，以後哥哥帶妳吃遍這天底下最好吃的糕點，可他終究沒說出口。

若是那半枚玉珮最終流入都城，進入太尉府，那麼一切皆有可能，可若是就此流落民間，他此生怕是再也不見天日。

許久後，慕羽崢開口。「柒柒，妳有什麼願望嗎？」

柒柒把最後一點黍米糕放進嘴裡，就這麼腮幫子鼓鼓的，也不嚼。「哥哥，我想吃飽飯，平安長大。」

上一世她只活到九歲，這一世，她想好好活著，看看自己長大了是什麼樣子。

聽著小姑娘用格外認真的語氣說著最簡單的願望，慕羽崢心頭越發堵得慌。「一定會的。」

柒柒趴在慕羽崢旁邊，雙手托腮，亮晶晶的眼睛裡滿是憧憬。「哥哥，要是我能長大，我想成親，生一個女兒，到時候我會很愛很愛她，永遠都不會丟下她。」

她用稚嫩的童音說著不符合年紀的話，讓本來心情沈重的慕羽崢有些哭笑不得。

聽著那句刻意加重語氣的「永遠都不會丟下她」，慕羽崢不禁想起，小姑娘也同他說過「永遠不會丟下你」。他在心裡琢磨著，難道柒柒被誰丟棄過，不然為何總是鄭重其事地說這種話？

可彼此還未熟悉到可以隨意打聽私事的地步，慕羽崢便順著小姑娘的話說道：「到時我便是舅舅，我也會很愛她，永遠都不會丟下她。」

柒柒很高興地說：「謝謝哥哥！」

柒柒用胳膊撐著往前爬了爬，離慕羽崢近了些。「哥哥，」像是怕誰聽到一般，小聲說起話。「等過兩日城裡消停了，我就去買兩斗米，再買點鹽，油也要買，還給你買兩身衣裳，回頭再買半斤羊肉回來……」

手裡有了錢，小姑娘歡欣雀躍地規劃起以後的生活。

慕羽崢看不到，可光是聽那聲音，也想像得到小姑娘此刻有多開心，不知不覺中，他彎起了嘴角，道：「再買一盒香膏吧。」

小姑娘一雙小手粗糙不堪，摸上去像是老樹皮，臉他還沒摸過，可想也知道肯定好不到哪兒去。

姑娘家本該像花兒一般被護著，可柒柒卻總是那麼操勞，別的他暫時沒辦法，但很想讓她買一盒香膏。

「哥哥你要用？」柒柒歪著腦袋看慕羽崢。

自從三年前她來到這裡，大興的邊境就一直兵荒馬亂，普通百姓人家光是吃飽都是一大難事，誰還會在乎漂不漂亮、美不美。

她那些小夥伴們的手跟臉都和她一樣，粗糙皸裂、生了凍瘡，可大夥兒都已經習慣了，沒人會在連肚子都填不飽的情況下去買一盒香膏。

所以聽到慕羽崢讓她買香膏，她第一個反應就是他自己要用。

柒柒覺得有些奢侈，不過看著慕羽崢那磕青了幾塊卻十分光滑的臉，便認為他用香膏這件事理所當然，於是點頭道：「好，到時我買一盒回來。」

既然她說要養他，那一盒香膏就得買，何況家裡的銀子本來就有典當他玉珮的份。

見小姑娘似乎是誤會了，慕羽崢也沒解釋，心想等買回來再說也不遲。

兩個人又說了一會兒的話，見時候已經不早了，柒柒便燒水漱洗，上炕準備歇息。

「柒柒，妳幫我把內衫穿上可好？」等小姑娘鋪好了她自己的被褥，慕羽崢有些不好意思地開口道。

往日嚴苛的規矩教養，不容許他在有衣服的情況下一直打著赤膊。昨日疼痛過度不甚清醒，根本無暇顧及自己的形象；今日是清醒了些，可一醒來又遇到衙役上門，加上柒柒出去辦理文牒，他憂慮重重，也沒想起讓柱子幫個忙，就這樣光著膀子一整天。

柒柒應了一聲，去一旁拿鋪在炕上的內衫過來，先為慕羽崢穿了一條胳膊進去，等他小心翼翼撐著抬起身，就迅速將衣裳從他身下扯過去，又為他套上另外一條胳膊。

柒柒正想幫忙繫帶子，卻被慕羽崢按住手，說他自己來，柒柒應好，鑽進了自己的被窩。

穿好了內衫，慕羽崢覺得自己又成了個體面人，當然，得忽略掉腿上那剪成一條一條的褲子。

他想給細心又體貼的小姑娘道個謝，可又記起她不喜歡他總是那麼見外，便說：「柒柒，我會盡快好起來的。」

柒柒笑了。「好。」

長安，太尉府中，大夫針灸過後又餵了一副湯藥下去，急火攻心的周敞終於清醒過來，他躺在床上，看著跪了滿地的周家兒孫，無力地出聲。「都回來了？」

「爹。」

「爺爺……」

周家兒孫輩齊齊膝行上前，個個泣不成聲。

跪在床邊的周錦林握著周敞的手，雙目赤紅、喉嚨發哽。「爹，都回來了。」

周敞掃視了房間一圈，問道：「你娘可好？」

見他問起，周錦林也不隱瞞。「娘聽到檸兒和崢兒去了，傷心過度暈了過去，此刻正在屋裡歇息，大夫已經看過，爹不必擔心。」

周敞老淚縱橫道：「準備得那麼周密，竟落到如此境地……」

話說到一半，周敞哽咽難言，許久後，他看向孫子們，說道：「你們都出去，我跟你們四叔說說話。」

孩子們恭敬應是，起身退了出去。

等門關上後，周敞坐起身，握著周錦林的手，面色肅穆、聲音低沈。「林兒，我周家怕是大難臨頭了。」

年方二十的周錦林性子一向沈穩，可聽到此話時，臉色不禁一變，瞠目結舌道：「爹是說崢兒和檸兒的死，背後有……」

他抬手往天上指了指，接著道：「那位的手筆？」

周敞滿面愁容，沈思良久後，搖了搖頭道：「尚且不知。太子和公主的消息可曾傳到宮中？陛下有何反應？」
只見周錦林眉宇緊鎖道：「陛下只比我們晚半個時辰得知此事，宮中傳來消息，說陛下悲痛欲絕、傷心落淚。」
周敞追問道：「陛下可有下旨派人去邊境搜尋？可有說要追查當時發生了什麼事？」
周錦林搖搖頭。「陛下一概未提，只下旨風光大葬。」
「風光大葬?!咳！咳——」周敞握拳搥胸，氣得連聲咳嗽，幾乎說不出話。
周錦林連忙上前幫他拍背順氣。「爹，您保重身體。」
平復了心緒後，周敞恨聲道：「好……好、好！我是萬萬沒料到，陛下竟就這麼認了太子和公主的死。那兩個可憐的孩兒，一心忠君報國，才有了如此凶險一行，絕不能落到屍骨無存的地步！」
一旁的周錦林咬牙切齒道：「爹，既然陛下不在意，那我們周家的孩兒，我們自己找！」
周敞目光如炬，一字一頓、語氣果決道：「讓百花坊動用所有能調動的力量，悉數前往北境，尋找公主和太子。切記，務必暗中行事、全力以赴，生要見人，死要見屍。」
聞言，周錦林神色一凜，拱手應道：「是，孩兒這就去安排。」
周敞又吩咐道：「稍後你便把為父病重難起的消息向外散播出去，為父即刻遠離朝堂。明日早朝，你在大殿上同陛下請旨，親自前往並州，尋找太子和公主的屍身。」

聽到後面那些話，周錦林神色憂慮道：「只怕陛下不會允許我們父子中任何一個離開都城。」

「那是自然。」周敞說道：「等陛下在大殿上拒絕你之後，你便痛哭著出宮，隨後我們私下安排晏兒和清兒領隊出城前往北境，過了並州邊境，留下兩人扮作晏兒和清兒帶人繼續往北，他們兄弟則是喬裝折返，一路向南，直奔南越邊境。」

周錦林眸色一亮，聲音裡帶著難以抑制的興奮。「父親，您是想讓晏兒和清兒……」床上的周敞轉過頭，看著窗外道：「周家兒郎，是時候回到周家軍中了。」

「阿姊，快跑……不要管我，快跑！」

柒柒睡得昏昏沈沈，一道飽含無盡悲傷的喊聲忽然在她耳邊響起，她猛地驚醒，起身慌亂不安地四下察看。

昏暗的屋裡，躺在她身邊的慕羽崢像是陷入夢魘之中，雙手緊握成拳，雙眸緊閉、淚如雨下，嘴裡不停喊著「阿姊快跑」。

柒柒上前輕輕拍著他的臉道：「哥哥，醒醒……快醒醒。」

慕羽崢睜開眼睛，緩了一會兒才開口道：「柒柒？」

「欸。」柒柒點頭，將他一隻手緊緊抱在懷裡。「哥哥，你作噩夢了吧？」

慕羽崢往小姑娘的方向偏了偏頭道：「嚇到妳了嗎？」

柒柒先是搖了搖頭，又想起他看不見，便說道：「沒嚇到。」

她抬起袖子擦了擦慕羽崢臉上的淚。「哥哥，你在夢裡喊了阿姊。」

第九章　追憶往事

慕羽崢神情緊繃，沒有焦距的眼中再次蓄滿淚水，像是壓抑著極大的悲傷和痛苦，胸口劇烈起伏，可終究沒哭出來，沙啞開口道：「我阿姊為了護住我，身負重傷……」

話說了一半，便戛然而止。

柒柒沒有追問，只是抱著慕羽崢的手，靜靜地跪坐在他身邊。

好一會兒，慕羽崢艱難地平復了自己的情緒，問道：「天亮了嗎？」

柒柒看了窗外一眼，聲音裡帶著睏意。「還沒。」

「對不起，吵醒妳了。」慕羽崢心中愧疚，伸手想要摸摸小姑娘的頭。

柒柒主動把腦袋低下去，讓他摸了兩下。「哥哥，沒事，我也會作噩夢，之前你還沒來的時候，我一個人都不敢睡呢。」

慕羽崢以為小姑娘是在安慰他，既感慨她的懂事，又心疼她的早熟，便順手扶著她躺好。「睡吧，明日怕是也不得消停。」

「欸。」柒柒乖巧地應聲，躺下之後給兩個人蓋好被子，閉上了眼睛。

第二日，柒柒忙活了一整個早上，給慕羽崢餵完了藥和粥，自己也吃過，碗還沒來得及刷，兩個面生的衙役就上門了。

柒柒把早就準備好的身分文牒雙手奉上，隨後靠在炕邊，擋在依然裝暈的慕羽崢面前，忐忑不安地望著兩名衙役。

這次來的兩名衙役態度不怎麼好，拿著文牒仔仔細細地核實，又在東屋與西屋來回搜查了一番，接著問了柒柒許多問題，大有把她當犯人審問的架勢。

柒柒一直小心應對，可他們不斷問東問西，最後更揪著慕羽崢一身的傷追問到底是怎麼一回事，柒柒答不上來了，急得蹲在地上哇的一聲大哭起來。

兩名衙役這才意識到自己面對的不過是個年幼的孩子，把文牒還給柒柒以後，便悻悻然地離去了。

柒柒蹲在地上哇哇大哭，直到聽見屋門關上的聲音才站起身，鞋子也顧不得脫，直接爬上炕，小臉貼在窗戶上透過縫隙往外看，一直看到兩名衙役走出院門，這才一屁股坐在炕上，拍著胸口心有餘悸道：「終於走了，我都快嚇死了，幸好提前辦了文牒。」

慕羽崢鬆開了一直緊緊攥著的拳頭，朝著柒柒的方向伸手道：「柒柒，連累妳了。」

柒柒以為他又要摸自己的頭，便爬過去把腦袋湊去。「哥哥，你說的是哪裡話，我們是一家人，談什麼連累。」

慕羽崢輕輕嘆了口氣，摸了小姑娘的頭兩下，沒再說話。

連續兩天，城裡都亂哄哄的，柒柒老老實實待在家裡，除了偶爾趴在牆頭上和在山、蔓雲說說話，交流一下訊息，連院門都沒敢邁出一步。

終於，三日之後，官府在一處廢棄宅院的地道裡找回丟失的糧食，城門再次開放，雲中城總算尋回些許平靜。

慕羽崢聽著柒柒的轉述，好奇地問道：「可有說抓到了什麼人？」

柒柒說道：「說是只找回了糧，沒抓到人。」

慕羽崢又問道：「那官府那邊，可聽說有何處罰？」

柒柒搖搖頭。「沒聽說。」

想著一個年幼的孩子怕是不曾留意這方面的訊息，慕羽崢便沒再多問，只是叮囑柒柒還是先別出門，再等上兩日看看。

又等了兩日，城中一切恢復正常，慕羽崢的內傷也好了些，能坐起身來了，只不過不能久坐，還得拿枕頭跟被子撐著。

多日不曾出門，孩子們上次挖的野菜早就吃光了，柒柒家則是連先前曬了半乾的菜乾也吃得一乾二淨，大夥兒便又聚在一起，一大早出門去挖野菜。

到了晌午時分，柒柒費勁地帶著滿滿一筐野菜興沖沖進門，喊道：「哥哥，我回來了！」

慕羽崢上身穿著乾淨的白色內衫、下身蓋著被子，披散著頭髮，安安靜靜地靠坐在炕頭堆起來的被子上，聽到聲音後轉過頭來，伸出手說：「累壞了吧，快過來歇歇。」

柒柒樂顛顛走過去，把腦袋湊近，將半天的收穫講給他聽。

慕羽崢摸著小姑娘毛茸茸的腦袋，忍不住笑了。

他看不見，每次和小姑娘說話時便想牽著她的手。可不知為何，小姑娘非常喜歡讓他摸她的頭，每次他一伸手，她便像隻小貓一樣把腦袋遞過來。

聽到慕羽崢輕輕的笑聲，柒柒也嘿嘿笑了，抬起頭來，眼中滿是期盼。「哥哥，城中已經安穩了，我下午能去集市買東西嗎？」

雖說這個家如今是柒柒當家作主，可自從搶糧之後發生了那一系列事件，她就深深覺得慕羽崢是個沈穩有主意的人，買東西是家裡的頭等大事，她得跟他商量才行。

對於這一次採買，柒柒早就已經迫不及待，可若慕羽崢說還得再等兩日，那便再等，她都聽他的。

聽著小姑娘歡欣雀躍的聲音，慕羽崢的心情也跟著好起來，語帶笑意。「去吧。」

這幾天窩在家裡不能出門，小姑娘每天都要在他耳邊絮絮叨叨她的採買計劃一番，要買些什麼、怎樣討價還價，他都能背下來了。

「好，那我先去做飯！」得到允許，柒柒高興地跳了兩下，歡快地應了聲，樂顛顛跑去灶間做午飯。

灶間傳來鍋碗瓢盆碰撞的聲響，慕羽崢努力想像一個小姑娘燒火做飯的模樣，可卻和之前一樣徒勞無功，怎麼也想不真切。

有生以來，他見過的、像柒柒這般大的小姑娘，都是些金尊玉貴的皇親貴冑、高門貴女，即便是她們身旁陪著玩耍的小侍女，也都錦衣玉食地養著，不曾做過什麼粗活。他難以想像一個這麼小的姑娘揮舞菜刀剁菜的模樣，可這件事卻真真切切，就發生在此刻。

那滿手都是細密裂紋的小姑娘，似乎不覺得這種生活有什麼苦，總是那麼快快樂樂的。她這個年紀，本該父母俱在、闔家團圓，不用擔心兵荒馬亂，也不必煩惱吃了這頓沒下頓……

慕羽崢伸手摸著自己受傷的腿，眼眸低垂，面色凝重。

等米煮熟的工夫，柒柒又熬上了今日的補藥。往灶膛和爐子裡添了柴火，讓火燒著，她便拿著裝滿野菜的竹筐和小板凳進屋，坐著摘菜。

「哥哥，我和在山哥、柱子哥說好了，下午他們陪我去集市。」這是柒柒早就打算好的，可如今出門在即，她還是忍不住興奮地和慕羽崢嘮叨起來。

慕羽崢回過神道：「好。世道不太平，妳這麼小，不管去哪裡，切莫一個人出門。」

柒柒認真點頭，說道：「我知道的，哥哥。」

見慕羽崢一臉嚴肅，柒柒剝好幾根野蒜，起身走過去，放到他手裡說：「哥哥，這野蒜我們都拿來當零嘴吃，可甜了，你嚐嚐。」

「好。」慕羽崢用手拎起一根野蒜，捲了捲放進嘴裡咬了一口，頓時滿嘴濃郁的辛辣，他好看的臉不禁皺了一下。

一直站在一旁等著看他表情的柒柒隨即笑出聲來。「這是野蒜，你多吃幾根，等習慣了就會喜歡上了。」

聽著小姑娘幸災樂禍卻又開心的笑聲，慕羽崢也笑了，沈重的心情頓時輕快了許多。

柒柒坐在小板凳上繼續摘野菜，慕羽崢坐在炕上慢慢嚼著野蒜，你一句、我一句地閒聊著。

「柒柒，跟我講講妳爹娘吧。」慕羽崢說道。

為了應付官差，柒柒已經把她爹娘的基本資料都和他講過了，可他想多了解一些，想知道柒柒的爹娘在世的時候，小姑娘過著怎麼樣的日子。

柒柒邊摘野菜邊說：「我快四歲時才記事，我爹是廚子，做得一手好菜，烙的餅可好吃了，我娘會繡花……」

她揀一些街坊鄰里都知道的訊息說給慕羽崢聽，可說著說著，她卻想起了很多事。

三年前，她來到這個世界的時候，還是個小奶娃，爹娘原來那個孩子發高燒沒了，才讓她得以用這個身分存活。

剛來的那陣子，她很害怕，生怕被發現她不是爹娘原本的孩子，被他們趕走、扔出去。

所以病著的時候她不怎麼說話，哪怕病好了，她還是不敢多開口，只是不停地找活幹，可娘總說她還小，攔著不讓她幹。

可不幹活、吃白食，她心虛。

那時候爹在城裡一家酒樓當廚子，每天早出晚歸，她年紀小睡得多，倒是打不了幾個照面，可和娘卻要朝夕相處，她只能打起精神，小心翼翼地應對。

有一天，她趁娘睡午覺，偷偷洗起爹娘換下來的衣裳，娘醒來瞧見以後，抱著她嚎啕大哭了一場，還說了一些她不太明白的話。

自那以後，娘就不再攔著她幹活，不管做什麼都把她帶在身邊，讓她幫忙打個下手，她心安多了。

爹娘對她一直很好，可一年前，雲中城被匈奴人包圍，城中守兵不夠，所有男人都去守城，爹就那樣被亂箭射死在城牆上。

後來援軍抵達，打跑了匈奴，她和娘去給爹收屍，娘揹著爹踉蹌著往家走，像發現她洗衣服那回一樣嚎啕大哭，她拉著娘的衣襬，也跟著一路走一路哭。

爹下葬以後，她就和娘與房子被燒、來她家借住的鄭氏跟遇兒一起生活，誰知才過不到半年，匈奴人再次打了過來，這次他們攻破城門，闖進城中到處燒殺搶掠。

城破的那一天，鄭氏碰巧帶著遇兒回娘家，娘把她藏進地窖，為了避免被人察覺，娘留在外面把一堆雜物堆在地窖周圍，自己拿著一把菜刀堵在門口，卻被衝進來的敵賊重重一腳連人帶刀踹飛了出去，吐血昏迷。

敵賊怕援軍抵達，不敢多留，搶了一波就走。

等外面重新歸於平靜後，她費盡力氣從地窖爬出來，看到躺在地上的娘，她嚇壞了。聽到她的哭聲，娘睜開眼睛，朝她笑了笑，讓她不要怕。

雖然後來請林爺爺看過又開了藥，可一個月之後，娘還是走了。

爹娘勤懇踏實、溫柔和善，也很用心照顧她，比上一世她的親生父母待她不知道要好上多少倍。

然而，鄭氏的心一向不在這裡，總說要離開這戰亂不斷的破地方，她經常出去逛，丟下她和遇兒不管。遇兒既懂事又乖，總是黏著她，還幫她幹活，可惜後來遇兒也走了，也不知道這輩子還能不能再見到面。

她想爹，想娘，還想遇兒。

慕羽崢安靜地聽著柒柒講以前的事，可小姑娘講著講著就停了下來，半天沒出聲，他便問道：「柒柒，妳怎麼了？」

柒柒抬袖子抹了抹不知道什麼時候落下來的眼淚。「沒事，就是有點想我爹娘和遇兒了，我去看看粥。」

聽著小姑娘帶著哭腔的聲音，慕羽崢輕輕嘆了口氣，心中愧疚，他不該多問的。

兩人默默吃過了粥，柒柒又把補藥端給慕羽崢讓他喝下。

柒柒洗好碗筷、將灶間收拾乾淨，剛把要用的銀子從八仙桌底下翻出來裝進荷包，在山和柱子就來找她去集市了。

柒柒拿著米袋又拎上竹筐，走到慕羽崢面前，一掃午飯時分的沈悶，語氣歡快又興奮。「哥哥，那我出門了喔！」

「去吧。」慕羽崢朝柒柒的方向點頭，叮囑道：「別忘了買香膏，買完早些回來。」

「欸，記著了。」柒柒乖巧地應下。

在山接過柒柒手裡的竹筐，邊往外走邊好奇地問道：「買香膏做什麼？那玩意兒又不能吃。」

柒柒回道：「我哥哥要用的。」

在山想起了慕羽崢那細皮嫩肉的臉龐，嫌棄道：「養他可真費錢，啥都不能幹，還得用香膏搽臉。」

柒柒趕忙將他推出門檻，回手把門關上，說道：「在山哥，你別這樣說我哥。」

柱子也勸道：「在山，伍哥挺好的，你要說也別當著他的面說，多傷人。」

柒柒去辦文牒的時候，柱子陪了慕羽崢半天，兩個人聊了不少，柱子已經把慕羽崢當兄弟了，也沒問年紀大小，直接喊起了伍哥。

在山一聽柱子也幫慕羽崢說話，頓時怒了，追著就打。「好你個柱子，你跟他才認識幾天啊，就幫他說話？討打！」

柱子撒開腳步就跑。「柒柒，在山他發瘋了，快救我！」

柒柒邁著兩條小短腿拚命去追。「在山哥，冷靜！」

孩子們打打鬧鬧地出了院門，漸漸跑遠了。

慕羽崢偏過頭聽著外面的動靜，嘴角輕輕勾了起來。

維持同樣的動作好一會兒，他雙手撐著炕，慢慢躺了下去，試著運用內力，可一用力五臟六腑就疼得難以呼吸，只得先放棄。

幾個孩子來到街上，站在集市口，有些茫然。

雖說逛集市不是什麼稀奇的事，可他們還是頭一次拿著錢正式出來採買，心情頗為緊張。

在山挎著竹筐，柱子拎著米袋，一左一右站在柒柒兩側，在山看著她問道：「柒柒，咱們先去哪兒？」

柒柒雙眼亮晶晶，按照先前規劃好的，小手一指，意氣風發道：「先去胭脂鋪給我哥哥買香膏。」

三個孩子興沖沖來到胭脂鋪，柒柒剛進門便開口道：「掌櫃的，我要買香膏！」

這幾日城裡亂糟糟的，胭脂鋪雖沒關門，卻一直沒什麼人光顧，趙掌櫃正拿著帕子四處擦拭物品，聞言欣喜地轉過身來，可一看孩子們穿著破舊、灰頭土臉，頓時有些失望。

然而，鋪子多日不曾做成生意，若能賣出點什麼，倒也能圖個吉利。

趙掌櫃笑意盈盈地走上前，彎下腰和善地問道：「小姑娘，妳想要什麼樣的香膏？」

柒柒看著貨架上琳琅滿目的各色盒子，不禁眼花撩亂，她攥了攥小手，說道：「我想要搽臉的。」

香膏大多用來搽臉，趙掌櫃一聽便知小姑娘應是頭一回來買，想必平時也不曾用過，便伸手做了個「請」的姿勢。「去裡面看看吧，光是搽臉的就有好多款。」

柒柒跟著趙掌櫃往鋪子內部走，聽著他為她介紹各種香膏，聽了一會兒便說：「最便宜的是哪一款，多少錢？」

趙掌櫃早就料到了，拿起自己剛介紹過的一款純白色、不帶花紋的瓷盒。「那便是這款了，用羊油加上柳蘭花熬製成的，既有滋潤功效，還能消炎止痛，實乃上品，價格公道，一盒不過十文。」

柒柒聽得心動，卻忍不住問出心中的疑惑。「這麼好的香膏，為何最便宜？」

第十章　大肆採買

此話聽起來有找碴的意味，可趙掌櫃卻絲毫不惱，耐心解釋道：「因為這是本店自己做的，羊油、柳蘭花都是草原上的東西，不值幾個錢，這瓷盒用的也是最普通的，所以才便宜，我自家人用的也是這款。」

這瓷盒確實是鋪子裡最不起眼的，這麼說倒也解釋得通，柒柒指著趙掌櫃手裡的香膏，問道：「我能聞聞嗎？」

「自是可以。」趙掌櫃將香膏遞到柒柒手裡。

柒柒打開蓋子，聞了聞那淺紫色、泛著淡淡香氣的膏脂，說道：「掌櫃的，能少一點價嗎？」

趙掌櫃不禁苦著臉道：「小姑娘，我見妳年歲小，這價格已是最低了，一文都不曾多要。」

見柒柒拿著香膏猶豫了起來，在山便在一旁勸道：「柒柒，前面還有兩家胭脂鋪呢。」

這是他們在來的路上商量好的策略，若是柒柒不開口說要買，在山就這樣說。

柒柒聞言便點頭，把香膏還給趙掌櫃，說道：「掌櫃的，對不起，我再去別家看看。」

說罷轉身作勢要走。

若是平日，不過十文錢的生意，趙掌櫃定然不會在意，可如今他實在不希望這幾日以來的頭一單生意黃了，連忙出聲道：「要不這樣，算妳九文，真的不能再少了。」

柒柒側著身子，轉頭說道：「八文我就買。」

趙掌櫃看著小姑娘那粗糙的小臉和小手，牙一咬，點頭道：「成，就當開個張了。」

柒柒便笑著走回去說：「多謝了。」

「以後若是還想買，就到小店來。」趙掌櫃拿了個針腳粗糙的粗布荷包，把瓷盒放進去，遞給柒柒。

「好。」柒柒應聲接過，從荷包裡拿出八文錢交給趙掌櫃，又好奇地問道：「最貴的香膏多少錢？」

趙掌櫃指著貨架上那一排繪有各色花朵圖案的精緻瓷盒，說道：「這些是從都城運來的，都是貴人們在用，價格五兩到十兩銀子不等。」

柒柒暗自咋舌，同趙掌櫃告辭，走出胭脂鋪。

一出門，在山便震驚無比地說道：「我的天，那麼一小盒香膏，竟然要賣到十兩銀子，把我賣了怕都不值十兩！」

柱子也說：「要是我有那麼多銀子，肯定拿去買肉。」

柒柒認真想了想，說道：「要是我有十兩銀子，我就全拿來買米……喔對了，還要買點鹽什麼的。」

孩子們一邊往集市裡頭走，一邊天馬行空地暢想著，要是自己有十兩銀子，該怎麼花才划算。

香膏能講價，可米、鹽、油、肉這些生活必需品全都明碼標價，柒柒買的也不多，人家根本不會給她優惠。

柒柒按照早就計劃好的，買了一百文的粟米、二十文的鹽、二十文的油，最後咬牙花十文買了半斤羊肉，又花兩文買了些胡蘿蔔和馬鈴薯。

這些東西，柒柒都是先問過價錢，再讓店鋪夥計嚴格按照預算來秤的，買一百文就是一百文，買二十文就是二十文，一文都不能多，所以在購買過程中難免惹店家不耐煩，不過看在她年紀小又那麼有禮貌的分上，店家除了嘮叨幾句以外，倒也不曾為難。

吃的都買好了，孩子們便往回走，路上順便去了布莊。

柒柒給慕羽崢買了一件上衣、一條褲子，光是這套布衣就花去一百文，數錢給人的時候，柒柒只覺得肉疼。

要買的都買齊了，在山和柱子拎著竹筐、抱著米，柒柒拿著衣裳、揣著香膏，興沖沖地趕回家。

慕羽崢一個人待在家裡，坐了一會兒便躺下睡了一覺，等他醒來之後，便雙手撐著身體，拖著傷腿，一點一點慢慢挪到窗戶邊，聽著外面的動靜。

他不知道自己究竟睡了多長的時間，也不曉得集市有多遠，靠在窗邊等了一會兒之後，便覺得小姑娘出去得有些久了，心中不免焦急起來。

好在，沒過多久，慕羽崢就聽到了院門打開的聲音，緊接著就聽小姑娘嘰嘰喳喳地說著話。「我哥哥肯定等急了，我先進屋。」

慕羽崢的嘴角揚了起來，雙手撐著炕，摸索著緩緩地往炕邊挪。

還沒等他挪回原地，就聽見屋門被打開，小姑娘跑進來，把一個圓潤小巧的瓷盒往他手裡一放，發出奶音又甜又乖地說：「哥哥，你要的香膏。」

慕羽崢拿著香膏，用手拍了一下炕，說道：「可是累壞了？快坐下歇一歇。」

「不累，一點都不累。」柒柒嘿嘿傻笑了兩聲，興奮不已，招呼著已經進門的在山和柱子道：「東西放桌上就行。」

在山和柱子放好東西，和慕羽崢打了聲招呼便告辭。

柒柒知道他們惦念家裡，也不挽留，只追出去說道：「在山哥、柱子哥，晚上到我家吃飯吧，我拿馬鈴薯和胡蘿蔔燉羊肉。」

「不來，就那一塊肉，妳留著給妳哥補身子吧，我們身強體壯的，就不吃了。」在山想都沒想便直接拒絕，轉眼躍上了自家牆頭。

柱子也連連擺手往外走。「我也不來，妳讓伍哥多吃一點，早些好起來。」

眼看兩人一個跑回隔壁院子裡，一個消失在院門口，柒柒急得跺腳大喊：「你們要是不來，我就不跟你們好了！」

他們事事關照她，家裡有吃的也經常分給她，她不能這麼沒心沒肺，完全不回報。

柱子沒有回應，真的跑遠了。

柒柒便跑到牆根底下喊道：「在山哥，你趕緊給我出來！」

已經跑到屋門口的在山又跑回來，蹦上了牆頭騎著，就見小姑娘雙手扠腰，凶巴巴地瞪著他說：「你來不來？」

在山撓了撓腦袋，很不好意思地說：「那我來喝口湯？」

柒柒仰著小腦袋笑了。「晚點你讓蔓雲姊帶在江過來，我不大會做，請蔓雲姊幫忙，回頭我們多加點水跟菜，煮上一大鍋，到時候給呂叔也端一碗，你再幫我給柱子哥送去。」

在山稍稍想了想，點頭道：「行，我姊今天剛做了饢餅，到時候我帶兩張饢餅過來。」

兩人約定好了以後，在山跳下牆頭回家，柒柒也樂顛顛地進了屋，把自己打算請在山哥一家，還有柱子哥一同吃晚飯的事同慕羽崢說了。

慕羽崢頷首道：「好，家裡的事妳說了算。」

心想做晚飯還早，柒柒便脫了鞋子爬上炕，往慕羽崢身邊一躺。「哥哥，我睡一會兒，待會兒你記得叫醒我。」

慕羽崢伸出手。「柒柒，把手給我。」

柒柒便把剛要湊過去讓人摸的腦袋縮回去，改成將手放在慕羽崢手上。

慕羽崢將那盒香膏放在她的小手中。「柒柒，這是給妳用的。」

「給我的？」柒柒很是驚訝，她一骨碌爬了起來，拿著香膏就往他手裡塞。「哥哥，我不用，你留著用。」

慕羽崢攥著她粗糙的小手。「妳的手這樣，很疼吧。」

柒柒低頭看著慕羽崢那雙手，他指甲縫裡的泥土早已洗乾淨，一雙手白淨又漂亮；她的手卻像老鷹爪子，又黑又粗糙，上面還有細密的裂紋。

平常一天到晚忙個不停，柒柒都不曾留意過這強烈的反差，這麼仔細一對比，她有些窘迫，忙把小手從他手裡拽出來，藏到了身後。「我……不疼。」

慕羽崢的心思敏銳，從小姑娘結巴的語氣中察覺出她的不自在，趕忙道歉。「柒柒，對不起，我沒有別的意思，就是想著家裡都是由妳辛苦操持，我卻什麼忙都幫不上，只能送個禮物給妳。」

見慕羽崢面帶歉疚，睜著一雙沒有焦距的雙眼四下摸索，像是想抓她的手，柒柒便覺得也沒什麼不好意思的了，她把手從身後拿出來，抓住他的手道：「哥哥，謝謝你。」

慕羽崢問道：「那這香膏妳要嗎？」

柒柒開心地笑了。「這還是頭一次有人送我香膏呢，我要。」

慕羽崢也笑了。「那我給妳抹？」

柒柒把香膏拿過來小心地放到窗檯上，說道：「晚上睡前再抹吧，待會兒還得幹活呢，現在抹上就浪費了。」

慕羽崢點頭道：「行，那妳先歇一會兒。」

柒柒應了聲，躺回炕上去，抓著慕羽崢的手放在自己頭頂，閉上眼睛準備睡一陣子，又迷迷糊糊地忍不住彎著嘴角咕噥道：「哥哥，等我睡醒了，就去燉羊肉喔。」

從那半睡不醒、含糊不清的童音裡聽出笑意和期盼，慕羽崢摸著她的小腦袋，輕輕地道了聲好。

他靠坐在被子堆上，守著身邊那睡下去就蜷縮成小小一團的小姑娘，怔怔地望著前方發呆。

多日過去，他的眼前仍舊一片漆黑，絲毫沒有好轉的跡象。

不知那半枚玉珮流到了何處，他只期盼有朝一日能落到周家人的手中，讓他們能循著蛛絲馬跡找過來。

到那時，他要親自找回阿姊的屍身與那些拚死護他逃走的護衛們的遺體，送他們返鄉安葬；到那時，他要找出設計他和阿姊陷入死地的幕後黑手，親手將他碎屍萬段，報仇雪恨。

只是不知，那日何時才能到來，也不知，他這輩子能否等到那麼一天。

要是等不到，難道他就這樣窩在這邊關小城，每天為了三餐掙扎，苟延殘喘一輩子？

若是眼睛無礙，待養好腿傷、內傷，他自是有其他打算，可如今看來，他這雙眼睛怕是要徹底瞎了。

目不能視，身邊又沒有能用之人，他不知前路在何處，彷彿被禁錮在一個堅固無比、四周又漆黑的牢籠中，看不清方向，亦無法衝破困境，只感到深深的絕望。

慕羽崢憂心忡忡、鬱鬱難舒，只覺胸口憋悶得快要無法呼吸，不由自主地重重嘆了口氣。

許是他嘆氣的聲音太重，他手下那毛茸茸的小腦袋拱了拱，小姑娘咕噥了句。「等我燉羊肉喔。」

慕羽崢回過神來，在她頭上撫了兩下，強迫自己從那些灰暗的想法中脫離出來，逼著自己去想今晚的燉羊肉。

柒柒實在是太累了，早上跑去挖了一筐野菜，中午回來馬不停蹄地做飯，之後歇都沒歇又去逛街，買東西的時候精神抖擻、勁頭十足，可這一睡下去就醒不過來了。

慕羽崢很心疼小姑娘，也不喊她，就這樣坐在她身邊守著她。看不見，他的手就一直放在她頭上，後來他坐得有些累，就慢慢躺下去，順著她的胳膊握住了她的手。

摸著那乾燥粗糙、沒什麼肉的小手，慕羽崢輕輕嘆氣。

若是有朝一日，他能恢復身分，他再也不會讓柒柒受苦受累，也不會讓她區區幾兩銀子都要千算萬算才敢花，他要她每天除了吃飯、睡覺，只管開開心心地玩，他要把她養成一個白白胖胖的幸福姑娘。

慕羽崢躺在柒柒身邊，想像白胖的小姑娘坐在點心堆裡大吃特吃的模樣，想著想著，眉宇間的沈鬱漸漸淡去，情不自禁地露出了一抹笑容。

一個蜷著身體酣然入夢，一個面帶笑容幻想未來，兩個孩子窩在一處，就這麼靜靜躺到了日落西山，晚霞漫天。

不知又過了多久，在山從牆頭跳過來，隔著窗戶問：「柒柒，我姊讓我問妳什麼時候做飯，她好來幫忙。」

慕羽崢這才摸摸柒柒的頭，喊她。「柒柒，在山找妳。」

柒柒還沒完全清醒，緩緩翻身跪坐起來，揉了揉眼睛朝外回道：「在山哥，讓蔓雲姊現在過來就行了，把在江也帶來。」

「好咧！」在山爽快地應了一聲，翻牆回去接人。

柒柒用手梳了梳亂糟糟的頭髮，整理得差不多之後用頭繩重新繫好，把自己的被褥連同枕頭往炕頭一堆，就下了地。

家裡有客人要來，慕羽崢不想再躺著，撐著身子坐了起來，柒柒忙去扶他靠好。「哥哥，要是累了你就躺著，不要緊的。」

「躺那麼久也躺累了，坐一會兒好。」慕羽崢說著，摸索著把被子扯好，將腿蓋得嚴實些。「妳去忙吧，我自己可以。」

柒柒見他自己蓋被子、整理衣衫，雖然動作慢了些，但都做得挺好的，便不再管他，抬腳往灶間走。「燉羊肉嘍！」

很快的，蔓雲抱著在江上門，在山則拿了兩張饢餅、抱著一顆大白菜來了。

蔓雲有些不好意思地說：「柒柒，我們來蹭飯了。」

在江見到柒柒，樂得露出一口小奶牙，朝她伸出兩條小胳膊，奶聲奶氣地喊：「柒柒。」

「小壞蛋，喊姊姊。」柒柒樂顛顛地走上前，從蔓雲懷裡接過在江，在他小屁股上拍了一巴掌，拍得小傢伙格格笑。

柒柒其實抱不太動在江，便把他放在地上，牽著他的手，朝蔓雲笑道：「蔓雲姊，是我不會做，讓妳來幫忙的，再說了，要是沒有在山哥一天到晚幫忙跑東跑西，我什麼事都辦不成，妳就別跟我客氣了。」

見蔓雲張嘴還要再說些客套話，在山立刻舉了舉手裡的大白菜和饢餅說：「我都快饞死了，咱們能不能先做飯？」說罷還故意吸溜口水幾聲，一副快要饞死的模樣。

柒柒被他逗得哈哈笑出聲，蔓雲則抬手拍了他的背一掌道：「就你皮。」

在江有樣學樣，晃晃悠悠走過去，抬起小手拍了哥哥的腿一下，說道：「你皮。」

小傢伙打完就趕緊跑到柒柒身後藏起來，抱著她的腿，探出一顆小腦袋觀察自家哥哥。

幾個孩子哄笑出聲，蔓雲心中的不好意思也全拋諸腦後，主動張羅起來。「柒柒，那先煮一鍋野菜粥吧，這麼多人呢，也不能光吃菜。」

「成。」柒柒乖巧地應下，又說：「蔓雲姊，我帶妳先認識我哥哥吧。」

蔓雲忙說道：「好，我早就想過來看看妳哥了，可最近亂糟糟的，家裡又一堆事。」

幾人說著話進了東屋，柒柒跑到炕邊，拉起慕羽崢的手，跟他介紹了蔓雲和在江，又轉頭笑著說：「蔓雲姊、在江，這是我哥哥。」

慕羽崢輕輕點了點頭，語氣溫和有禮。「你們好，我是鳳伍。」

蔓雲看著坐在炕上的慕羽崢，不由自主地拘謹了起來。「柒柒哥哥你好。」

她本想喊他小伍，可那孩子明明年紀比她小，還安安靜靜地坐在那裡，卻帶著一股她說不上來的威嚴氣勢，讓她不敢造次。

說著，蔓雲又拉著在江道：「在江，喊伍哥。」

在江見了陌生人，有些害怕，躲到蔓雲背後，怯生生地喊了聲「伍哥」。

慕羽崢淡淡笑著點頭道：「在江，你好。」

在江咻地一下把小腦袋埋在蔓雲的腿上，惹得幾個孩子又笑出聲，柒柒跟慕羽崢解說眼前的情況，慕羽崢也笑了。

第十一章　飽餐一頓

相互認識過後，柒柒便留下慕羽崢在屋內，跟著呂家三姊弟去了灶間。

柒柒這次大方抓了五把米，手腳俐落地淘米煮粥，又去摘野菜，等米煮熟的工夫，她又把慕羽崢晚上的藥熬了起來，隨後看著爐子和灶裡的火。

蔓雲將羊肉清洗乾淨，切成厚度適中的小塊，隨後拿刀刮除馬鈴薯的皮，又切起馬鈴薯、胡蘿蔔、白菜，再把兩張饢餅切成一個個小塊。

在山見水缸裡的水快要見底，拎上水桶就去街口的水井打水，半桶半桶地往回拎，跑了好幾趟，把水缸給裝滿了。

三人開開心心地忙活著，在江則拿根小棍子坐在小板凳上，不吵不鬧自己玩。

屋門沒關著，慕羽崢靠坐在被子上，偏了偏頭，認真地聽著灶間叮叮噹噹、鍋碗瓢盆碰撞、切菜倒水的熱鬧聲響。

長安城外，周錦林帶著一隊護衛，護送自家馬車趕在城門關閉之前出了城。出城之後一路疾馳，一直到十里之外，覺虛寺山腳下，一行人才停下。

周錦林的夫人顧夕荷下了馬車，打開車廂板，十三歲的周晏和十歲的周清兄弟倆便從車底的夾層中鑽了出來。
層巒疊嶂、殘陽籠罩，金色的霞光照在兩個少年郎意氣風發的臉上。
他們對周錦林和顧夕荷拱手，異口同聲恭敬道：「四叔、四嬸，請吩咐。」
周錦林拍了拍兩個孩子的肩膀，神情激動、雙目赤紅。「晏兒、清兒，你們兄弟兩人一定要牢記，過了並州邊境，立刻喬裝換條路往南邊去，軍中已安排妥當，有人接應，時機未到之時，切莫暴露身分。」
尚在家中時，自家爺爺就已再三叮囑過這些話，周晏與周清齊齊點頭，一起說道：「四叔放心，我們記得了。」
顧夕荷把銀兩、身分文牒和路引交到兩人手中，眼中滿是心疼和不捨。「晏兒、清兒，孤身在外，務必照顧好自己。」
兩人伸手接過東西，長長一揖，周晏說道：「請四叔跟四嬸放心，我們定不負家中所望。」
周錦林扶起兩個孩子，用力給了他們一個擁抱，鬆開之後揮了揮手道：「去吧。」
「四叔、四嬸，請多保重。」周宴與周清作揖道。
兩個少年郎俐落地翻身上馬，於馬上再行一禮，方才打馬前行。
除了一名車夫、一名長隨，及跟來的一隊護衛，包括和周晏、周清年歲相仿的兩個少年也上了馬，沈默地朝周錦林夫婦抱拳行禮，隨即打馬追了上去。

夜幕下，一行人快馬疾馳，揚起滾滾塵煙，眨眼間消失在前方。

男兒有淚不輕彈，何況周錦林這種久經沙場磨練、見慣生死之人，看著自家晚輩小小年紀就背負重任離家遠行，仍舊傷懷落淚。

顧夕荷攥住周錦林的手，溫柔勸道：「夫君不必擔憂，晏兒足智多謀，清兒謹慎多思，他們定能平平安安。」

周錦林回握住自家夫人的手。「大哥、大嫂跟二哥全都不在了，如今孩子們這麼小就要出遠門，下次相見不知要到何時，又是何等光景，我實在不忍心……罷了，不說了，上山去，既然說是出來拜佛祈福，那便誠心誠意地拜上一拜吧。」

說完，周錦林牽著顧夕荷的手，沿著石階往覺慮寺走去。

周晏、周清兩兄弟帶著護衛沿著官道一路向北，一口氣奔出二十多里，這才放慢速度，讓馬緩個勁。

「大哥，你說，咱們下次回家是什麼時候？」周清騎在馬背上，回頭望了一眼。

周晏看著沿途不知回頭看了幾次的堂弟，問道：「可是想你娘了？」

這話周清實在不想承認，可到底不過是十歲的年紀，又是第一次離家，撐了一會兒便紅了眼眶。「從家裡出來的時候，我娘是笑著的，還誇我是個做大事的人，說我日後定能光宗耀祖，她為我高興，可我一出門，就聽見我娘哭了。」

周晏伸手拍了拍周清的肩膀，寬慰道：「別難過，等過上幾年，你我在軍中混出了名堂，便可回家了。」

周清聞言，悄悄地擦了擦眼睛，面色沈重道：「大哥，咱們周家滿門忠烈，為大興江山立下赫赫戰功，對朝堂、對陛下從無二心，又心甘情願交出了兵權，可最後卻落得個自家兒郎要從軍還得偷偷摸摸的下場，到底是為什麼？」

因為我們姓「周」，曾經為大興打下半壁江山的「周」，曾經讓二十萬周家軍不聽兵符調令只認周家人的「周」。

周晏這樣想著，卻沒說出口。

他抬頭看向天上高高掛著的月亮道：「清兒，莫要多想，你只需記得，我們要趁早在軍中立足，更要不惜一切代價拿回周家軍的控制權。不為權勢、不為名利，只為祖父與祖母能頤養天年，叔叔跟嬸嬸能平平安安，弟弟和妹妹能富足安康。」

只為不再受制於人，連想出門尋回自家孩子的屍骨都不被允許。

周晏勒住韁繩，神色凜然道：「當然，也為了有朝一日能查明，在那樣周密的部署下，檸兒表姊和崢兒表弟為何慘死。若是有人從中謀害，我周家軍，定斬不饒。」

包括周清在內的一行人，都被周晏這沈穩卻豪邁的話語激得熱血沸騰，重重握拳，齊喝出聲。「定斬不饒！」

兄弟兩人對視一眼，齊齊一夾馬腹，再次縱馬前行。

「羊肉燉好嘍！」柒柒歡欣雀躍地跑進來，拉起慕羽崢的手欣喜地問道：「哥哥，菜我幫你盛好了，主食你吃什麼？是菜粥或饢餅，還是都來一點？」

慕羽崢笑了。「來些饢餅吧。」

「好咧，馬上來！」柒柒歡快地應下。看吧，她猜對了，日復一日的菜粥，是個人都會吃到怕。

小姑娘鬆開慕羽崢的手樂顛顛地往灶間跑，慕羽崢忙出聲叮囑。「慢著些。」

柒柒顧不上應他，跑回灶間，伸手去端那熱氣騰騰的菜碗，卻燙得立刻縮回手，跳著腳不停地摸耳朵喊道：「唉唷，燙死了！」

在江被柒柒的動作惹得格格一陣笑，小棍子一扔，也學著柒柒的模樣摸耳跳腳，大著舌頭學著說：「燙洗了！」

這逗趣的模樣惹得在山和蔓雲哈哈直笑，蔓雲拿起抹布遞給在山，對柒柒說道：「妳拿饢餅就好，讓在山端菜進去。」

於是兩人一人一只碗，捧著吃的進了東屋，放在慕羽崢身邊。

柒柒家裡的桌子只有那張八仙桌，連個炕桌都沒有，菜碗和餅碗就直接放在炕上。

「哥哥，啊——」柒柒拿起筷子，迫不及待地挾了一塊羊肉，小心地餵到慕羽崢嘴邊，「啊」一聲示意他張嘴。

慕羽崢便張嘴把羊肉咬進嘴裡，慢慢咀嚼起來。

羊肉燉了許久，軟嫩多汁、香而不膩，這是慕羽崢這麼久以來……不，應該說，是他這輩子吃過最美味的羊肉了。

「怎麼樣，好吃嗎？」柒柒拿著筷子，眼巴巴地看著他，等待他的評價。

他們在灶間守著鍋子燉了那麼久，光是聞到香味，口水都快淌了一地，卻忍著看蔓雲拿筷子扎來扎去判斷熟度，誰都沒捨得嚐上一口。

慕羽崢這口可謂這頓大餐的第一口，不光柒柒和在山吞著口水等他回答，就連蔓雲和在江也不知道什麼時候進來了，雙眼發光地看著慕羽崢。

慕羽崢吞下嘴裡的羊肉，重重點頭道：「好吃。」

聽到這個回答，蔓雲靦覥地笑了，柒柒則與在山、在江歡呼出聲。

柒柒把筷子遞給慕羽崢，說道：「哥哥，你自己先慢慢吃，等我給呂叔還有柱子哥盛完，我就來陪你。」

自從慕羽崢能坐起來以後，他自己能做的事就不假他人之手，吃飯也是，雖然速度很慢，但摸索著也能吃。

想著要跟柒柒一起吃飯，慕羽崢應了聲好，強忍住陣陣香味的誘惑，拿著筷子靜靜等候。

幾個孩子又一一跑回灶間，柒柒拿了兩只大碗，往碗裡盛菜。

羊肉不多，但蔓雲切成了小塊，散在鍋裡看起來倒也不少，柒柒還發狠讓蔓雲把那用兩文買來的馬鈴薯和胡蘿蔔全下了鍋，再加上在山抱來的那顆放在地窖裡珍藏了許久的大白菜，算是燉出了一大鍋料理來。

柒柒先盛了菜到兩只大碗裡，隨後挑了一些羊肉放上去，再舀上兩勺湯，兩只大碗頓時塞得滿滿的。

裝好了吃的，柒柒笑著說：「蔓雲姊、在山哥，先給呂叔送一碗，再給柱子哥送一碗，然後咱們就開飯。」

姊弟倆應好，一人端著一碗出門，一個送回了家，一個送去給道路對面隔著兩戶人家的柱子家。

很快的，兩人拿著洗乾淨的空碗返回，等他們進門，就見柒柒已經把菜又盛了三個大碗和一個小碗，連同裝菜粥的盆還有饢餅，一同擺在東屋的八仙桌上。

在江的雙頰一鼓一鼓地吃著東西，見哥哥跟姊姊進來，他小手指著柒柒，含糊不清地說：「柒柒，肉肉。」

「在山哥、蔓雲姊，快過來，咱們開飯。」柒柒把在江抱到唯一的椅子上，招呼著姊弟倆。

在山和蔓雲看著桌上那滿得快溢出來的菜碗，都有些驚訝，蔓雲連連擺手道：「這也太多了吧，我們吃不了的。」

「快吃，待會兒涼了。」柒柒把他們倆推到桌子前，說道：「我們家沒有多的椅子，咱們只能站著了。」

她很清楚蔓雲和在山從不占別人便宜，要是她不單獨盛出來，他們只會挑菜吃，而不會挾肉，她把每碗的食物種類盛得均勻，確保有菜、有肉還有湯。

盛情難卻，而且姊弟倆實在是太久沒吃到這麼豐盛的菜了，便不再推辭，伸手拿起了筷子。

蔓雲先挾一塊肉餵進在江嘴裡，又挾一塊放到柒柒碗裡，再挾一塊放入在山碗裡，最後才挾一塊送到自己嘴裡，嚼著嚼著，突然紅了眼眶，為了掩飾自己的失態，她低下頭笑著說：「熟透了。」

在山看了蔓雲一眼，把自己碗裡的肉挾給蔓雲一塊，又給柒柒和在江各挾了一塊，隨即抱著碗往旁邊挪了挪，說道：「我不愛吃肉，你們多吃點。」

撒謊，誰不愛吃肉呢？柒柒在心裡這麼說，可也沒有拒絕姊弟兩人的好意，只是看得心頭發酸，說道：「這桌子高，我搆不太到，我到炕邊去和我哥哥一起吃。」

說著，她抱起自己的碗，小心翼翼走到炕邊，坐在慕羽崢旁邊道：「哥哥，我來陪你。」

「好。」慕羽崢應聲，摸索著端起自己的碗，慢慢吃起來。

柒柒挾起一塊馬鈴薯放進嘴裡，綿軟香甜，滿滿的羊肉味，小姑娘眼睛都亮了，挾起一塊餵到慕羽崢嘴邊道：「哥哥，這馬鈴薯好吃，你嚐嚐。」

慕羽崢張嘴吃下馬鈴薯，笑著點頭說：「確實好吃。」

八仙桌那邊，蔓雲和在山的傷感也因為這難得的美食而煙消雲散，姊弟幾個交流著馬鈴薯夠鬆軟、胡蘿蔔夠甜、大白菜夠鮮等心得，樂得像鳥雀一般嘰嘰喳喳。

五個孩子都一樣，許久不曾吃過肉了，每個人抱著碗吃得津津有味、狼吞虎嚥，就連一向優雅的慕羽崢也因急著送菜入口，學著柒柒的樣子邊吹氣邊燙嘴地吃了起來。

見大家都吃得開心，柒柒非常高興，一再叮囑今晚管飽，大家敞開肚子吃。

在山的食量大，風捲殘雲般吃完了一碗羊肉燉菜，又啃了一塊饢餅，還吃了小半碗粥，這才打著飽嗝放下碗。

至於在江，他年紀小，吃完碗裡的菜便停了嘴，不肯再吃。

蔓雲也吃完了，見柒柒跟慕羽崢還在吃，她便收拾桌子、洗了碗筷，轉眼間，灶間也打理得乾乾淨淨，東西歸攏得整整齊齊。

慕羽崢看不見，吃得慢了許多，柒柒就陪他慢慢吃，等蔓雲跟在山姊弟把她今天挖的那筐野菜摘完，他們才吃完。

蔓雲從柒柒手裡接過碗筷順手洗了，隨後一一交代。「柒柒，粥剩一半，菜剩一碗，饢餅也剩下幾塊，我都拿布蓋好了，明天熱一熱，足夠妳和妳哥吃上一天，藥我倒在碗裡了，鍋裡也燒好水。」

「蔓雲姊，謝謝妳。」柒柒拉著蔓雲的手真誠道謝。這些活要是由她幹，得花上好半天，蔓雲姊這是幫了大忙。

蔓雲幫柒柒攏了攏亂蓬蓬的頭髮，抱起在江道：「時候不早了，你們早些歇息，我們就先回去了。」

想著呂叔一個人在家，柒柒也不多留，把姊弟三個送出門，看著他們走出自家院門，又踩著木墩子看他們進入隔壁院中，這才揮了揮手轉身回屋，閂好門，把藥端進屋道：「哥哥，喝藥了。」

慕羽崢靠在被子上，摸著肚子笑得有些無奈。「柒柒，我怕是要待會兒才喝得進去了。」

「嘿嘿，好像是喔。」柒柒憨憨地笑了，把藥放在八仙桌上，走到炕邊爬上去，挨著慕羽崢往炕上仰面朝天一躺，雙手摸著自己破天荒圓滾起來的小肚皮，眼睛笑成了月牙，心滿意足道：「哥哥，吃飽的感覺可真好。」

慕羽崢聽得心酸，伸手摸索著找到小姑娘的腦袋摸了摸，卻是什麼也沒說。

柒柒見慕羽崢神色落寞，以為他在擔心以後又要每日以菜粥果腹，便抓住他的手抱在懷裡，語氣格外認真。「哥哥，你放心，我以後會想辦法讓你頓頓吃上飽飯的。」

金手鐲和半枚玉珮一共當了六兩銀子，辦身分文牒花了二兩，後來付藥錢又買補藥，花了一兩多；今日雜七雜八買一通，又用掉了一些，如今手裡只剩下二兩銀子多。

林爺爺說了，慕羽崢這內傷和腿上的傷還得吃上一、兩個月的藥，他的伙食也得跟上，如此一來，那二兩銀子很快就會花完了。

她想好了，明天去拿藥的時候，她就讓林爺爺幫忙問問，看看有沒有哪戶人家需要人打雜，畢竟家裡總得有個進項，不然可是坐吃山空。

慕羽崢轉頭對小姑娘說：「柒柒，過陣子等銀子花完，妳就把那剩下半枚玉珮當了。這麼做的話他們還能再支撐一些時日，說不定到時周家那邊就有人找來了。」

柒柒卻不依。「那是你家裡留給你的念想，不能當，回頭我再想辦法。」

一個年幼的小姑娘能想到什麼辦法，慕羽崢不以為然，可也不跟她爭辯，只捏捏她的小手道：「我幫妳塗香膏可好？」

第十二章　補貼家用

「好喔。」柒柒笑著應了，翻身下地去打了盆溫水，先浸濕帕子讓慕羽崢擦臉、擦手，隨後仔細洗好自己的臉和手。

這些事都做好了，柒柒才爬上炕坐在慕羽崢身邊，把香膏遞給他，粗糙的小手往他手裡一放。「哥哥，你說我的手搽了香膏，以後會和你的手一樣白嗎？」

慕羽崢回答得極其認真。「一定會的。」

他握著柒柒滿是皸裂的兩隻小手，仔仔細細地為她塗好香膏，隨後又挖了一點，摸索著幫她那飽受風吹日曬摧殘的小臉蛋也塗上了。

柒柒閉上眼睛，仰頭抬著小臉，靜靜享受那輕柔的塗抹，心裡高興的同時，還忍不住有些心疼——哥哥這樣挖了又挖，這盒香膏估計塗不了幾次。銀子可真不禁花啊，看來真的得盡快找個活幹才行。

慕羽崢耐心又溫柔地為柒柒塗好香膏，柒柒把兩隻小手舉起來，聞了又聞，樂得笑了。「哥哥，我的手這麼香，都不知道往哪兒放好了，要不我舉一晚上吧。」

聽著那宛若不知人間疾苦般歡快的笑聲，慕羽崢也跟著笑了。「那便舉著吧，我陪妳。」說著也把手高高舉起來。

見慕羽崢兩條胳膊伸得直直的，柒柒笑得打滾，舉著手躺在炕上，等到手乾，這才下地把慕羽崢的補藥端來，等他喝完，兩人便歇下了。

第二日上午，柒柒熱了昨晚剩下的菜和饢餅，和慕羽崢草草吃了早飯，又把熬好的補藥放在他手邊，便拎著竹筐，跟在山還有柱子他們出門挖野菜去了。

柱子沒說什麼，卻搶著幫柒柒挖野菜，她那筐有一半是他挖的。柒柒知道他這是為了還昨晚那碗菜的情，便欣然接受了。

到了晌午時分回到家，柒柒忙著熱剩粥、熬藥，等兩人吃完，她躺到炕上歇了一會兒，便從桌子底下掏了些錢出來，讓在山陪著去林氏醫館，出門的時候還拿上一大把野菜，準備送給林義川和許翠嫻嚐個鮮。

到了醫館，柒柒買好了慕羽崢接下來要吃的傷藥，堅持付了藥錢，隨後便開口問道：「林爺爺、林奶奶，我想找個活幹，你們知道哪裡在招工嗎？」

看著眼前瘦瘦小小的小姑娘，林義川夫婦對望一眼，久久無言。

戰亂連連，城中的百姓逃的逃、死的死，人口銳減，如今各行各業都不景氣，哪裡有人招工啊？就算有人招，可這麼小的孩子，又有誰會要呢？

柒柒見他們面露難色，知道大概是因為自己太小的緣故，便挺直了小腰板，悄悄踮起了腳尖，試圖讓自己看起來更高些。「林爺爺、林奶奶，我不怕吃苦，燒火、做飯、洗衣服，我什麼都能幹。」

柒柒的小動作落入夫妻倆眼中，望著那雙滿是期盼的眼眸，任誰都不忍心拒絕。

夫妻倆不約而同地望向醫館的角落——木檯上堆放著一些還未來得及處理的藥草，兩人有默契地同時點了點頭。

林義川問道：「柒柒，別處尚且不知，但我這醫館倒是缺個藥僮，若是妳願意……」

「林爺爺，柒柒願意！」柒柒想都不想，急忙點頭。

她這樣的年紀，能找到一份活計實屬不易，萬萬沒有挑三揀四的道理，再說了，林爺爺跟林奶奶是這麼好的人，她十分願意跟著他們幹活。

見小姑娘小雞啄米般不停點著小腦袋，正在碾藥的許翠嫻笑了。「先別急，聽妳林爺爺說完，再看能不能幹。」

柒柒認真應好，仰頭看著林義川道：「林爺爺請講。」

林義川指著那堆藥草說：「這些藥草有的是收來的，有的是我去採來的，需要篩選、清洗、晾曬，分門別類進行不同的處理，原先有個學徒幫我做，後來他從軍打仗去了。

「如今這醫館裡就我和妳林奶奶在忙，但我時常要外出行醫，妳林奶奶一個人要抓藥、配藥、碾藥，還要料理一日三餐，多少忙不過來，有些藥草來不及處理就會爛掉，那都是白花花的銀子，扔了實在可惜。」

說著，林義川嘆了口氣。

介紹完醫館的情況，林義川便說到了關鍵。「妳若是做得了，便每天過來半日，從辰時到巳時做兩個時辰，每月付妳五百文工錢，再供妳一頓午飯，妳看可成？」

「成的、成的！」柒柒一雙黝黑的眼睛亮得發光，抱著小拳頭連連作揖。

以前爹在酒樓做廚子，雖說包了一日三餐，年節還有額外的賞錢，可每個月的工錢也才一兩銀子。

她只幹半日便能賺到五百文，還包一頓飯，她滿意得不能再滿意了，甚至覺得自己占了大便宜，不太好意思地問道：「五百文……會不會太多了？」

「不多，拾掇藥草是個精細活，馬虎不得，妳得用心。」許翠嫻推著藥碾子接話道，隨即話鋒一轉。「當然，醜話得說在前頭，若是妳幹了一些時日，實在幹不來，到時候爺爺跟奶奶只得另外幫妳找活幹。」

幹得好就留下，幹不好就得走，柒柒明白這個道理，連忙認認真真保證。「爺爺奶奶放心，我一定用心。」

「好孩子，那妳便先幹著。」許翠嫻又說：「到時妳就拿個碗裝一份飯拿回家給妳哥吃，省得妳還要再做。」

哥哥的午飯也解決了，柒柒歡喜不已，心想不能讓林爺爺跟林奶奶太吃虧，忙說：「那我就多幹半個時辰。」

「也好，那這半個時辰妳便幫忙抓藥吧。」林義川點了頭。

上次給那男孩治腿的時候，小姑娘目不轉睛地盯著看，從頭到尾不露怯，若當真是這塊料，日後便可當學徒。

林義川這麼想著，卻沒說出口。

他一身醫術，尤其是一手傳了幾代的林家接骨術，若是後繼無人、斷在他手裡，著實愧對祖宗。他早就想收個徒弟傳承下去，先前那個學一半跑了，之後一直沒遇到合適的人。

柒柒這孩子有些膽識，若吃得了這份苦，他願意收她為徒。他將祖傳手藝傳下去，她則習得一門養家餬口的營生，兩全其美。

一旁的柒柒不知林義川已經做起長遠的打算，僅是每個月五百文的工錢，外加兄妹兩人的一頓午飯，就足以讓她心花怒放、眉開眼笑。「欸，好。」

林義川又交代。「那妳從明日便過來，每一旬休一日。」

一旬休一日，也就是每個月能休三天，這樣已經很好了，柒柒一一應聲、連連道謝，抱著藥包就要走，迫不及待地想趕快回家把這個好消息分享給慕羽崢。

一直靜靜陪在一旁的在山卻扯住了柒柒，讓她等一等，隨後撓著腦袋，拘謹地開了口。

「林爺爺，您看有我能幹的活嗎？」

林義川打量起了在山，心道這是個好孩子，可那日他接骨時，在山把腦袋縮在柒柒身後看都不敢看的一幕，他也記在心裡。

他環顧醫館，仔細琢磨了一番後說道：「在山哪，醫館要不了那麼多人。」

在山原本就沒抱多大希望，只是見柒柒那麼小都能上工，便也想找點事做，賺些銀兩補貼家用。

聽到林義川的回答，在山有點失望，但也表示理解。「好的林爺爺，我就是問問。」說罷轉身就要走。

「等等，你這孩子，我話還沒說完呢。」林義川喊住他，接著道：「我這醫館雖不要更多人，但藥草倒是收，你們每日去草原上挖野菜時，若是能挖到一些藥草，可以拿到我這裡來賣。」

連年戰亂、天災人禍，城中傷殘的百姓比太平時期多了數倍，藥草用量也大了起來。那些尋常藥草，以往他或是在外面跟別人收，或是自己出去採，或是從商販那裡進貨。前者，品質參差不齊、數量不穩定；中者，他時常要出門看診，實在忙不過來；後者，價格居高不下。

若是這些孩子能挖到一些藥草，他們可以換些零用錢，他也能省下一筆費用，算是互惠互利。

在山一聽，樂得一蹦三尺高，撲上前拉住林義川的手道：「林爺爺，我能挖，您告訴我需要什麼樣的藥草，我都能挖來！」

見男孩跟隻猴子一樣上竄下跳，林義川夫婦都笑了。

柒柒抱著藥包跟著傻笑，真心替在山高興。如今在山哥家和她家一樣沒有收入，還有個病人臥床養傷，窮得響叮噹，能賺一文也好。

林義川說：「那明日你便跟著柒柒一道過來，我教柒柒辨認藥草，你順便跟著學。」

「好咧，爺爺！」在山高興得幾乎要在原地轉圈了，又問：「林爺爺，我能再帶兩個朋友來嗎？我想帶他們一起去挖。」

林義川欣然應允。「有何不可，藥草多多益善。」

若是自家醫館用不完，他也可以販售到別處，多個進項。

事情談妥之後，在山和柒柒腳下生風、意氣風發地往家裡趕。

走到街口的時候，兩個不知道從哪裡冒出來的人猛地揪住在山，動作粗魯地捏著他的臉一頓打量，眼神凶狠銳利。

兩個孩子嚇得一時愣住，還沒等他們反應過來，其中一人便道了句「不是」，隨即鬆手，轉身就走。

這兩人出現得突然，又離開得急匆匆，轉眼間就消失在巷子裡。

柒柒不禁拉住在山的袖子，問道：「在山哥，他們是在找什麼人嗎？」

「不知道，看起來不像好人，咱們快回家。」在山被剛才那兩人的眼神嚇到了，牽住柒柒的手就朝家的方向跑。

一路跑回家，剛才那小小的插曲早已被拋到腦後，找到事情做的歡喜再次湧上心頭，臉蛋跑得紅撲撲的兩個孩子在門口道別，各自回家報喜。

進了東屋，柒柒把藥包一放，便跑到炕邊爬上去，拉著慕羽崢的手，欣喜萬分道：「哥哥，有天大的好事，你猜是什麼？」

慕羽崢搓著小姑娘粗糙卻熱呼呼的小手，嘴角忍不住彎了起來。「是何好事，怎麼這般高興？」

柒柒不再故弄玄虛，跟慕羽崢說了要去林氏醫館上工的事，末了拍拍他的手，一雙大眼睛閃爍著喜悅的光芒，稚嫩的聲音帶著壓都壓不住的興奮。「那可是五百文哪，哥哥，以後我們每頓都可以吃上飽飯了。」

「那可真是一件大好事。」慕羽崢被小姑娘的快樂感染，竟生出五百文是一筆鉅款的感覺來。

柒柒拉著慕羽崢的手上下晃著。「哥哥，我都算好了，家裡剩下的銀子拿來買藥，先治好你的腿和內傷，我的工錢就拿去置辦些柴米油鹽。省著點花，每個月還能剩下不少，等我再攢攢，回頭就請個擅長解毒的大夫給你看眼睛，眼睛關乎你一輩子，不能就這樣扔著不管，得盡力去治。

「只是從明日開始，你就要一個人在家了，不過你別怕，晌午忙完了我就趕緊回來，我會讓蔓雲姊時不時過來看看你。」

小姑娘神采飛揚、滿面紅光，喋喋不休、語氣高昂，頭上隨意紮起來的兩個小揪揪似乎也比往日精神了許多，直衝屋頂。

慕羽崢看不見柒柒的神情，可腦中卻浮現出春日枝頭上蹦蹦跳跳、歡快鳴叫的黃鸝，讓人覺得心情舒暢、滿懷希望。

小姑娘說著說著，便習慣性地問上一句「好嗎，哥哥」，他也不厭其煩、一遍又一遍地應著「好」。

柒柒又把在山他們要去挖藥草換錢的事說了，慕羽崢也很高興，同柒柒不斷讚嘆林爺爺跟林奶奶真是這天底下最善良的人。

那股興奮勁過去了之後，柒柒想起先前揪住在山的兩個人，便順嘴提起此事。

慕羽崢聽得臉色一變。「柒柒，妳仔細說說，他們做何打扮、說了什麼話？」

見慕羽崢神色如此鄭重，柒柒想起他曾提過，他是因仇家算計才落到如此地步的。她頓時緊張不安起來，小臉皺成一團，仔細回想，把能記起來的細節全都說給他聽。

「那兩人身形高大、態度很凶，腰間帶著刀，掐著在山哥的臉，都快把他拎起來了……衣衫是尋常樣式，再多的我就記不得了。」

那兩人來去十分匆忙，她沒時間仔細打量。

「喔，對了，他們盯著在山哥看了看，說了句『不是』就走了。」

「『不是』……」慕羽崢琢磨著這兩個字，又問：「他們可有打量妳？」

柒柒搖頭說道：「沒有，他們看都沒看我一眼，只看在山哥而已。」

那兩人直奔在山而去，沒理會柒柒，那就說明他們要找的人要麼不是女娃，要麼不是柒柒這個年歲，慕羽崢又問：「在山身量和我相比如何？」

柒柒伸著胳膊量了一下慕羽崢的身長，說道：「你們看起來差不多高。」

慕羽崢面部緊繃，至此，他能斷定那兩個人就是來找他的，聽柒柒的描述，他們肯定不是自己人。

無論是他東宮的手下，還是周家人，在外行事一向謹言慎行，斷不會如此粗鄙無禮。再細想，若在山或者他們隨意盤問的某個人當真是他呢？一上來就捏臉，對他這個太子可是大不敬，自己人不可能這麼做。

他不知道那兩人是誰派來的，然而不管是誰，定是來者不善。

見慕羽崢面色陰沈、久久不語，柒柒忐忑不安地問道：「哥哥，是不是你的仇家找來了？」

「想必是。」慕羽崢頷首。如今他目不能視、腿不能行，身邊又無人護衛，只有柒柒在，凡事只能往最壞的境況去想。

柒柒小臉頓時白了，緊緊抓住慕羽崢的手，慌亂不已。「哥哥，那怎麼辦，我們藏到地窖裡吧？」

慕羽崢摸了摸小姑娘的頭，安慰道：「莫擔心，還不至於，妳不是說他們匆匆打量在山，又急急走了，想必是趕時間，在街上找不到就走了，應該不會尋到家裡來。」

柒柒依舊惶恐不安。「哥哥，我還是怕。」

經過這些時日的相處，在她心中，慕羽崢已經是她親哥哥，是相依為命的家人，她可不希望他被仇家害了。

慕羽崢同樣惴惴不安，但只能逼自己鎮定下來。「柒柒，以防萬一，待會兒妳拿泥土把我的臉塗抹一番，好掩人耳目。」

柒柒忙點頭道：「好。」

他的臉太過白淨，一看就不是這裡的人，是需要遮掩一下。

慕羽崢又交代。「妳幫我把內衫脫掉，連我那雙鞋子一起燒了。」

那樣的料子和做工，不該出現在這個連飯都吃不飽的窮苦百姓家中。

第十三章　可造之材

柒柒聽了，有些心疼。那內衫的料子和做工看起來就很昂貴，那雙鞋子也格外結實，燒了實在可惜。

不過她很清楚，在性命面前，這些都不重要，於是牙一咬，上前就幫慕羽崢脫內衫。

「現在就燒。」

兩個人互相配合，很快就把慕羽崢的內衫脫了下來。

柒柒抱著衣服下地，順便把整齊擺放在地上的那雙鞋子拿起來，走到灶間直接塞進灶膛，一把火燒成了灰燼。

接下來柒柒去外頭抓了把土，摻了一點灰，回屋就往慕羽崢臉上、手上都抹了抹，他的外貌總算沒那麼扎眼了。

隨後柒柒將先前買的粗布上衣找出來，幫慕羽崢穿上，左右打量一番，點頭道：「這下好多了。」

只不過，掀開蓋著慕羽崢腿部的被子之後，柒柒便為難地說：「這褲子該怎麼辦？」

雖說已經剪成一條一條的了，可若仔細辨認，還是能看出那料子並非他們這樣的人家買得起的。

慕羽崢說道：「明日妳從醫館回來的時候，請林大夫過來幫我換個藥，到時讓他幫我把褲子換了吧。」

他的腿是沒那麼疼了，但不過短短數日，骨頭定是還沒長好，他不敢輕易亂動。

柒柒點了點頭，又問道：「哥哥，原先你手裡攥著的那條藍色髮帶要燒嗎？」

當初將慕羽崢救回來的時候，他一直緊緊攥著那髮帶，她抽出來後隨手放在炕梢，如今還在那兒擱著。

「那髮帶，是我阿姊做給我的。」慕羽崢神情感傷，想了想，說道：「柒柒，妳幫我好生藏起來好嗎？」

「成。」柒柒爽快應下，將那條藍色髮帶藏進八仙桌底下的地洞裡。

慕羽崢靜靜等著小姑娘忙完走回來抓住他的手，才又說道：「柒柒，晚些時候，妳把這件事跟在山說一聲，讓他和那些孩子交代一下，若是有人問到他們頭上，切莫提起我來。」

據柒柒所說，他被撿回來的時候，一幫孩子全在場，回來的路上也不曾避著人，街坊鄰居都有人瞧見，他的存在算不上什麼秘密，說與不說其實沒什麼太大的差別，只能盡人事聽天命。

柒柒點頭說道：「好，我等會兒就找在山哥說。」

正當柒柒和慕羽崢因為兩個不速之客而兵荒馬亂之時，隔壁的呂家人聽完在山的敘述，雖然還沒見到錢的影子，卻已沈浸在歡樂的汪洋中。

整個雲中城的人都知道，林義川是個一言九鼎之人，他應允的事，定然穩得很。

蔓雲摸了摸自家弟弟的頭，高興得紅了眼眶，連聲誇讚。「我弟弟當真能幹！」

小不點在江拍著哥哥的大腿，跟著鸚鵡學舌道：「能幹，能幹。」

就連一直消沈頹廢的呂成文都從床上掙扎著坐了起來，在不過九歲的長子肩上拍了又拍，紅著雙眼，感慨萬千。「我兒長大了，能賺錢養家了，是爹不好，爹連累了你們，不過你們放心，從今往後，爹會振作起來。」

自從呂成文斷了腿之後，每每張口便是「這樣活著拖累你們，還不如死了算了」、「改天我就去陪你們娘了」一類讓人膽戰心驚的消極話語，這還是他頭一遭說出如此積極向上的話來。

蔓雲和在山如釋重負，都忍不住抹起了眼淚，抹著抹著，三個人再次抱頭痛哭。

在江不知道爹爹跟哥哥姊姊在哭什麼，反正他們哭，他就跟著哇哇大哭，還非要擠到三人中間去哭。

放聲痛哭了一場，哭著哭著，他們三個人見在江哭出個鼻涕泡來，都忍不住笑了。

在江頓時被搞糊塗了，不是哭得好好的，怎麼又在笑了？可他小小的腦袋瓜想不明白，反正爹爹跟哥哥姊姊笑，他就跟著笑，一笑又冒出個鼻涕泡來，這下可好，一家人都笑翻了。

大哭過後又大笑了一場，壓在呂家眾人心頭許久的烏雲終於散開，內心全敞亮了起來。

在山只覺得肩頭沈甸甸的，責任重大，他扯了扯衣裳道：「那我去跟柱子還有小翠說一聲，到時候我帶他們一起挖。」

蔓雲有些憂慮地說：「那野菜你還能順便挖嗎？要不，我揹著在江去挖？」

家裡有四口人呢，缺了野菜的話，糧食遠遠不夠。

在山搖頭道：「姊在家照顧爹和在江吧，我跟柱子還有小翠商量商量，我們三個大的挖藥草，讓那些小的孩子挖野菜，順便幫我們跟柒柒挖，回頭藥草賣掉了，再給他們一些辛苦錢。」

這是個好主意，蔓雲見在山心裡有數，放下心來。「那行，你去吧，談完事就早點回來。」

在山應好，朝氣蓬勃地出門找柱子和小翠去了，一說這件事，兩個孩子都十分高興。柱子上前抱住在山，朝他背上迅速給了兩拳，直言不愧是好兄弟，有福同享。

小翠格外歡喜，上次欠了大家的米，她一直記在心裡，若是自己能賺錢了，定要第一時間把米還上。「在山、柱子，這事能不能別讓我家裡人知道，免得回頭我一文錢也存不了。」

知道她娘是個什麼德行，在山和柱子都點頭答應，反正只要每天都能把野菜拿回家，想必小翠她娘不會多問。

了。

幾個孩子正商量著如何瞞過小翠家，就見柒柒跑了過來，把慕羽崢交代的事和三人說了。

三人想到慕羽崢那一身傷，知道事態的嚴重性，都嚴肅地保證絕對會幫忙把他藏好。

在山讓小翠和柱子去把那天在場的孩子們都喊了出來，等人到齊，他板著臉一再交代，最後把撿來的一根樹枝用力掰斷道：「要是讓我知道誰出賣了伍哥，我呂在山先打斷他的腿，再和他絕交！」

這條街上年歲相仿的孩子中，在山年紀不是最大的，可他一向講義氣，又最有主意，大夥兒習慣聽他的，如今見他目露凶光發了狠話，柱子、小翠跟柒柒又全站在他身旁扠腰助威，自然全都應好。

柒柒想了想，覺得事情宜早不宜遲，於是請在山和柱子幫忙跑了一趟醫館，把林義川請了過來。

等人到了，柒柒敘述了事情始末，林義川看著被塗得灰撲撲的男孩，表示柒柒做得對。

幫慕羽崢拆下夾板、檢查傷勢，發現照顧得不錯，林義川滿意地點頭。

讓柒柒暫時迴避之後，林義川脫下慕羽崢腿上那被剪得不成樣子的裡外兩條褲子，換上了柒柒新買的，再重新為他上藥、包紮，拿夾板固定住。

把過脈，發現慕羽崢的內傷也在好轉，林義川放下心來，交代了幾句便離開。

把人送走後，柒柒便把那兩條成了布條的褲子燒了，看著一身粗布衣裳的慕羽崢，她笑了。「哥哥，你這樣就像咱們雲中城的人了。」

慕羽崢隨口說了幾句頗長的話，說完便問：「我說話也像了嗎？」

聽著那道地的本城口音，柒柒震驚不已。「哥哥，你怎麼會講了？」

慕羽崢嘴角微微彎了起來。「悄悄跟妳學的。」

前途未卜，為了活命，他要盡快成為一個真正的雲中城人。

第二日，柒柒要去醫館上工，早早起來好一陣忙碌，吃過早飯，看著慕羽崢喝完藥，臨出門時她仍放心不下，拉著慕羽崢百般叮囑。「哥哥，你別怕，我晌午就回來了，我會把屋門跟院門都從外頭鎖上……」

在山在院門外喊了幾次，可小姑娘絮絮叨叨說個沒完，最後竟然說：「哥哥，要不我別去了，在家守著你吧，不然萬一壞人來了怎麼辦？」

「若壞人來了，妳在家也拿他們沒轍。沒事的，快去吧，都約好了時辰，遲到可不好。」慕羽崢捏著她的小手笑著說。

昨夜他忐忑不安、輾轉難眠，到後來他倒是想通了。

若命不該絕，自然會安然無恙；若命中該絕，再提心吊膽也無用。

柒柒低頭看了看自己的小胳膊跟小細腿，心想是這樣沒錯，這才唉聲嘆氣地出了門，把兩道門仔細鎖好，跟著在山和小翠走了。

杜子聽從在山的安排，今天帶著孩子們去挖野菜，明天再換他跟在山去醫館認藥材。

三個孩子興沖沖地趕到醫館，恭恭敬敬朝林義川作揖行禮，同時激動地喊道：「林爺爺，我們來了！」

看著乖巧懂禮的孩子們，林義川捋著花白的鬍子，笑著點點頭說：「進來吧。」

三人依言進門，在後頭忙碌的許翠嫻走了出來，拿托盤端著三碗一早就沖好的糖水，招呼孩子們。「快來。」

柒柒和在山知道推拒不過，便上前接過碗，乖巧地同聲道謝。「謝謝林奶奶。」

「我不渴，就不用了。」小翠聲音細若蚊蚋，站在原地侷促不安地揪著衣角，不敢上前。

在她家，不管有什麼好東西，從來沒有她這個「賠錢貨」的份。

許翠嫻不大認識小翠，便朝柒柒使了個眼色，柒柒立刻端著碗走過去，往她手裡一放。「小翠姊，這可甜了，妳嚐嚐。」

說罷，她轉身在許翠嫻手中的盤子上端走另外一碗糖水，喝了一口，嘿嘿笑了。

許翠嫻見小姑娘笑得見牙不見眼，甚是招人喜愛，便伸手摸摸她的小臉，說了句「好孩子」。

三個孩子各自抱著一碗糖水慢慢地喝了個乾乾淨淨，小翠主動把三個碗收好拿去洗，許翠嫻沒能攔住，也就由著她了。

林義川給一個上門買藥的人抓完藥，便帶著三個孩子走到角落處，教他們認起了藥草。「這些都是咱們草原上的，也是這個時節可以採挖的。

「這東西是黃精，根莖可入藥，在山、小翠，你們記住它的葉子，若是瞧見了，連根帶葉挖下來即可。」林義川說完，把一叢黃精交到在山手裡，讓他們仔細辨認葉子。

隨後他又拿一叢遞給柒柒，說道：「柒柒啊，黃精補氣養陰、健脾潤肺，妳要做的便是把根莖摘下來，清洗乾淨，去掉根鬚，上鍋蒸熟，之後拿出來晾乾。」

柒柒仔細辨認著藥草，並在心裡把林義川交代的話默默背誦了兩遍，接著一字不差地複述。

林義川滿意地點頭，之後又拿來一株藥草，招呼三個孩子看。「這叫防風，根部入藥，有祛風解表、勝濕止痛之效，為防弄錯，採挖的時候一樣連同枝葉一起挖回來。柒柒要做的是去掉枝葉和細根，清掉泥土，曬乾、切片。」

柒柒照舊默默地背誦，再原話複述，林義川目露讚賞，接著往下講。「這個是狼毒大戟，有逐水祛痰、破積殺蟲之效，根部入藥……」

林義川詳細講解，孩子們則認真辨認、用心記憶，小半個時辰的工夫，便把架子上堆積的那十幾種藥草認過了一遍。

講完之後，林義川讓三個孩子歇了一會兒，便挨個兒抽查，考這一個的時候，便讓另外兩個背過身去不許偷看。

在山和小翠深知這機會來之不易，絞盡了腦汁在記，但仍有幾種記錯了名字，或是記錯用藥部位，不禁有些羞愧。

「莫急，頭一回便記住這麼多，很不錯了。」林義川安慰道，隨後喊了柒柒過去。

柒柒在小翠和在山鼓勵的目光下走去，拿起一株株藥草，一一報上名字，說出入藥部位，以及處理過程中的注意事項。

她說完以後，抬頭看著一直沈默著的林義川，問道：「林爺爺，對嗎？」

「對，全都對！」林義川又驚又喜，他蹲下去，雙手握住柒柒小小的肩膀搖了搖，像發現什麼稀奇寶貝一樣大笑出聲。「萬萬沒想到，妳這小丫頭竟是個可造之材！」

他方才就留意到柒柒這孩子記性好，有意把她放在最後再考，沒想到她竟把他交代的話記得清清楚楚，沒有絲毫差錯。

林家醫術後繼有人了！感慨過後，林義川激動喊道：「老婆子，妳快出來！」

許翠嫻在裡間忙活，聞聲掀起簾子走出來，瞪著林義川嗔了一句。「喊這般大聲做什麼，我又沒聾。」

林義川兜著柒柒的後腦勺，往許翠嫻面前一推，道：「這孩子簡直天生就是學醫的料子，我算是撿了個寶！」

隨後他將柒柒方才的表現說給自家夫人聽，許翠嫻聽完，一把抱起柒柒，驚喜道：「果真如此？」

林義川捋著鬍子說：「還能有假？」

夫妻倆甚是高興，對著柒柒一頓誇，柒柒害羞起來，小臉蛋紅撲撲的，很是開心。既然林爺爺對她的表現這麼滿意，那她肯定能留下來了。

見到柒柒獲得如此高的評價，在山和小翠也都替她高興，跟著笑了。

「柒柒啊，過來，我教妳怎麼拾掇這些藥草。」林義川招呼柒柒過去，又對在山和小翠說：「你們既然已經認得一些了，現在便能抽空去挖，切記別挖錯了。」

小翠看向在山，等他拿主意，在山便說：「林爺爺，這幾日還不急著挖，我們先跟著柒柒一起拾掇藥草，這樣記得更牢一些。」

「也是，那你們便留下吧。」林義川轉頭道：「老婆子，把這兩個孩子的飯也準備一下。」

在山和小翠一聽，忙說不用麻煩，他們回家吃就好，許翠嫻擺了擺手道：「別見外，不過是多加一把米的事。」

許翠嫻掀起簾子穿過裡間，去了後面的廚房張羅午飯，林義川則帶著三個孩子在前頭鋪子拾掇藥草。

一晃眼就到了晌午，許翠嫻招呼眾人洗手吃飯——一鍋米粥、一盤黍米餅，外加一大盆噴香撲鼻的雞肉燉馬鈴薯。

孩子們雖兩眼發光，可都吃得既文靜又拘謹，而且只揀馬鈴薯吃，誰都不好意思去挾雞肉。

許翠嫻看著面黃肌瘦的三個孩子，又忍不住一陣心酸，自己也顧不上吃，拿起筷子幫這個挾完換幫那個挾，等他們三個吃飽，這才端起自己的碗。

等許翠嫻吃完，柒柒和小翠搶著收拾桌子跟洗碗，在山幫忙劈了點柴，這才準備回家。

許翠嫻把提前裝好飯菜的碗拿盤子扣好，用布包好繫牢，找了個用柳條編製的簡易食盒遞給柒柒，說道：「這是妳哥哥的飯，好生提著。」

「多謝奶奶。」柒柒道謝接過。

見她提得有些吃力，在山便接了過去。

三個孩子從醫館出來以後，沿著人來人往的街道往家走。

走到昨日碰到那兩個不速之客的地方時，柒柒停下腳步道：「在山哥、小翠姊，我想去城西看看。」

在山不解地問道：「城西亂糟糟的，都是流民，妳去那裡做什麼？」

柒柒解釋道：「我想去看看還有沒有什麼人在找人。」

知道她是擔心她哥，在山想了想，點頭道：「成，那咱們就去一趟。」

第十四章　心生一計

三個孩子穿過幾條街，來到城西。

上回匈奴人打進城中時，西門最先被攻破，一把大火燒毀不少民房，如今此處甚是破落，成為流民的聚集地。

不過，不知是不是上回糧倉被搶嚇到官府了，原本他們毫無作為，現在倒是派了人過來施粥發餅。雖然那粥稀得能照見人影、餅硬得能砸死人，可好歹百姓餓不死了。

在山望著三五成群、蹲在牆角喝粥吃餅的流民，又看了看那仍舊排得很長的等糧隊伍，便拉著柒柒和小翠走到一處矮牆後頭，把食盒遞給小翠拿著，小聲說：「妳們倆躲在這裡等我，我自己去打聽。」

柒柒抓住他的袖子，有些緊張地說：「在山哥，要是太危險就別打聽了，咱們回去吧。」

「沒事。」在山把本就破舊的衣裳扯得歪歪扭扭，隨後雙手在地上蹭了蹭，又往臉上跟頭上抹了兩下，把自己弄得灰撲撲的，看起來和那些流民沒什麼兩樣，這才走了出去。

只見他湊到剛吃完東西的一夥人身邊，搭訕起來。

柒柒和小翠護著食盒蹲在矮牆後頭，從牆縫往外瞅，可離得太遠，什麼都聽不見，只能既焦急又擔心地等候。

在山像隻泥鰍一樣，在那群流民之間游刃有餘地鑽來鑽去、四處打聽，扯著這個聊幾句、拉著那個嘮幾句，花了差不多一炷香的工夫才回到矮牆處。

柒柒蹲著不敢站起身，仰頭小聲問道：「在山哥，怎麼樣？」

在山神情嚴肅地拎起食盒，拉起了柒柒。「走，咱們回家再說。」

小翠走上前幫在山扶好了食盒，在山拽著柒柒的手，三人連走帶跑，跨越了半個城池，回到城東塔布巷的家中。

柱子蹲在柒柒家院門外等著，見三人從巷口走來，他笑著起身，指著腳邊裝得滿滿的三個竹筐道：「你們的菜。」

「多謝柱子哥。」柒柒道著謝跑過去，先打量自家的院門，見門鎖得好好的，放下心來，從脖子上掏出用粗線掛著的鑰匙，把門打開，讓大家進去坐坐。

三個孩子也不推辭，拎起了竹筐跟著進門。

柒柒惦念慕羽崢，一路跑到屋門口，邊開鎖邊喊：「哥哥，我回來了！」

慕羽崢一個人留在家裡，雖說不過是兩、三個時辰的工夫，可對於他這個看不見、也無法動彈的人來說，著實有些難熬。

柒柒是個小話癆，她在家時，嘮嘮叨叨說個沒完，他只覺得心安，也藉此不去想東想西。

可剩下他一人的時候，周遭安靜下來，那些被他刻意迴避的過往再次不受控制地湧入腦海，逼他不得不去面對。

漫長的一個上午，他一動也不動地躺在炕上，回憶著先前發生的一切。

當初，他和阿姊帶著和親隊伍從長安出發，縱馬高歌、豪情萬丈。

雖然後來險象環生、九死一生，卻也將前來迎親、匈奴單于麾下戰力最強的猛將左谷蠡王成功斬殺，完成了此行的任務。

不料最後他們姊弟倆竟落得個一死一瞎的下場，而精挑細選的送親護衛也悉數戰死。

他們在都城時，曾一遍又一遍地推演所有可能發生的風險和意外，做出了各種防範，部署得極為周密。

為了配合韓東將軍秘密領兵出征，這個以和親為名義而進行的刺殺計劃，可謂毫無破綻。

他們殺死左谷蠡王之後，邊打邊退，已經成功突圍，可不知為何，原定前來接應的兩隊親衛卻錯過了約定的時辰，一個人影都未曾出現。

第一隊沒有露面，第二隊同樣不知所蹤。送親隊伍人數有限，雙方兵力懸殊，他們這才寡不敵眾，命喪敵手。

明明一切早已事先安排得妥妥當當，究竟是哪個環節出了紕漏？

那能騎善射、驍勇善戰，又忠心耿耿的五千名親衛騎兵，他們去了何處，是否尚在人間？

慕羽崢越想越憋悶，幾乎要喘不過氣來，他握拳搥胸，卻忘了身上有內傷，搥得連連咳嗽。

正咳著，便聽見院門口有了動靜，緊接著是小姑娘那咚咚咚的跑步聲，他趕忙深呼吸，極力壓下咳嗽的衝動，掙扎著坐了起來。

柒柒跑進門，就見慕羽崢安安靜靜地靠坐在被子堆上，他散著頭髮、身著布衣，可卻是那麼好看，尤其是那雙葡萄一般的眼睛，望向她這個方向的時候，雖然感覺有些空洞，她卻從中看出了笑意。

見他人好好的，柒柒懸著一個上午的心總算落地，高興地上前拉住他的手道：「哥哥，我回來了，你還好嗎？」

聽著小姑娘呼哧帶喘卻歡快的聲音，慕羽崢嘴角淡淡勾起，捏了捏她帶著藥草香氣的小手說：「我好著，妳可累了？」

柒柒嘿嘿笑了，說道：「我不累，哥哥你餓了嗎？我從醫館帶了飯回來，你快吃吧。」

「不曾活動，尚且不餓，晚些時候再吃無妨。」慕羽崢搖了下頭，他一直躺著，再加上心頭堵得慌，實在沒有胃口。

在山幾人拎著食盒走了進來，跟慕羽崢打招呼，小翠見柱子喊伍哥，她也跟著喊。

唯獨在山喊了鳳伍，他倆同歲，讓他管那又瞎又瘸的小累贅叫哥，他不服。

慕羽崢朝著門口的方向點頭，一一應聲。

見慕羽崢還不想吃，柒柒從在山手裡接過食盒放到炕頭上，招呼大家坐下。

小翠坐到家裡唯一的椅子上，柱子坐到炕邊，在山則去灶間拎了個小板凳過來，放到地上坐著。

柒柒把他們三人去城西找流民打探消息的事跟慕羽崢說了，隨後看向在山道：「在山哥，你說。」

在山一向大剌剌，然而此刻卻愁得抓頭髮。「我聽那些流民說，最近這兩天不止一批人在他們裡頭搜來搜去了，且盤問的對象都是找像我這麼大的男孩，據說還有個人手裡拿了幅畫像，上面是位富家小公子，長得就像仙人一樣，特別好看。」

孩子們不約而同地轉動腦袋，視線齊刷刷地落在慕羽崢臉上。

整個雲中城肯定找不出第二個像他這樣好看的孩子，這下好了，畫上那個人定然是他。

柒柒緊張地抓住他的手，語氣慌亂。「哥哥，怎麼辦？」

「莫慌。」慕羽崢攥了攥小姑娘搽了幾日香膏、摸起來已經稍微不那麼粗糙的小手，對著在山所在的方向道：「在山兄弟，你是怎麼問的，可有提到我？」

在山搖頭道：「我哪會那麼傻，我同他們說我也是逃難來的，路上和爹娘失散了，向他們打聽我爹娘，順便聊起來的。」

「那便好。」慕羽崢說道，隨後眉頭蹙了起來，默默分析起這些新消息。

原先他還想不通當初的行動到底是哪裡出了問題，可如今將這些迫不及待找上門的人聯繫起來，他突然頓悟。

定是有人乘機借刀殺人，想讓他這個東宮太子有去無回，那五千名親衛想必已全部遭遇不測。

能事先得知此等機密行動，並讓五千名精兵消失得悄無聲息，背後之人定是手眼通天，且手握兵權。

此人……究竟是誰？

慕羽崢緊咬下顎，緊攥雙手，捏得柒柒生疼，可她看著他那強忍痛苦又憤怒的表情，依舊沒敢出聲，齜牙咧嘴地忍著。

不過慕羽崢卻感受到了小姑娘下意識往回拽的力道，他回過神來，輕輕揉著小姑娘的手，萬分愧疚道：「對不起。」

「沒事的，哥哥。」小姑娘嘴上這麼說，卻把手拽回來，自己吹了吹，背到了身後，不肯再給他牽。

慕羽崢手裡空空，心裡也空空，皺眉接著思量。

不管來者何人，目前看來，那些人想必沒料到他這麼快就被柒柒撿回家，所以才只在集市上和城中流民之間搜查。

若是查遍之後依然沒找到他，那些人是會趕往下一個城池接著找，還是會走街串巷查訪民宅，搜到這裡來？

在山說不止一批人在找人，那這其中有沒有自家人？

如果真有自家人，錯過了這一次，不知是否還有下次機會相見？

現在這種境況，他無法自保，更不能連累柒柒，所以他絕不能冒險。留得青山在，不怕沒柴燒，眼下設法保命最要緊。

見慕羽崢垂眸沈思，孩子們安安靜靜地等著，不敢出聲打擾。

過了好一陣子，他抬起頭來，朝在山的方向拱手道：「在山兄弟，我有一事相求。」

在山本想在這個小累贅面前裝裝大哥，卻被慕羽崢的客氣有禮弄得不好意思，知道他看不見，可還是起身有模有樣地拱手還禮。「自家兄弟用不著這麼客氣，有事你只管說。」

「在山兄弟請上前來。」慕羽崢等在山走到炕邊挨著他坐下，便用商量的語氣詳細交代一番，末了問道：「在山兄弟，你看是否可行？」

在山稍微一琢磨，便爽快地拍了拍胸口道：「小事一樁，包在我身上。」

慕羽崢又朝柒柒的方向轉過頭說：「柒柒，拿點錢給在山兄弟，讓他買些糕點酬謝大家。」

「欸。」柒柒歡快地應下，從懷裡掏出一個癟癟的荷包，一枚一枚地拿銅錢出來數。

在山連忙阻止。「不用，這點小事用不著花錢，我去說一聲就能成，在咱們塔布巷，我呂在山這點面子還是有的。」
慕羽崢溫聲勸道：「知道大夥兒都聽在山兄弟的，若是一、兩日便罷了，可此事怕是一時半刻完成不了，總不好白白煩勞他人。」
柒柒也勸道：「是啊，在山哥，這對我和我哥來說可是天大的事，你就別替我們省這錢了。」
說著，她把二十文錢放到在山手中。「拿著。」
在山看著手裡的銅錢，想了想便揣了起來。「也行，送些吃的，大夥兒更會盡心盡力，不過就不買糕點了，那玩意兒太貴，我去買些黍米粉，回頭讓我娇做成野菜餅，還能多做一點。」
自從出生以來，慕羽崢的食衣住行全都有人安排妥當，他從不曾親自張羅過什麼，聽在山這麼說，自是覺得有理。「在山兄弟作主便是。」
事情說妥，在山便起身道：「柱子，咱倆先回家裡說一聲，之後你跟我去集市買黍米粉。小翠，妳也趕緊回家，回去得晚，妳娘又要罵罵咧咧了。」
小翠點頭應道：「那我先回家把活幹完，晚點到你家幫蔓雲娇做餅。」
「妳要是走得開妳就來，走不開就待在家吧，別惹得妳娘又發作。」在山說道，又轉頭吩咐柒柒。「妳跟妳哥就在家好好待著，別出門。」
柒柒應好，送他們出了屋門，三個孩子拎起自家的竹筐，邊談事情邊走出了院門，各自返家。

聊了這麼久，慕羽崢有些餓了，主動提出說要吃飯，柒柒很高興，先去打水浸濕帕子讓他擦手，這才把還有些溫熱的飯菜送到他手裡。

慕羽崢吃飯的時候，柒柒就坐在他旁邊，把今日在醫館的事情說給他聽，講到林爺爺誇她時，小姑娘神采飛揚地說：「哥哥，你說我厲害嗎？」

慕羽崢聞言，嚥下嘴裡的飯菜，笑著頷首道：「我們柒柒當真厲害。」

「嘿嘿。」柒柒捧著自己的小臉蛋憨憨地笑了，又說：「哥哥，等日後我把藥草都認全，我就問問林爺爺能不能讓我跟他學醫。」

慕羽崢好奇地問道：「妳長大以後想當大夫？」

柒柒搖了搖頭。「也不是想當大夫，就是我總得學點什麼，好賺錢養家。」

他們倆會越長越大，飯量也會跟著增多，她想要天天吃得飽，想一直買得起香膏，還想給哥哥買漂亮衣裳，要是什麼都不會，怎麼賺銀子？

當大夫就很好，不管是天下太平，還是亂世，總有人花錢看病，雖不能大富大貴，但總比尋常人家強上一些。

慕羽崢聽到那句「賺錢養家」，有些動容。才幾歲的小姑娘，就把養家的重擔挑在肩上，他伸手摸索著找到小姑娘的頭摸了摸。「柒柒，等我的腿好了，我來劈柴擔水、洗衣做飯，妳只管去外頭忙。」

柒柒想像了一下那個場面，開心地笑了。「行，到時候我給你弄根枴杖，你慢點，別摔著。」

沒被徹底當個廢人養著，慕羽崢鬆了一口氣，也笑了。

柒柒又問：「哥哥，你說若是林爺爺肯教我，我能學會嗎？」

慕羽崢點頭，語氣格外認真。「肯定可以。」

柒柒笑著仰面朝天躺在慕羽崢身邊，她枕著自己的兩隻小手，滿臉憧憬地說：「要是有那個機會，我一定要好好跟著林爺爺學。哥哥，我把今天學到的東西背給你聽好嗎？」

慕羽崢說好。

「黃精，根莖入藥……」柒柒將今日所學一字一句背給慕羽崢聽，慕羽崢慢慢吃飯，心中跟著默唸。

誰知柒柒背得越來越慢、聲音越來越小，等到慕羽崢吃完最後一口飯，小姑娘竟直接打起了微鼾，睡著了。

慕羽崢既覺得好笑，又忍不住心疼，這是累成了什麼樣子，才會說著話就睡著了。

他輕輕嘆了口氣，摸索著把碗筷放到身後的食盒裡，往旁邊推了推以免掉到地上，隨後將小姑娘往裡側挪了挪，扯過被子給她蓋上，挨著她躺了下去。

慕羽崢握住小姑娘的小手，仰面睜著沒有焦距的眼睛沈思，嘴角的笑意緩緩沈了下去，面色緊繃。

柒柒睡得昏天暗地，直到柱子來喊人，她才醒來。

「柒柒，在山喊了大夥兒到他家去，妳快點！」柱子也不進屋，就在窗戶外頭說道。

「欸，我馬上去。」柒柒揉著眼睛爬起來，穿鞋下地。「哥哥，我去一趟呂叔家。」

慕羽崢知道在山這是要安排事情了，點頭道：「去吧，慢著些。」

「知道了。」柒柒應聲跑了出去，在柱子的幫助下，踩著木墩子翻牆進入隔壁院子。

一進屋，這才發現塔布巷內幾乎所有的半大孩子都來了，二、三十個人把呂家西屋的空間都站滿了，鬧哄哄一片。

在山正在維持秩序，柒柒和柱子也不往裡頭擠，就站在門口聽著。

只見在山踩在板凳上，手裡拿著一根粗樹枝，神色嚴肅地掃視眾人道：「我今天聽說雲中城裡來了拍花子，專拐咱們這麼大的孩子，官老爺們還忙著抓上次搶糧的盜賊，沒空管咱們，要是一個不留神，就會被拐賣到很遠的地方去，不光再也見不到爹娘，遇到惡人還可能被打死！」

第十五章　首戰告捷

拍花子拐走孩子的事確實在雲中城發生過，雖然不是最近，但孩子們都曾被自家大人警告，深知拍花子的可怕。

此刻在山說得煞有介事，語氣又凶狠，有兩個年紀小的孩子頓時被嚇得哇一聲哭了出來，恐懼的氣氛在眾人之間迅速蔓延，有哭哭啼啼想回家的，也有問在山該怎麼辦的。

在山見大夥兒不再嬉皮笑臉，這才接著說：「我有個主意，不知道你們想不想聽？」

「想聽。」

「在山，就別賣關子了，你快說吧。」

「就是啊，在山哥快點說嘛！」

孩子們七嘴八舌地催促著。

在山跳下板凳，走到孩子們中間招了招手，大家便往前擠了擠，把在山圍在中間。

見眾人全等著自己開口，在山刻意壓低些聲音道：「從現在開始，咱們塔布巷的孩子們自己保護自己……」

在山說完自己的計劃之後，怕有些年紀小的孩子聽不懂，又重複了一遍，末了才問道：「聽明白了嗎？」

孩子們齊聲道：「明白了。」

在山把粗樹枝往肩上一扛，說道：「那行，排隊去找我姊領一個餅子，然後回家去，按照剛才說的，一定要盯緊了。」

孩子們應好，一個一個往外走，走到等在灶間的蔓雲和小翠那裡領了個熱呼呼的野菜餅後，三三兩兩結伴回家了。

等大夥兒都散去，柒柒在柱子和在山的幫助下翻牆回家，同慕羽崢說：「哥哥，在山哥把事情都安排妥當了，你說那些壞人什麼時候會找過來？」

慕羽崢伸出手，等柒柒把手放在他的手上，才說道：「不知，或許不會來。」

做出這樣的安排，不過是有備無患罷了。

「是啊，希望他們不要找到這裡來。」柒柒擔心道。

見小姑娘語氣慌亂，慕羽崢便轉移話題，讓柒柒把今日的野菜拿過來，他試著摘一摘，柒柒便把竹筐搬到炕上，兩個人摘起了野菜。

申時過半，外頭忽然傳來了落地聲，緊接著是在山既興奮又緊張的聲音。「柒柒，快出來，有人進巷子了。」

慕羽崢攥著野菜的手一頓，神色凜然。竟然真的這麼快就找到這裡來了……

柒柒拍拍他的手，匆匆下地，說道：「哥哥，別怕，我去趕跑他們。」

「當心些，妳就在院裡，別出門。」慕羽崢叮囑道。

「好。」柒柒乖巧地應下，穿好鞋子，跑了出去。

在山拉著她跑到院門口，兩人趴在牆頭露了雙眼睛偏頭往外看，就見巷子口走進三個深衣人，腰間佩劍，為首的人手裡還握著一個卷軸。

看著他們一步一步往前走，柒柒一顆心撲通撲通狂跳。

在山同樣神色緊張，緊緊盯著那些人，眼看那人展開手裡的卷軸，要去敲巷子口那戶人家的門，在山猛地吹了一聲口哨。

隨著那聲口哨，原本安安靜靜的巷子突然湧出許多孩子，快速地跑到那三人面前，手裡拿著爛菜葉、土塊、樹枝、小石子，不管不顧地往他們身上丟，邊丟邊大聲罵道——

「臭拍花子、死拍花子！」

「壞人快滾！」

「看我打死你們這些拍花子！」

「妳在這兒躲著，別出來。」在山咻地從牆頭翻過去，伸手從肩上掛著的包袱裡頭抓了一把草木灰，風一般地跑過去。

柒柒哪肯聽話，大夥兒這麼做都是為了她家的事，她怎麼能躲在後面？

她翻不過牆，便從牆根抄起一根比她還高的木棍，拖著出門，撒腿就往巷子口前進。

被突然冒出來的一群孩子莫名其妙一頓砸，那三人皆是一愣，其中一個惱怒不已，面露凶相喝斥道：「哪來的小野崽子，滾一邊去！」

另外一人拉了他一把，努力露出笑臉來，說道：「我們不是拍花子，是好人，來找人的。」

就在此時，不知道是哪個孩子朝那口吐粗話的壯漢身上丟了一坨雞糞，熏得他連連乾嘔，惱羞成怒之下竟拔出劍，在空中比劃著恫嚇道：「小野崽子，再不滾，老子砍了你們！」

孩子們嚇得驚聲尖叫，四散開來往後退。

「老子砍了你這個拍花子！」剛剛抵達現場的在山衝了上去，揚手將一把草木灰朝那人的眼睛撒了過去，撒完就跑。

迷了眼睛看不見，那凶漢更加暴跳如雷，亂揮起閃著寒光的劍，嘴裡嚷嚷著要殺人。

孩子們這下更加認定他們是壞人，把兜在懷裡、提前準備的東西全丟向那三人，還有孩子哭嚎著往家裡跑，邊跑邊喊道——

「爹、娘，救命！」

「拍花子要殺人了，救命啊！」

「嗚嗚嗚，爹——娘——」

動靜鬧得實在太大，巷子裡幾戶人家的大人聞聲而動，拎著鋤頭、鐵鏟、扁擔、燒火棍就跑了出來。

身為平頭百姓，他們就是想過個安穩日子，可匈奴人才離開沒多久，膽大包天的拍花子就敢在白天跑到家門口來拐孩子，當真可惡。

望著揮舞著各色傢伙朝他們奔來的憤怒人群，其中兩人對望一眼，不敢再逗留，扯著那迷了眼、還在揮劍的人拔腿就逃。

柒柒家在巷子較深處，她那兩條腿又實在太短了，等她拖著棍子吭哧吭哧地趕來，三人已經跑遠了。

她氣得把手裡的棍子狠狠往地上一豎，扠腰瞪眼，凶狠地罵道：「再敢來，打斷你們的腿！」

趕跑了來路不明的人，柒柒那顆彷彿面臨一場大戰、緊張得一直劇烈跳動的小心臟終於放緩了速度，心中升起一股打了勝仗的喜悅，小臉蛋因為奔跑和興奮，紅通通的像抹了胭脂。

看著那三人落荒而逃，她有些遺憾地說：「我應該再跑快一些的。」

成功地以一把草木灰讓那壯漢失去戰鬥力的在山，同樣激動得滿臉通紅，他走到柒柒身邊，拍了拍手上的灰，安慰道：「沒事，妳的腿這麼短，跑得已經算快的了。」

柒柒偏頭瞪他，凶巴巴地說：「在山哥，你會不會說話？」

「本來腿就短嘛，還不讓說。」在山很欠揍地笑了。

見柒柒抬腳要踢他，他跳著躲開，伸手往那群議論紛紛的大人們指了指，小聲說：「咱們過去。」

柒柒不再跟他鬧，忙跟著走過去。

「光天化日的，竟敢當街砍孩子，天底下還有沒有王法了？」

「怎麼回事，哪來的拍花子，怎麼跑到巷子裡來拐人？」

「誰先見到的？」

「你們怎麼都跑出來了？」

巷子裡又走出一些大人，聽聞方才那驚險的一幕，全都義憤填膺，你一言、我一語，圍著孩子們仔細打聽情況。

幾個膽小的孩子著實被那揮劍之人嚇壞了，滿臉鼻涕和眼淚地哭嚎不止，抽抽噎噎地喊著「有拍花子」，別的什麼都說不出來。

有一個年歲大一些的，想起方才其中一人說的話，便道：「那人說，他不是拍花子，他是來找……」

眼看他就要露餡了，柒柒忙偷偷扯了扯在山的袖子。

在山也看出來了，快步上前攬住那孩子的脖子打斷他，大聲說：「哪個拍花子會說自己是拍花子？現在城裡都傳開了，這些拍花子到處找合適的孩子，看上了就騙走，騙不走就直接擄人，城南已經丟失兩個了……」

只見在山把慕羽崢教他的話添油加醋又講了一遍，柒柒、小翠跟柱子三個知情的在一旁煽風點火，還有一群驚魂未定的孩子們不斷附和，結合剛才發生在眼前的那一幕，令大人們對此深信不疑。

他們一再叮囑孩子們最近千萬不要單獨出門，又商量好左鄰右舍通個氣，回頭都盯著點。

現場鬧哄哄的，大人們對孩子們好一番叮囑後才散去，小翠也被她娘罵罵咧咧地拽了回去。

「我先回家。」柒柒擔心慕羽崢，撒腿就往家裡跑，手中的棍子也不扔，就這麼拖著走。

「我們也去妳家！」在山招呼柱子跟著跑。

自從柒柒被在山喊走，慕羽崢就拖著一條傷腿，挪到了窗戶邊，側頭認真聽著外頭的動靜。

當聽到孩子們的哭喊聲在巷子裡響起時，他的面色頓時陰沈極了，既懊惱又自責——懊惱自己此刻的無用，自責連累這麼多無辜之人。

那一瞬間，他便決定，若是那些人真的找上門來，他就跟他們離開，絕不害了柒柒，也不為難塔布巷的居民們。

就只怕這是他的一廂情願，不知那些心狠手辣之人會不會放過這些百姓。

好在，外頭很快就傳來了男女混雜的叫罵聲，孩子們的哭聲也轉小了，他緊攥成拳、微微發顫的手這才稍稍放鬆。

又等候了片刻，院子裡傳來幾個孩子的腳步聲，和先前一樣充滿活力。

他長吁了一口氣，雙手撐著炕往外挪，剛挪到炕邊，就聽見屋門打開，小姑娘那歡快得像是要飛上天的一聲「哥哥」傳了過來。

「哥哥，我們贏了！」柒柒一進門就撲到炕邊，牽起慕羽崢的手，繪聲繪影地把剛才的事情說給他聽。

但凡小姑娘有說漏的，一旁情緒亢奮的在山和柱子就立刻補充，說到有人拿雞糞扔了那人一身，把對方噁心得作嘔，兩個男孩就拍著手，笑得前仰後合，柒柒也跟著笑倒在炕上。

首戰告捷，孩子們歡欣鼓舞、興奮不已，圍著慕羽崢絮絮叨叨說個沒完，吵吵嚷嚷、鬧騰異常。

可慕羽崢只覺得心安，嘴角不知不覺中高高揚起。

等他們終於說完，慕羽崢這才朝他們的方向拱手彎腰，神情鄭重道：「多謝在山兄弟、多謝柱子兄弟、多謝大家，今日相助，鳳伍不勝感激。」

若有朝一日，他有能力相報，必定不負此恩。

柒柒跪坐在炕邊，也抱拳對他們兩個作揖道：「多謝在山哥、多謝柱子哥、多謝大家。」

小姑娘鞠躬的幅度太大，晃晃悠悠的，一個不留神就往地上栽去。

在山和柱子見狀，連忙去扶，沒想到慕羽崢出手的速度更快，一把將人撈了回去。「當心。」

柒柒扶著慕羽崢的胳膊，吐了吐舌頭說：「嚇我一跳，嘿嘿。」

日落西山，天色暗了下來。

該說的，事無鉅細全都說完了，在山和柱子豪氣地拍著胸脯讓慕羽崢放心，隨後告辭離開。

柒柒把人送走，爬到炕上坐到慕羽崢身邊，嘿嘿笑著。

見慕羽崢摸索著要找自己的頭，柒柒便主動伸了脖子過去。

慕羽崢揉了揉那頭亂蓬蓬的髮絲，問道：「柒柒，方才妳怕不怕？」

「不怕，大家都在呢。」柒柒搖頭，拍了一下大腿。「我只恨自己跑得太慢，不然定要狠狠打他們幾棍子！」

純真善良、不知人心險惡的小姑娘奶聲奶氣地放狠話，慕羽崢心中說不出是什麼滋味，只覺胸口堵得慌。

沈默良久後，他伸手將小姑娘抱到自己面前，用力擁住她那瘦小的身板，語氣艱澀。

「柒柒，方才我怕了。」

柒柒從他腋下伸過手，輕輕拍著他的後背說：「哥哥別怕，我保護你。」

慕羽崢把下巴靠在小姑娘小小的肩膀上，語氣無比認真。「柒柒，若是哪天他們真的找上門來，妳只管藏好，別管我。」

柒柒炸毛了。「那怎麼行，我說過永遠都不會丟下你的！」

慕羽崢提高了音量，不容置疑道：「聽話。」

他和她說話的態度一向溫和，語氣也很溫柔，這還是頭一回這麼凶，柒柒委屈地扁了扁嘴說：「可是你是我哥哥呀，我怎麼能不管你？」

慕羽崢沒多解釋什麼，只是重重地重複著。「柒柒，聽話。」

見他如此固執，柒柒不情不願地應道：「喔，知道了。」

嘴上這麼說，可她卻已下定決心，要找在山哥好好商量一下，絕對不能讓那些人找上門來。

落日餘暉，霞光萬丈。

雲中城往北，偏西兩百里，連綿不斷的大青山，層巒疊嶂、氣勢磅礴。

位於大青山最高處的青山峰，地勢險要，半山腰的緩坡上矗立著一座山寨，寨門旁用木頭搭建的瞭望塔上，一名精瘦的少年正向遠方眺望。

不久，一隊有一、兩百人的隊伍，從前方山谷間曲折蜿蜒的小路盡頭現身，縱馬奔來。

少年咧嘴笑了，吹了聲嘹亮悠長的口哨，隨後回頭吼了一句。「大當家的回來了！」說罷，他攀著木架，兩三下就從瞭望塔上爬了下去，往前跑了數十步，奮力揮著手臂。

那隊人馬一路疾馳到山腳下，隨即放慢速度，沿著蜿蜒的山路向上，來到少年面前。為首之人二十出頭，身材高大，皮膚黝黑粗糙，面上滿是鬍渣，可五官卻格外帥氣俊朗。

他翻身下馬，解下揹在身上的大刀，連同韁繩一同拋給那名少年，動作俊逸瀟灑，看起來像個行俠仗義的江湖俠客。

不過，他一開口就匪氣十足。「趕緊去弄點吃的來，這一路可把老子餓壞了。」

「算著大夥兒這兩日即將回來，熊嬸一早就備著呢。」少年笑逐顏開地牽馬跟在後頭，又說：「對了大哥，上回你撿來的好看姑娘今早醒了，你可要去看看？」

「居然活了？那姑娘傷成那樣還沒死，真是命大。」

「命大自然是好，等她養好傷，剛好給大當家的當夫人。」

「我看不成，那小娘子天仙似的，大當家的莽漢一個，配不上人家。」

「大哥糙是糙了點，可這張臉不差啊，如今就是黑了點，要是悶在屋子裡養白了，和那些富貴人家的郎君有何兩樣？」

「原本大當家的是不配，可那姑娘傷了臉啊，那道傷口即使好了也得留疤，這不就配了嗎？」

「你這麼一說還真是。」

「大哥，辦喜宴的時候，咱們去城裡買幾罈好酒吧！」

一群人高馬大、外形剽悍的漢子們七嘴八舌地笑著起鬨。

少年牽著馬，笑嘻嘻地問道：「大哥，什麼時候吃喜酒啊，我想啃烤羊腿了。」

被稱作大當家的那名男子把馬鞭往手裡一拍，爽朗大笑道：「那我得先瞧瞧我家小娘子了。」

眾人進了山寨，嘻嘻哈哈地和寨子裡的人打招呼，漢子們直奔廚房而去，唯有大當家裴定謀往寨子最靠裡的一處房子走去。

裴定謀走了一段路，又調了個頭，喊住那牽馬的少年。「裴吉，把馬牽過來。」

裴吉聞言，立刻牽上前問道：「怎麼了，大哥？」

裴定謀把馬上掛著的包袱摘下來，伸手進去掏了半天，掏出一把精緻小巧的彎月匕首出來，滿意地笑了。

不過一眼，裴吉就喜歡上那把匕首了，兩眼發光道：「是給我的嗎？」

裴定謀把包袱丟進裴吉懷裡，轉身就走。「這是給你嫂嫂的見面禮。」

第十六章　大難不死

把包袱往馬上一掛，裴吉追上去道：「嫂嫂是小娘子，哪有一見面就送匕首的，你給我吧。」

裴定謀伸手按住裴吉的腦袋給他轉了個身，隨後在他屁股上踹了一腳道：「滾蛋。」踉蹌著往前衝出去好幾步，裴吉才站穩身子，轉頭抗議。「大哥，你有了媳婦兒就忘了弟。」

裴定謀懶得搭理他，走到寨子深處那一處房子外，沒直接進門，而是先吼了一嗓子。

「屋裡可有人在？」

屋門打開，從裡面走出一個三十歲左右的健壯女人，笑著道：「大當家的回來了。」

「滿嫂。」裴定謀打過招呼，指了指門問道：「我家娘子如何了？」

滿嫂打趣道：「你這臉皮可真夠厚的，人家小娘子剛醒，怎麼就成了你家娘子？」

裴定謀哈哈一笑，道：「我撿回來的，可不就是我家娘子？」

「歪理。」滿嫂把路讓開，說道：「小娘子早上醒了一會兒，但像是沒醒透，沒說什麼話就又睡了過去，你進去看看吧，我先回家一趟。」

裴定謀開門進屋，穿過廳堂進了內室，走到臨窗小炕旁一屁股坐下，靜靜打量起了那閉眼躺著的姑娘——五官精緻、膚若凝脂，生得極美。

她眉稜上那道切斷左眉的猙獰傷口已癒合，卻留下拇指長的疤痕，帶著一種說不出的殘缺之美，讓人不禁想探究她背後到底有怎樣的故事。

眼下她面色蒼白、眉頭微蹙，看起來是那般柔弱可憐，惹人心疼，只想將她捧在手心精心呵護。

裴定謀雙手撐在女子身側，俯下身去，目不轉睛地盯著她的臉，心中只有一個念頭——她可真好看，莫不是天上的仙女吧？

他正看得出神，就見小娘子濃密纖長的睫毛微微顫動，隨後睜開了一雙盈滿秋水的眸子。

只被那雙尚且迷濛的眼睛瞧了一眼，裴定謀的心就破天荒地狂跳了起來，他霍地直起腰身，雙手放在腿上，不自在地搓了兩下，說道：「那個……妳醒啦？」

那個一向豪邁爽朗的莽漢，莫名其妙變得拘謹，連那粗獷的嗓音也不可思議地變得輕柔。

慕雲檸重傷未癒，整個人昏昏沈沈，她望著身前皮膚黝黑、滿臉鬍渣、頭髮微微凌亂，看起來風塵僕僕的男子，緩緩開口。「你是誰？」

她已許久不曾說話，聲音沙啞，可聽在裴定謀耳中，卻像行在深山老林裡，被松針扎了手，手上癢癢的，心頭也癢癢的。

他不自覺地放輕聲音道：「在下裴定謀，在家中排行第三，妳也可以叫我裴老三，是這青山寨的寨主。」

「裴定謀。」慕雲檸輕輕唸了一遍。

裴定謀以為她不知道是哪幾個字，便伸手從懷裡掏出一張紙，打開來往慕雲檸面前一抖，頗為驕傲地說：「我寫的。」

瞧著那張一看就知道揣了許久、已經捲了邊的紙，還有上面那歪七扭八的字，慕雲檸斟酌了一下才說：「裴郎君的字，別具一格。」復又問：「是你救了我嗎？」

活了超過二十年，這還是裴定謀頭一次被人喊「裴郎君」，尤其是從這小娘子口中溫溫柔柔喊出這麼一句來，他剛剛平緩下來的心又猛然狂跳了幾下，耳朵也燒了起來。「對，是我救了妳。」

慕雲檸問道：「不知裴郎君救我時，可還有其他活著的人？」

裴定謀將那張紙摺好塞回懷裡，說道：「我發現小娘子的時候，妳被數人護在身下，我們一一查看過，除了小娘子尚有一口氣之外，其他人都死了。」

都死了……

慕雲檸閉上眼，須臾，一串淚水從眼角滾落。

她的胸口劇烈起伏，扯得一身的傷都跟著痛起來，額角頓時冒出一層細密的汗珠。

「妳想哭就哭，這麼憋著更傷身。」

見她哭得如此壓抑，裴定謀手忙腳亂地為她擦了把淚，又擦了把汗，擦完後兩手就往身上隨意一抹。

慕雲檸下意識地偏頭躲避他的碰觸，卻沒能躲過。

她深呼吸了幾下，很快就調整好情緒。「裴郎君，你可有見到一個八、九歲的男孩？」

裴定謀回道：「未曾，數日前……」

當天，裴定謀帶著數百兄弟去五原郡辦事，返回山寨的途中，撞見一小支匈奴軍隊往邊境逃跑，他想都沒想，直接帶人殺了過去。

對方約莫一、兩千人，數倍於己方，可他們貌似剛經歷過一場惡戰，馬傷兵殘、氣勢低迷。

相反的，青山寨的漢子人強馬壯、鬥志昂揚，縱馬戰了數個回合，便將這一支匈奴軍隊盡數斬殺。

他們把這些人的屍首集中到一處點火燒了，隨後沿著匈奴軍隊行經的蹤跡尋過去，到達臨雲驛站，發現了使那支匈奴軍隊遭受重創的戰場——遍地屍骸，漢人和匈奴人混在一起了。

匈奴襲擾大興邊境多年，兩國交戰無數回，他們這些居住在北境的人並非頭一次見到此等慘烈的戰況，可不知為何，這次死去的數百漢人中竟有數十名女子，且個個穿盔戴甲，拚殺而亡。

同為漢人，又是為殺敵而死，裴定謀不忍他們暴屍荒野，於是招呼兄弟們為同胞們收屍，挖坑安葬。至於那些敵賊的屍體，照舊堆在一起，連同被破壞殆盡的驛站燒了個乾乾淨淨。

提起當日的場景，裴定謀面色陰沈，語帶惋惜。

慕雲檸震驚地說道：「裴郎君帶人滅了那些匈奴殘兵？」

裴定謀雙手拍了一下大腿，豪氣干雲道：「遇到老子算他們倒楣。」

慕雲檸望著那滿面鬍渣、匪裡匪氣的男子，忽然覺得他順眼了起來，嘴角彎了彎，道：「裴郎君真乃忠君愛國之勇士。」

裴定謀被那如花般綻放的笑顏迷了眼，心神盪漾，嘴上沒了把門。「我對那皇帝老兒談不上忠心，只是我全家死在匈奴人手中，老子和他們有血海深仇，早已立誓，見一個殺一個。」

慕雲檸心想，他對父皇不滿？也是，若是滿意，就不會落草為寇了。

這兩日昏昏沈沈，雖睜不開眼，可身邊照顧她的人所說的話，她還是聽了個大概，早已明白救了自己的青山寨之人，乃是一群獨居深山、占地為王的山匪。

慕雲檸表情平靜地說：「我亦如此，不死不休。」

看著慕雲檸那巴掌大的小臉，還有那病弱不堪的樣子，裴定謀勸道：「妳一個手無縛雞之力的小娘子就別逞強了，打打殺殺的事自有我們男人去做，妳只管在家安穩度日，好生過活便是，這次要不是妳身邊的人用身體護著妳，妳也得沒命。」

慕雲檸沒說話，交疊在一起的雙手搓了搓指腹上的繭子。

說到這裡，裴定謀用探究的目光打量慕雲檸。「不知小娘子姓甚名誰，家住何方，又為何與那幫匈奴人撞上？」

慕雲檸略一思量，報了假訊息。「小女子姓周，名凝雲，家中乃是長安一戶商賈人家，此次帶著商隊前來北境採購今冬的皮草，路過驛站時，意外撞上兩軍交戰，同為漢人，我們不能袖手旁觀，這才捲入其中。」

面對救命恩人，慕雲檸並非有意隱瞞身分，只是她的背景太過特殊，加上心中尚有諸多疑慮，此刻實在不宜坦誠相告。

裴定謀雖為武人，可並不笨，他想到這次外出時聽到的傳言，再回想當日驛站的情形，立刻斷定這小娘子在撒謊。

光是從護著她的那些人的穿著打扮，以及使用的武器來看，她就絕不是什麼普通的商賈人家之女。

但是無所謂，她既然不想說，他也不會拆穿，只問了自己最關心的問題。「周小娘子，妳傷好之後可是要離開？」

慕雲檸考慮了一下，說道：「暫且不知，或許還要請裴郎君收留一陣子。」

裴定謀直來直去慣了，看上了，便直接問出口。「能留下嗎？做我的壓寨夫人。」

慕雲檸驚訝地瞪大雙眼，心道這人還真是山匪做派，不過她也不是扭捏之人，直接回問。「裴郎君於我有救命之恩，這是想要我以身相報？」

裴定謀兩隻大手搓了搓膝蓋。「和救不救命的不相干，老子就是看上妳了，喜歡妳，想和妳過日子。」

慕雲檸又是一驚。就這麼說了幾句話，他便喜歡上她了？

裴定謀繼續說：「反正妳總要嫁人，這青山寨有上千號人，如今都是我說了算，要是嫁給我，那麼妳也說了算。雖比不上長安的富貴，但妳想幹什麼就幹什麼，絕對沒人管妳。」

慕雲檸指了指自己臉上的疤，問道：「你不介意我的臉傷成這樣？」

「這有什麼好介意的。」裴定謀直了直腰板，伸手抹了自己的臉一把，道：「我這臉雖說是好的，可我身上全是疤，不信我給妳看。」

說著，他伸手扯開兩邊的領子，很乾脆地把上衣扒了。「妳瞧。」

慕雲檸的「我信」兩個字還沒說出口，就閉了嘴。

她望著裴定謀那精壯的上身、緊實的肌肉，絲毫不感到羞赧，腦中只有一個想法——這人怕是個傻子吧，哪個正常人會一言不合就脫衣？

裴定謀見小娘子呆呆看著他不語，展示完身前的一道傷疤之後，又側了個身，把後背秀給她看。

「妳瞧，我後背還有，傷疤這玩意兒沒什麼大不了的，難道多了一道或幾道傷疤，就不是妳了嗎？所以小娘子不要傷心，改天我去城裡的醫館看看，幫妳買個去疤的藥膏回來，說不定能好呢。」

他這是在……安慰她嗎？

慕雲檸這才反應過來裴定謀為何這般孟浪，頓時不知說什麼才好。

見他兩三下又把衣裳扯好，她說道：「裴郎君有心了，不過是傷了皮囊罷了，我並不在意。」

見她嬌嬌弱弱的一個小娘子竟這般豁達，裴定謀更加喜愛她，也欽佩至極。「周小娘子，那妳可願嫁我？若是娶了妳，我保證一輩子只有妳一人，絕不三心二意，不然我就把腦袋擰下來給妳。」

慕雲檸再次打量起裴定謀，方才第一眼被他那一臉鬍渣和黝黑的皮膚騙了，可細細瞧來，卻發現這人的五官相當俊美，再加上高大結實的身材、豪邁的個性，還有那雖有些嚇人但還算動聽的誓言，很能打動人心。

只不過，她慕雲檸雖說才十六歲，但並非那等沒接觸過外男、天真單純、輕易就會被騙的閨閣小女子。

在她這裡，一向沒有兒女情長。

她盯著裴定謀的臉，左右衡量過了情況，才問道：「若我不願，裴郎君可會強迫我？」

裴定謀猶豫了一會兒，說道：「會吧。」

他這輩子見過的女子不在少數，也不止一回遇上對他投懷送抱的，他都沒什麼感覺，這可是頭一次被人只瞧一眼，一顆心就怦怦亂跳的。

看著那雙水盈盈的眼睛，裴定謀說完又覺得有些不妥，立刻舉起雙手道：「不過妳別害怕，我絕不會強迫妳同我睡覺，我只是不放妳走，直到妳也看上我為止。」

聽到這頗為唐突的話，慕雲檸冷靜地和他對視，良久後才開口。「若你能幫我尋到我弟弟，我會考慮嫁給你。」

裴定謀雙眼一亮，問道：「當真？」

慕雲檸點點頭，聲音仍舊虛弱，語氣卻是斬釘截鐵。「君子一言，駟馬難追。」

「爽快！」裴定謀一拍大腿，大笑出聲道：「那娘子快講，咱們弟弟生得何等模樣，在哪裡丟的？」

他高興得直接改口喊起了娘子，慕雲檸也沒什麼力氣和他計較，伸出手道：「扶我起身，再拿筆墨來，我畫給你。」

裴定謀二話不說，殷勤備至地一手兜著慕雲檸的肩膀，一手輕輕握住那纖纖玉手，小心翼翼將人扶了起來，又拿枕頭靠在她身後。「娘子稍等，我去去就來。」

等慕雲檸應好，裴定謀就滿面春光地往外走，一出門就吼了一嗓子。「裴吉，快去給老子拿筆墨來！」

怕大當家的有事吩咐，裴吉正啃著一隻雞腿蹲在門口等候，聞言起身道：「大哥，你要筆墨做甚，畫王八？」

上次比摔角，大當家的贏了，拿筆追著十幾個兄弟，挨個兒按住，給人畫了一臉的王八。

「畫你爹的王八！」裴定謀上前就是一腳踹在裴吉屁股上。

裴吉一手抓著雞腿，一手捂著屁股，嗷的一聲跳開。「大哥，我是你撿回來的，你就是我爹沒錯，你儘管使勁罵。」

不想再跟裴吉多說廢話，裴定謀指了指屋內道：「你嫂嫂要用，趕緊的，這事要是辦成，就能辦喜宴了。」

「當真？」裴吉眼睛一亮，見裴定謀笑著點了頭，他撒開腿就跑。「帳房先生，筆墨！」

很快的，裴吉拿了筆墨紙硯過來，裴定謀接過，轉身進屋，搬了個矮桌到炕上道：「娘子，我來研墨。」

他坐在桌前，笨手笨腳卻格外認真地磨墨，磨著磨著突然想起那把匕首，便從懷裡掏出來遞給慕雲檸。「送妳的，這是見面禮，下次買珠花給妳。」

慕雲檸抽開那把小巧的彎月匕首，發現刀刃出奇的鋒利，她抬頭朝裴定謀彎了彎唇角。

「多謝裴郎君，我很喜歡。」

「喜歡就好。」裴定謀再次被她的笑容晃花了眼，伸手撓了撓臉，撓了一臉的墨汁。

雲中城一家客棧內，先前出現在塔布巷的三個深衣人正坐在房裡喝酒。

先前迷了眼睛的壯漢喝了一口酒，又扯起自己的衣襟聞了聞，臉色相當難看。「真他娘的晦氣！」

一人忍笑勸道：「別聞了，你這不都洗過澡、換了衣裳嗎？」

另一人也憋笑說：「真的沒味道了，我們都幫你聞過了。」

壯漢又灌了一口酒，發起牢騷。「你說咱們幾個怎麼就這麼倒楣，跑到這鳥不拉屎的北境來當差？這幾天吃不好、睡不好，東奔西跑，都快把這北境全翻遍了，別說人，連根毛都沒找到，還弄得一身雞屎，真倒楣。」

其餘兩人對視一眼，其中一人壓低聲音說：「距離臨雲驛站最近的五原郡咱們搜過，朔方郡和雲中郡也找過了，明日一早就啟程去定襄郡，若是再沒有，就去雁門郡和衡山王的人會合，之後回京覆命。」

另一人說道：「也是，不讓人動用官府，就這麼大街小巷地搜索，怕是再搜下去也無果。」

「沒錯。」那壯漢把酒杯往桌上用力一放。「再說了，衡山王的人不也連個影子都沒找到嗎？要我說，那人怕是早就死在荒郊野外了，不然不可能這麼久了連個蹤跡都不露。」

另外兩人深以為然，同時點頭道：「言之有理。」

第十七章　安穩度日

呂家，一家四口吃過晚飯，蔓雲收拾好碗筷，拿起一件自己的舊衣裳修改。

在山用手比了一下大小，好奇道：「姊，妳這改得也太小了吧，我穿不了。」

蔓雲頭也不抬，小心裁著手裡的衣裳。「這要給柒柒，她身上那件衣裳是去年的，手肘上磨破了個洞不說，袖子也短了一截，手腕都露在外頭。」

在江靠在蔓雲腿上拿著小木棍在玩，他聽明白了，伸出短短的手指頭點了點那件衣裳，歪著腦袋看著在山說：「柒柒的，不給你。」

在山見狀，抬腳在他小屁股上虛虛地踢了一下，道：「整天只知道柒柒，改天就把你送給柒柒當弟弟，你要這麼皮，看那凶巴巴的柒柒會不會拿棍子抽你？」

長長的一段話，在江只聽懂一個「抽」字，抬起小手就拍在山的腿道：「抽你。」

他打完就跑，在山追上去把人拎過來，按在腿上拍了他屁股兩巴掌，沒使勁，拍得小娃娃笑得露出幾顆小奶牙，嘴裡還不服地喊著「打」，沒喊兩聲，口水就流了一地。

在山鬆開了他，齜牙咧嘴嫌棄得不得了。「姊，在江怎麼這麼髒啊，這麼大了還流口水。」

蔓雲白了他一眼道：「你小時候也這樣。」

在山否認。「不可能。」

靠坐在炕上、正用刀削著木頭的呂成文哼了一聲，及時給自家大兒子補了一刀。「怎麼不可能，你不光流口水，還沒少尿褲子呢。」

在山惱羞成怒，一蹦三尺高。「沒有的事，少往我身上潑髒水！」

父女倆大笑起來，在江也跟著呵呵傻笑，在山拿父親和姊姊沒辦法，逮著在江欺負，在他小屁股上又拍了兩巴掌，等他揮著小木棍來打自己的時候，便竄出門跑了。「我去找柱子！」

在山出門以後，家裡頓時安靜下來，呂成文嘆了口氣道：「若是家裡富裕，在山這個年紀也該送去學館識幾個字的。」

蔓雲倒是很樂觀，說道：「爹，如今在山跟著林大夫學認藥草，回頭賣了錢攢下來，就讓他去學館唸書。」

「也是，你們姊弟都這麼懂事能幹，日子總會越來越好的。」呂成文點點頭，又問：「今兒在山張羅的那一齣，是為了柒柒撿回來的那個孩子吧？」

對象是自家爹爹，蔓雲也不隱瞞。「是，怕是他的仇家找上門，才想出這麼一招。」

呂成文有些擔憂地說：「照妳說的，那孩子的容貌、氣度，還有穿在身上的華貴料子，怕是身分不簡單哪。」

「顧不了那麼多了。」蔓雲裁好手裡的舊衣，穿針引線縫了起來。「他家人都沒了，就剩他，既然柒柒認了他，那他往後就是柒柒的哥哥，咱們不能不管，不然柒柒一個小女娃，日子多難。」

「這世道真是造孽啊。」呂成文唉聲嘆氣，又說：「那孩子落得那樣一身傷，他的仇家還在找，這得是什麼深仇大恨，連個孩子都不肯放過。」

「誰知道呢。」蔓雲也嘆氣，隨即擔心地問：「爹，您不會是不想讓在山幫忙吧？」

呂成文搖頭道：「幫都幫了。」

就算是惹禍，那也惹下了，這時候後悔已經來不及，要是當真讓那孩子的仇家找上門，只怕他們這一家子都會遭殃，還不如想辦法幫忙藏住，只希望過幾年那孩子的容貌能變一些才好。

呂成文琢磨了一會兒後，說道：「明日我為柒柒打個櫃子吧。」

他的腿好得差不多了，先前因絕望頹喪所以懶得動，如今他想開了，這幾日已經拄著枴杖下地。

手藝有，材料有，工具也有，做個櫃子不成問題。

呂成文是木匠，有一手好木工活，腿沒傷之前上門讓他做活的人就沒斷過，腿受傷之後才撂下了，眼下院裡還堆著一些木料呢。

蔓雲並未想得太多，聽自家爹爹肯把手藝撿起來，她再開心不過了。

隔天，晴空萬里，豔陽高照。

柒柒吃過早飯，看著慕羽崢喝下藥，便踩著木墩子趴到牆頭上去喊在山。

在山從屋裡出來，躥上牆頭道：「柒柒，我想了一下，今日讓柱子跟妳去醫館，我留在家裡守著。」

「就聽你的。」在山在家肯定更穩妥，柒柒點頭，小臉卻滿是愁容。「在山哥，你說昨天那幾個人是不是算是好對付的？要是真遇到很壞很壞的，硬闖進門要挨家挨戶搜怎麼辦？」

在山皺起眉頭道：「昨晚我爹也這麼說。」

柒柒想了想，說道：「要是我家有個能藏起來的地方就好了，本來有地窖可以藏，可是我哥的腿還沒好，下不去。」

在山用手攏著嘴小聲說：「我爹正給妳家做櫃子呢，就像我家那個，有夾層，我小時候總往裡藏的那種。」

柒柒眼睛一亮道：「這倒是個好主意。」

在山說：「那妳上我家來，我帶妳看看。」

「欸，好。」柒柒應了一聲，兩隻小手扒著牆頭，抬起小短腿就往牆上攀，可踢了兩下也沒能攀上去，反倒蹭下不少土來。

「就說妳腿短吧。」在山騎在牆頭上看得有趣，忍不住笑了。

見柒柒瞪他，他便跳下去把小姑娘推上牆頭，又翻過去抱她下來，兩個人跑進門。

兩人進去時見呂成文正坐在凳子上刨木頭，柒柒趕忙上前鞠躬道謝，又道：「呂叔，等我領了工錢再付你錢。」

呂成文笑著擺手道：「什麼錢不錢的，以前妳爹還在的時候，可沒少給我帶酒樓裡的好菜，不過一個櫃子而已，包在叔叔身上。」

在山說道：「剛好今天我在家，爹，我幫您做，剛好跟您學學手藝。」

以前呂成文腿沒事的時候總要在山跟他學，可在山貪玩，老是偷奸耍滑，如今竟主動提起，他深感欣慰道：「我兒當真懂事了。」

柒柒把在山拉過來，用手比劃著他的個頭說：「呂叔，我哥哥和在山哥差不多高，可他腿還沒好，蜷不起來，您看著夾層要留多大地方。」

呂成文點頭道：「行，叔叔知道，妳去忙吧。」

柒柒很高興，讓在山幫她翻過牆頭，兩人回了她家。一進屋，柒柒就拉著慕羽崢說了櫃子的事。

慕羽崢笑著說這是個好主意，可他心如明鏡，若那些人當真找上門來，別說是藏進櫃子，就算是建了暗室藏進去，只要他們夠仔細，還是有可能將人找出來。

不過柒柒和呂叔他們的一番好意，他不能拒絕，更何況，就算他藏了沒用，但柒柒藏著還是行得通。

「哥哥，在山哥今天會在家，我和柱子哥去醫館，吃過午飯我就回來，你在家別怕喔……」

柒柒嘮嘮叨叨又是好一番交代，直到在山嫌她囉嗦，說一切有他呢，小姑娘這才跟來喊她的柱子去了醫館。

等柒柒走了，慕羽崢便請在山再幫一個忙，讓他把塔布巷來了拍花子的事宣揚出去。

接觸越多，在山越覺得這小累贅的腦子很好使，對他相當佩服，便爽快答應，出門去了。

在山先後跑到隔壁兩條巷子，湊到閒嘮嗑的大娘跟嬸子堆裡，把昨日發生的事說給人聽，當然，他沒忘記加油添醋。

謠言的力量很強大，一傳十、十傳百，塔布巷來了拍花子的事情，很快就傳遍了整個雲中城。

到最後，事情傳得變了樣，說什麼凶神惡煞的拍花子足足有十人之多，光天化日的竟拿劍破門而入，直接到百姓家裡搶孩子，要不是塔布巷的鄉親拚死抵抗將人趕跑，還不知道要被搶走多少孩子。

一人傳虛，萬人傳實，這件事本來是假的，可說的人多了，假的也成了真。

拍花子如此猖狂，弄得城內百姓本就不安定的心更加惶惶不安，但凡有孩子的人家都盡可能地看好孩子，對城中出現的陌生人更是前所未有地警惕戒備起來。

事情越傳越玄，後來居然傳到縣令耳中，縣令便派出兩名衙役到塔布巷仔細了解情況，根據大人與孩子們的描述搜捕起那三個可疑之人，幾日後找到了他們落腳的客棧，可人早已沒了蹤影。

見百姓戰戰兢兢，縣令便命衙役到集市口澄清，說事情沒傳聞中那麼可怕，拍花子只有三個人而已，沒有破門而入強搶孩子，當時那人拔劍，也是因為有人丟了雞屎在先……可人們只相信自己願意相信的事，尤其是涉及自家孩子的安危，寧可信其有，不可信其無。

見實在說不通，縣令也不再管，心想時間一久，此事自然會不了了之。

經此一遭，塔布巷的大人跟孩子都草木皆兵，整條巷子前所未有地安全了起來。再有陌生人往巷裡靠近，就會被人攔住仔細盤問，恨不得祖宗三代都給問出來，哪怕是貨郎也不放過，來人被問得煩了也就懶得進巷子，直接離開。

一連數日，竟沒有一個陌生人進入塔布巷。

孩子們慢慢放下心來，柒柒每天要麼帶著柱子，要麼帶著小翠去醫館上工。

呂成文把做櫃子要用的木板全處理好之後，讓孩子們幫忙搬到柒柒家，他拄著枴杖慢慢挪過去，把櫃子裝在東屋靠牆的地上。

柒柒和在山兩個試著進裡面躲了躲，夾層的空間很大，完全足夠在山站著，也可以讓他伸直腿坐著。

夾層的門板從裡面一關，插栓一插，在外頭的人除非刻意敲櫃子比較內外的厚度差，不然真是什麼都看不出來。

柒柒很高興，一邊在慕羽崢手上畫著櫃子的構造，一邊講給他聽。

呂成文把特地按照慕羽崢身高做的枴杖遞到他手裡，勸慰道：「小伍啊，呂叔傷了兩條腿都能下地走路，你傷了一條腿更不成問題，這根枴杖你先拿著用，回頭等你腿好了，呂叔再幫你做個輕便點的，好探路。」

慕羽崢朝聲音傳來的方向鞠躬。「多謝呂叔費心。」

見這個容貌出眾的孩子安安靜靜坐著，哪怕一身布衣，仍舊難掩不凡的氣度，呂成文在心底嘆氣，暗道可惜了，這孩子以前定然是哪個世家大族矜貴的小郎君，如今竟然落魄到他們這窮地方來了。

呂成文走了之後，慕羽崢讓柒柒跟在山扶著他下了地，他抬起左腿，拄著枴杖一步一跳地挪到櫃子前，嘗試著躲進去。

看不見再加上多日不曾走路，慕羽崢的右腿也有些不好使，對常人而言不過幾步路的距離、兩三下就能做成的事，仍是把三個孩子折騰出一身汗。

可當夾層的木門一關，慕羽崢消失在眼前時，在山和柒柒還是高興地歡呼出聲。

自那之後，每天等柒柒從醫館回來，慕羽崢都會在兩人的幫助下，熟悉從炕邊到櫃子的路線。

後來他摸索出一條繞得遠但更可靠的路徑——先沿著炕邊走到牆邊，再沿著牆走到櫃子那裡。這樣雖然多了許多步，卻能確保他在毋須他人提醒的情況下也能精準找到櫃子。

當柒柒再次從醫館帶回下個十天的傷藥時，慕羽崢的內傷已經好了許多，除了仍舊不敢動左腿之外，行動已經俐落不少了。

他能熟練地從炕上穿鞋下地，順利地摸到櫃子並躲進夾層裡，從頭到尾都不用人扶著，也不需要人出聲提醒。

柒柒和在山在一旁護著，看他獨自一人安然無恙地藏起來幾次之後，算是放下心來。

在山又在家守了慕羽崢幾天，見沒再發生什麼事，就開始去醫館。等把該認的藥草都認得差不多了之後，在山和柱子每天早上會先送柒柒去上工，再帶著孩子們去草原上摘野菜、挖藥草。

柒柒在醫館拾掇藥草，背誦林義川要她牢記的藥草與藥性；在山和柱子領著孩子們在廣袤草原上忙活，等到晌午時分，他們算著時間，把挖來的藥草送到醫館換錢，順便接柒柒回家。

隨著時間過去，柒柒要背要記的東西越來越多，為了鞏固記憶，返家後她都會背給慕羽崢聽。

慕羽崢天天都要下地拄著枴杖活動一會兒，還要練習藏到櫃子裡幾次。

在山、柱子和小翠挖藥草的本領越來越熟練，藥草的品相越來越好，挖錯的次數也越來越少，他們的收入漸漸多了起來，從頭兩天每日的一、兩文，到後來每人一天能有三、四文，多的時候甚至有五、六文。

這幾文錢雖不算多，可對於口袋空空的孩子，以及他們一貧如洗的家庭來說，簡直是雪中送炭，三個孩子每日都幹勁十足。

林義川為人正直、處事公道，該是多少錢就是多少錢，從不因為他們年紀小就故意壓價，當然，也不會因為可憐他們就多給錢。

只不過，在山下午要跟著呂成文學木工活，小翠要做家務，柱子家也有活要幹，他們每天只能外出半日，加上年幼，長輩一再叮囑不要往遠方去，所以只能在城外附近活動，想挖些什麼稀奇的藥草賣個大價錢，暫時不可能了。

在山留了心眼，只帶著小翠和柱子採挖藥草，其他的孩子他沒教，只是每天給幫他們挖野菜的孩子們分些吃的，因為他們現在賺得也不多，沒辦法像一開始預想的那樣分錢給大家。

雖然只是些饟餅、粟米餅、蒸馬鈴薯之類的粗食，但是至少孩子們能吃得飽飽的。

下過兩場雨以後，草原上的各色野菜瘋了一樣長得茂盛，輕鬆就能弄滿一筐，孩子們你一把我一把就把在山幾人的竹筐裝滿了，舉手之勞就能換一頓飽飯，何樂而不為。

朝廷下了旨意，命邊境各郡安頓流民，進行戰後重建的工作，雲中郡的民生正在慢慢恢復正常。

不知不覺中，孩子們的生活漸漸安穩起來，柒柒和慕羽崢一直懸著的那顆心也慢慢落了回去。

這一日，柒柒從醫館回來，把帶回來的飯端給慕羽崢之後，她就往他身邊一躺，絮絮叨叨說著今日的見聞。

講完了醫館的事情，又背誦了今日所學，最後她才說道：「哥哥，我今日不是去買香膏嗎，你猜怎麼了？」

小姑娘講話習慣來這麼一個問句吊人胃口，慕羽崢一向配合，問道：「怎麼了？」

第十八章　坐困愁城

柒柒扯著慕羽崢的衣襬玩，老成地嘆了口氣道：「上次我買香膏的那家胭脂鋪居然把鋪子賣掉了，說是賣給一個外地來的富商，要開一家高檔的胭脂鋪，這樣我哪裡還買得起嘛……」

聽到「從外地來」、「要開胭脂鋪」這兩個訊息，慕羽崢心中一動，把頭偏向柒柒所在的方向道：「妳可知新的東家打哪兒來的，鋪子叫什麼名字？」

見慕羽崢對這件事很感興趣，柒柒便翻身坐起來，拉住他的手說：「我去的時候鋪子正翻新呢，新招牌還沒掛，我只站在門口跟夥計說了幾句話，不知道東家打哪兒來的。」

下過兩場雨，空氣濕潤了起來，加上每晚睡覺前慕羽崢都會幫小姑娘仔細塗抹香膏，她那粗糙的小手終於細膩了許多，摸上去軟乎乎的，慕羽崢輕輕捏了捏。「柒柒，妳下回路過那裡時，打聽一下好嗎？」

柒柒點頭道：「好，我明天就去問。」

「別問得太直接。」慕羽崢交代，想了想，又說：「要不，妳讓在山去問。」

「行，在山哥最機靈了。」柒柒點頭，又問：「哥哥，你是擔心他們又是仇家嗎，可這陣子不是都消停了？」

慕羽崢回道：「我也不知，但多打聽一下總是好的。」

或許那是自家人呢。

前面鬧了那麼一齣戲，想害他的人找不到他，或許就放棄了，可自家人絕不會輕言退縮，說不定他們是換了另一種方式來找他。

柒柒應了，等慕羽崢吃完飯，她把碗筷拿去灶間洗好，回到東屋爬上炕睡了個午覺。

睡了一覺醒過來，柒柒發現慕羽崢自己下了地，拄著枴杖、抬著腿在屋裡一步一挪地轉圈活動，她攏了攏頭髮，下地去扶他。「哥哥，你可慢著點。」

柒柒小小年紀，卻總是操心得像個老人家，慕羽崢笑了笑，說道：「無妨，我自己來就好。」

雖然柒柒已經看過幾次慕羽崢自己活動的情形，可潛意識到底還是操心，抓著他的胳膊不撒手。「你看不見呢。」

「總得慢慢習慣。」慕羽崢的笑容淡了些。他的眼睛應當是好不了了，要想不當一個廢人，就得學會當一個瞎子。

柒柒聽得心酸，不再堅持，鬆手退開，靜靜看著他。

好在地上東西不多，除了一張桌子、一個櫃子，再無他物，慕羽崢只是走得慢，但還挺穩當。

屋子不大，慕羽崢雖行動緩慢，但很快便繞著屋子走完一圈。

柒柒看著透過窗戶灑進來的午後陽光，商量著說：「哥哥，要不我扶你到灶間去坐一會兒，我把房門打開，你就能曬到太陽。別擔心，我會把板車拖過來，將竹筐堆在上面擋住門口，這樣別人就看不見你了。」

自把慕羽崢撿回家那日起，他就一直沒出過門，先前是傷重動彈不得，後來能下地了又怕有人找上門，連個頭都不敢露。

家裡的院牆不算太高，大人從前面走過，只要偏個頭，就能把院子裡看得一清二楚，讓他出門實在是太冒險了。

可在屋子裡悶了這麼久，多難受啊！

慕羽崢想了一下，便點了頭。「去坐一會兒也好。」

「那你等著，我先去拖板車來。」柒柒很高興，樂顛顛地跑去院中，費了九牛二虎之力，累得一腦門都是汗，才把曬著野菜的板車拖到屋門口。

停好板車，柒柒把家中僅有的幾個竹筐都拿出來疊在上頭，又轉身跑到院子前頭，往屋門方向看了看，見擋得還挺嚴實，這才放心往回跑。

她將椅子搬到灶間門口朝外擺好，進東屋扶著慕羽崢的手，開心道：「哥哥，來，咱們去曬太陽。」

兩個孩子慢慢進了灶間，這裡的東西可比東屋那邊多得多了，水缸、米缸、灶臺、爐子、柴火、小板凳……柒柒一連串地提醒，生怕慕羽崢不小心踢到東西摔倒。

好在她夠仔細，慕羽崢也聽指揮，兩個人順利地走到了柒柒擺在門口的椅子那裡，慕羽崢摸索著坐了下去，微微仰起了頭。

柒柒把他手裡的枴杖接過來放在一旁，拉起他的一隻手放在他臉上，笑著問：「哥哥，有陽光照在你臉上，你摸到沒？」

慕羽崢感受到手背上暖融融的，那雙宛如深潭的雙眸彎了起來。「摸到了。」

柒柒有點小激動，拿了小板凳往他旁邊一坐，捧著臉、瞇著眼笑了兩聲。「嘿嘿。」

慕羽崢伸手找到小姑娘的腦袋揉了揉。「柒柒。」

小姑娘托著腮幫子，歪著腦袋看他。「嗯？」

慕羽崢朝她的方向偏過頭來，想起柒柒不喜歡聽他說謝謝，便改了口。「哥哥幫妳梳頭吧。」

柒柒笑著應好，起身去屋裡拿梳子出來遞到慕羽崢手裡，又把小板凳搬到他前面坐著，小心避開他的傷腿往椅子邊一靠，拆下紮得鬆鬆垮垮的頭繩，說道：「哥哥，來吧。」

慕羽崢先用手扒了幾下她那亂蓬蓬的頭髮，大致扒順後，拿起一縷髮絲，用梳子慢慢梳著。

午後的陽光從門外照進來，落在兩個孩子身上，暖洋洋的。

柒柒的頭髮枯黃毛躁，不太好梳，慕羽崢怕扯疼了她，動作異常輕柔，梳得小姑娘昏昏欲睡，瞇起了眼睛，嘴裡咕噥著。「哥哥，你說我的頭髮能長成你那樣嗎？」

慕羽崢的頭髮烏黑直順，不怎麼需要梳理，總是那麼服服貼貼地披在背上，柒柒每天早上和自己那一頭野草奮戰時，就對他的頭髮羨慕得不得了。

梳完一縷，慕羽崢換了一縷接著梳，語氣肯定。「一定會的。」

柒柒兩隻小手托著光滑了許多的臉道：「哥哥，我信你。」

在門口坐多久，慕羽崢就為柒柒梳了多久的頭髮，直到柒柒覺得再梳下去，自己的頭皮不保，這才晃了晃手裡兩條頭繩道：「哥哥，你幫我綁起來吧。」

上一世活到九歲，她一直是齊耳短髮，不需要綁辮子，來到這裡，一直是娘為她梳頭，後來娘沒了，鄭氏從不幫她梳頭，她就自己梳，可她的頭髮格外多，亂蓬蓬一大堆，總是梳不好。

慕羽崢沈默了一瞬，應了好，摸索著在小姑娘左邊紮起一個小揪揪，從她手裡接過頭繩綁了起來，又照樣在右邊綁了一個小揪揪。

等到他綁完，柒柒伸手摸了摸，發現比她自己梳的好多了，沒那麼多碎髮掉在下頭，滿意地笑了。「哥哥你真厲害。」

慕羽崢也笑了。「以後我幫妳梳頭吧。」

每天早上小姑娘急忙趕著出門，都要和頭髮糾纏半天，有兩回沒綁好，還發了小脾氣，揚言乾脆一刀剪去，但是姑娘家怎可輕易斷髮？

「好喔。」柒柒眼睛彎彎，開心地應下。她最煩梳頭髮這件事了，每回胳膊都累得發痠，還綁不好。

她起身拿過梳子走到慕羽崢身後，也幫他梳起頭髮來，梳著梳著，她小小聲嘟囔道：「要是有收頭髮的，這一把能賣不少錢呢。」

慕羽崢聽到了，但不太明白她的意思，微微偏過頭問道：「什麼賣錢？」

柒柒連忙糊弄過去。「沒什麼，我是說等我領了工錢，就買條髮帶給你，哥哥想要什麼顏色的？」

慕羽崢回道：「什麼顏色都好。」反正他也看不見。

柒柒稍稍想了想，說：「你以前那條是藍色的，要不還是買藍色的？」

慕羽崢彎起了嘴角，點頭道：「好。」

兩人躲在門內曬太陽，梳著頭髮聊著天，聊到開心處，小姑娘還時不時地笑出聲。恍惚間，慕羽崢竟生出一種錯覺，彷彿這裡的一切才是他的真實生活，過往的種種，什麼宮廷、什麼皇位，不過是一場繁花似錦的幻夢而已。

這樣平靜溫馨的日子，似乎也不錯。

柒柒說著話，見慕羽崢半天沒回應，便從他身後上前一步歪著腦袋看他。「哥哥，你在想什麼？」

慕羽崢朝她偏過頭。「待會兒妳做晚飯時，我幫妳添柴吧。」

柒柒本想說不用，可馬上改了主意，爽快應道：「好，你幫忙的話，咱們就能快些吃上飯。」

正說著，就聽院門那頭小翠在喊：「柒柒，妳在家嗎？」

柒柒忙出門繞過板車，朝小翠笑著招手道：「小翠姊，我在呢。」

小翠身後跟著柱子，兩人進了門，走到屋裡，對慕羽崢打了招呼，慕羽崢笑著點頭。

柱子把拎著的小半袋米遞給小翠，小翠抱在手裡，笑著對柒柒說：「這些天我賣藥草攢了點錢，剛才讓柱子哥陪我去買了些米回來，我就想著把上次跟大家借的米還了。」

那晚，小翠搶來的糧食被衙役們奪回去還挨了打罵、抱著大家湊給她的米垂著頭往家走的那一幕，柒柒到現在還記得。

如今她憑自己的本事賺錢買了米來還大家，臉上不但一直掛著笑，連腰桿都比往日挺直了些。

柒柒替她高興，沒有拒絕，轉身去拿了個碗放在灶臺上，張開小手。「當時是兩把米，我來抓就行。」

「我來抓。」小翠躲開柒柒伸過來的手，伸手到米袋裡抓了滿滿兩把黍米放進碗裡。

小翠的年紀比柒柒大，手也比柒柒大了許多，她抓的兩把可比柒柒抓的兩把多了不少。

柒柒見狀忙要抓回去一些，小翠卻按住她的手。「柒柒，別這樣，不然我心裡難受，再說我現在能賺錢呢，不差那多少米的。」

柒柒不好再推辭，見兩人要走，她問：「妳這樣挨家挨戶去還，被妳娘知道怎麼辦？」

小翠笑著說道：「我先來還妳，等會兒我把剩下的送到在山家，讓在山幫我還，免得傳到我娘耳朵裡，到時又沒完。」

柒柒放下心來，送兩人出門。

然而，天底下沒有不透風的牆，在山下午剛幫小翠給大夥兒還完了米，傍晚時分，小翠她娘王襄就知道了。

是李嬸子去借鞋樣子的時候，無意中說漏了嘴。剛說完，她就想起自家孩子一再交代不要往外說，立刻試圖補救，可越補救越說不清。

王襄馬上發了瘋，說小翠是個敗家玩意兒，偷家裡的米往外送，連推帶罵，讓她趕緊去要回來。

小翠自然不肯，解釋了事情的來龍去脈，末了說了一句。「都是您逼我去搶糧鬧出來的。」

有外人在場，且一向逆來順受的小翠居然敢頂嘴，還怪到自己頭上，王襄沒了臉面，就說小翠偷米還撒謊，追著她就打。

李嬸子見情況不好，急忙扯著小翠跑，可小翠卻死活不走，梗著脖子哭嚎起來，說讓她娘打死她算了。

兩邊都攔不住、勸不聽，李嬸子氣得離開了，說要回家拿米來還。

塔布巷住的都是些貧苦人家，巷子很窄，家家戶戶的院子也不大，誰家有點什麼動靜，立刻就會傳開。

柱子住在小翠家隔壁，最先知道消息，撒腿就來找在山，在山氣得不行，和柱子分頭去找當天晚上的孩子，要幫小翠作證。

在山拿布袋裝著幾把米來找柒柒的時候，她剛和慕羽崢做好了飯，正準備開動。聽完在山的話，柒柒氣得要炸了，扯過在山的米袋到米缸那裡舀了半碗米裝進去就跑，還不忘交代。「哥哥你先吃，別管我！」

聽著兩個孩子跑出門，慕羽崢嘆了口氣，放下碗筷，靜靜坐著，心緒雜亂。

來到塔布巷之前，他從來不曾想過，大興境內竟然還有百姓的生活這般淒苦，苦到為了幾把米大動干戈。

原本他還動過念頭，就這樣窩在這小地方苟且偷生，陪著柒柒慢慢長大，可現在，他卻對自己先前的想法無比鄙夷。

生在帝王家，他享受了近十年錦衣玉食、奴僕成群的奢華生活，沒資格逃避他該承擔的責任。

即便目不能視、即便無法再做儲君，他仍舊該為這些百姓做些什麼，為這天底下千千萬萬個和柒柒、小翠、在山、柱子他們一樣飽受生活之苦的孩子們做些什麼。

更何況，他還有大仇未報。

護他而亡的阿姊，還有那些護衛們，以及不知所蹤的五千名親衛，都在等著他查明真相。

只是……他該怎麼做？

最簡單且直接的，就是送個信回長安，一切便能迎刃而解，可山遙路遠、千里迢迢，他上哪裡去找個既有能力，又信得過的人來幫他送信？

若是信不過的人，只怕信還沒到周家人手上，他就洩漏行蹤了……

正當慕羽崢愁眉不展、苦苦思索如何解決眼下困局之時，柒柒已經跟著在山跑到雞飛狗跳的小翠家裡。

王嚢被先後到來的孩子們拉住，可她嘴裡不斷地罵罵咧咧，小翠她那窩囊廢大哥也躺在裡屋炕上跟著一起罵小翠，小翠則是頭髮散亂、抱著膝蓋蹲在地上哭泣。

柒柒走上前，把抱著的米袋往王嚢懷裡一塞，身體瘦小得很，氣勢卻極足。「米給妳！」

王嚢被凶得一愣，臉面隨即有些掛不住。「妳這孩子跟誰耍橫？」

「就跟妳！」柒柒毫不懼怕地瞪著她，大著嗓門吼她。「妳不是要米嗎，這些夠不夠？」

王襄被柒柒凶狠的眼神盯著，又看了擠滿屋子的孩子們一眼，一時下不了臺。「這些本來就是我家的米！」

小翠聽到柒柒的聲音，抹著眼睛抬起頭來，見狀上前攔道：「柒柒，這是妳的米。」

柒柒抓住小翠的手，瞧見她臉上的巴掌印，氣得想打人。「小翠姊，我問妳，妳可把話都跟她說清楚了？」

小翠委屈得眼淚直落。「都說了，她不信，還說我偷了家裡的米，後來看米缸的米沒少，就說我偷了家裡的錢。」

「妳別怕，我來跟她說。」柒柒抬手為小翠擦了擦臉，把她往在山身邊一推，在山馬上將人扯到身後護著。

柒柒走到王襄面前，從搶糧那晚發生的事情，到小翠挖藥草賺了錢，買米還給大夥兒的一切都說了，說完指著屋裡的孩子們道：「我、在山、柱子，還有他們全都可以作證，小翠沒有撒謊。」

孩子們異口同聲道：「對，我們都能作證！」

此時李嬸子進了門，把從家裡端來的半碗米往王襄手裡一塞。「給！不是我說妳，小翠是妳親生的不？自個兒身上掉下來的肉，妳就這麼作踐她？呸！我都看不起妳！」

李嬸子往地上啐了一口，走到小翠身邊說道：「小翠啊，是嬸子這嘴不好，妳別記恨嬸子，改天到我們家來，嬸子給妳做好吃的。」

第十九章　仗義相助

小翠抹著眼淚強顏歡笑道：「嬸子，這不怪妳，米以後我還妳。」

「幾把米還什麼還。」李嬸子既自責又心酸，伸手拍拍小翠的肩膀，懶得再摻和，氣憤地出門走了，走到門外時又轉過頭連呸了兩口。

「妳呸誰！」王襄的臉一陣紅、一陣白，起身像是要追出去，卻在門口被孩子們堵住了。

柒柒接著說：「現在，我就問妳，認不認小翠說的話？」

「滾滾滾，一群有娘生沒娘教的王八羔子，少來摻和我們家的事！」王襄上前要推柒柒。

柒柒往地上一蹲躲開，隨後起身往裡屋跑，發狠道：「既然妳不想好好說話，那我就打妳兒子。在山哥！」

「兄弟們，給我打！」在山喊完就往裡屋跑。

這是剛才兩人在路上商量好的對策，要是小翠她娘不講理，他們就揍她的寶貝疙瘩——那二十歲還遊手好閒、好吃懶做的窩囊廢兒子葛有財。

「來了！」

以柱子為首的十幾個孩子應了聲，瘋了似的跟著湧進裡屋，把門一關、門栓一插，圍著躺在炕上的葛有財拳打腳踢。

孩子們的力氣說大不大，說小也不小，加上人多勢眾，一下子就將整日躺在炕上什麼也不幹的葛有財打得嗷嗷叫，一時竟起不了身，只能大喊：「娘！救我——娘！」

在王襄心裡，女兒是賠錢貨，兒子可是傳宗接代的寶貝疙瘩，她被這陣仗嚇到，反應過來後瘋了一般去撞門。「小畜生！你敢動我兒子，我跟你沒完！」

柒柒隔著門大聲問道：「我就問妳能不能好好說話?!」

被一群小崽子威脅，王襄氣得罵出一連串髒話，柒柒聽了，發狠道：「在山哥，往死裡打！」

在山點頭，一群人騎的騎、壓的壓，逮著葛有財又是一頓揍。

王襄聽兒子唉唷唉唷叫得淒慘，心疼得要吐血，態度不得不軟下來。「別打了、別打了，你們出來說話。」

孩子們停了手，柒柒打開門走出去，王襄立刻撲進屋裡去看自家兒子。

柒柒牽住被嚇傻的小翠，安撫地拍了拍她的手道：「他成天什麼都不幹，讓妳伺候不說，還老是打罵妳，妳不要心疼他。」

小翠用力回攥著柒柒的手，咬牙小聲說：「我不心疼他，我只恨我不能和你們一起揍他幾下。」

柒柒欣慰地笑了。「妳別怕，我們護著妳。」她就知道小翠夠爭氣，所以才願意出這個頭，但凡遇到個腦袋拎不清的，她壓根兒不會管，不然肯定兩頭討不到好。

見王襄看完兒子後橫眉豎眼地走了出來，柒柒繃起了小臉。「我不跟妳廢話，我就是告訴妳，從現在開始，妳若再敢打小翠一下，我們就打妳的寶貝兒子十下。」

小翠她爹早些年死了，家裡就剩三口人，王襄做人不厚道，親戚都日益疏遠，好幾年前就沒什麼來往了，鄰里關係也不怎麼樣，她家若有事，別人不來看熱鬧就算客氣了，根本沒人會給她撐腰。

所以柒柒才和在山商量出這麼個損招，要是遇上人丁興旺的人家，他們可不敢這樣上門撒潑。

王襄也想到了這一點，氣得雙眼通紅，指著柒柒急道：「你們就是欺軟怕硬，對付我們孤兒寡母！」

柒柒站在孩子們前面，扠腰回瞪道：「對付妳這種人就欺軟怕硬，真好笑！反正我把話撂下了，妳不想讓妳兒子再挨打，就別動小翠！」

王襄不說話，狠狠瞪著柒柒。

柒柒又說：「還有，既然妳不肯承認小翠買米的錢是她自己賺來的，那明日我就跟林爺爺說，以後不收小翠的藥草，她賺了錢還挨罵挨打，乾脆別賺了。」

小翠家和塔布巷多數人家一樣，窮得響叮噹，幾文錢也是鉅款，王襄今天這樣打罵小翠，也是氣她在外頭賺了錢卻瞞著家裡，甚至敢拿去買米給別人，一聽柒柒這話，她立刻變了臉。

柒柒不想給她說話的機會，扯著小翠轉身就走。「在山哥。」

在山手一揮，道：「兄弟們，我們走！」

王襄對著小翠的背影吼叫道：「掃把星，妳哥被人打成那樣了，妳上哪兒去?!」

小翠嚇得一個激靈，下意識就要往回走，柒柒扯住她，回頭看著王襄道：「剛才我們給了妳家那些米，小翠得幹兩天活還上，後天我再讓她回來。」

王襄平日要做鞋拿去賣，她那兒子藉口身體不好，跟個大爺似的整天躺在炕上，燒火做飯、洗洗刷刷，裡裡外外的活全都是小翠一個人在做，她一走，家裡就沒人幹活了。

小翠是個顧家的乖孩子，若擱在平時，她肯定不會跟柒柒走，可她都快累死了，還撈不著好，今天是徹底寒了心，攥著柒柒的手不言不語，任由柒柒作主。

柒柒見她沒反對，一手指著裡屋，一手朝王襄揮了揮拳頭，隨後扯著小翠就走。

「有娘生沒娘養的潑皮無賴，我看以後誰敢娶妳！」王襄氣得在後頭罵，罵完柒柒又罵小翠。「掃把星、賠錢貨，妳就跟那潑皮混吧，到時候嫁不出去我就把妳賣了！」

柒柒聽得來氣，從地上撿起一個大土塊，轉身跑回去，狠狠砸在王襄身上。「我就潑皮，我就無賴，妳再罵，我就再打妳兒子！還有，我娘比妳好上千倍萬倍，她要是還在，聽到妳這麼罵我，看她不撕爛妳的嘴！」

王襄被柒柒不要命的潑辣勁震懾到了，想到她兒子那一身青紫，閉了嘴。

到了巷子裡，孩子們各自回家，見蔓雲帶著在江站在自家院門口，柒柒牽著小翠走過去，說明了情況。

蔓雲聽得既生氣又心疼，牽過小翠，對柒柒說：「妳哥在家，小翠過去不方便，讓她先跟我睡吧。」

柒柒一想也是。「行，反正這兩天都不能讓小翠回家，得讓她娘和她哥體驗一下沒有小翠是個什麼滋味。」

她轉頭看向小翠，問道：「小翠姊，妳會不會怪我多管閒事，畢竟那是妳親娘跟親哥。」

雖然心中有數，可柒柒還是要問一問。

小翠拉著柒柒的手說：「柒柒，妳這麼幫我、護我，我謝妳還來不及呢。」

說著，小翠又道：「我娘懷我時是雙胎，但生產時難產，我出來了，我弟弟卻悶死了。她傷了身體，再也不能生了，就看不上我，說我是掃把星，害死了我弟弟，說怎麼死的不是我，還罵我賠錢貨。

「我長這麼大，沒過上一天好日子，髒活、累活什麼都幹，還天天挨打受罵，我就想，也不是我讓她生我的，憑什麼要怪在我頭上？

「如今我是沒辦法，但凡有法子，我都要離開那個家。跟你們說實話吧，前陣子我還去牙行外頭偷偷看了一眼，想著要不乾脆找個大戶人家賣掉自己算了。」

柒柒和蔓雲，還有一旁的在山和柱子聽得都變了臉色，齊齊勸她不要衝動，賣身可就成為奴僕，生死全捏在別人手裡了。

見到小翠點頭說好，柒柒抱了抱她，安慰道：「小翠姊，妳才不是什麼掃把星，更不是什麼賠錢貨，妳人好又能幹，是天底下最好的姑娘，以後肯定能過上好日子的。」

小翠感動得落淚，卻一臉茫然道：「有那樣的娘和哥，我還能有好日子嗎？」

幾個孩子鄭重地點頭，異口同聲道：「一定能。」

小翠不禁露出了一個笑容。「那我等著。」

又說了一會兒話，幾個孩子便散開，柒柒回到家裡，見慕羽崢還沒動筷，怕他餓著，便拉著他先吃飯，吃過飯才把剛剛的事情說了。

說著說著，她又生起氣來。「真不明白，天底下為什麼會有那麼多當爹當娘的苛待自己的孩子？」

這話戳中了慕羽崢心中某個角落，他沈默了片刻，攥著小姑娘的手把她拉近了些，摸著她的頭安撫道：「有些人，不配為人父母。」

柒柒恨恨道：「我看有的人都不配為人！」

等兩人漱洗完睡下，柒柒抓著慕羽崢的袖子，像隻小貓一樣，腦袋在他胳膊上蹭了蹭。

慕羽崢撫摸小姑娘的頭，睜著眼睛，無神地望著屋頂，心中五味雜陳。

方才聽柒柒講她在小翠家的所作所為，還有王襄罵她的話，他只覺心疼得一抽一抽。

若有個人護著，哪裡輪得到一個五、六歲的小姑娘強扮潑皮去替小翠出頭？

聽著身邊小姑娘打起了微鼾，他輕聲說：「柒柒，明日記得讓在山幫忙去那胭脂鋪打聽打聽。」

希望如他所期盼的，是自家人。

青山寨，仍舊臥床養傷的慕雲檸神色憂慮地盯著房門口，等裴定謀一進門，她便迫不及待地問：「裴郎君，可有什麼消息？」

裴定謀面露慚愧，讓身後跟著的裴吉進來，道：「來，跟你嫂嫂把這些天的消息仔細說說。」

望著在床上靠著的天仙嫂嫂，裴吉手腳都不知道往哪裡擱，有些侷促地開了口。「嫂嫂，自從妳上次給我們看了畫像，我就帶著兄弟們去離臨雲驛站最近的幾個郡全找過了，不管是城裡還是村子，全都沒落下，可仍是沒找到人。嫂嫂，妳說，咱們家弟弟是不是……」

慕雲檸打斷裴吉的話。「不會，他一定還好好活著。」

當初她和護衛們拚死攔住匈奴人，她親眼看見崢兒被護衛揹著跑遠了。

那時崢兒眼睛忽然看不見，還受了重傷，可她知道崢兒心性堅韌，但凡有一絲機會活下去，他絕不會輕易放棄。

見慕雲檸面色緊繃、眼眶泛紅，裴定謀瞪了裴吉一眼道：「胡說什麼呢，咱們弟弟吉人自有天相，你們沒找到人那是你們蠢笨。」

裴吉忙道：「嫂嫂別難過，我胡說八道的，咱們弟弟肯定躲在哪兒吃香喝辣呢。」

慕雲檸又問：「你們在找人的途中，可有遇到什麼不尋常的事？」

裴吉回道：「沒什麼不尋常的，如今各地都在修繕，流民也都得到了安置，百姓們的日子安穩了不少。」

說著，他拍了一下自己的腦袋道：「喔，對了，有件事說來倒奇怪，我們到處找人，大夥兒聽說家裡丟了孩子都很同情，很熱情地幫忙打聽。唯獨雲中城的人簡直不講道理，剛開口問上兩句孩子，還沒說幾歲、長什麼樣子，就被趕走了，鬧得我們像是吃孩子的惡鬼似的，而且家家戶戶都一樣，有一回多問了兩句，那戶人家竟然拿了菜刀出來，比我們青山寨還像強盜！」

這說的是什麼話啊……裴定謀橫了他一眼，裴吉自覺失言，摸了摸鼻子。

慕雲檸納悶道：「為何會如此？」

裴吉答道：「後來我們到酒樓吃飯的時候打聽到了，說是城裡來了拍花子搶孩子，百姓被嚇到了。」

慕雲檸並未多想。「那倒是情有可原。」

裴定謀見她滿面愁容，又問：「娘子，上次那畫像，妳讓裴吉幾個看完就收回去了，要不妳多畫幾張，咱們發下去，多派些人手去找？」

「不妥。」慕雲檸搖頭。驛站之事太過蹊蹺，在沒弄明白到底發生何事之前，只能暗中查找，以免害了崢兒。

青山寨的人很熱情，可畢竟能力有限，她這身傷一時半刻也好不了，無法親自去找，這樣下去不是個辦法。

她想了一會兒，看向裴定謀，問道：「裴郎君，你能否派個可靠之人，幫我往長安送一封信？」

「成，」裴定謀想都沒想就答應。「往長安何處送？」

慕雲檸說道：「太尉府。」

「太尉府？」裴定謀心頭一驚。

太尉，那可是天下武官之首，武將之中最大的官。

不過官大官小倒是次要，畢竟誰不知道，如今大興的太尉，不過是聽上去地位顯赫卻沒什麼實權的虛職罷了。

關鍵在於周太尉周敞本人，當年他可是帶著二十萬周家軍南征北討，立下赫赫戰功，說這大興的半壁江山是他帶兵打下的，絲毫不誇張。

周太尉，那是一位驍勇善戰、叱吒疆場的威猛將軍。他縱橫沙場近三十年，鮮有敗績，不管是在軍隊內還是在百姓心中，威望都極高。

這也是他裴定謀自幼便欽佩至極之人，他只恨自己晚生了許多年，不然定要投身到周將軍麾下，追隨他衝鋒陷陣。

沒想到，撿來的小娘子竟然和周太尉有關係，這可真是件讓人高興的事。

裴定謀想到聽來的那些傳聞，心念一動，試探著問道：「娘子是太尉府的人？」

「世交罷了，我想向他們借人找我弟弟。」重傷未癒、前路未明，慕雲檸不欲多說，但還是提前講明了利害關係。「事關重大，頗為凶險，可能有性命之憂，裴郎君還願意幫忙嗎？」

裴定謀毫不猶豫地說：「自家娘子的事，當然要幫。」

一旁的裴吉也跟著幫腔。「自家嫂嫂的事，必須得幫。」

見他們如此仗義，慕雲檸也不多說廢話。「好，裴郎君準備讓誰去？」

裴定謀其實很想親自跑一趟，見一見心中崇拜已久的老英雄，但路途遙遠，他無法丟下寨子那麼久，只能仔細琢磨起人選。「辦事牢靠、身手要好、人得機靈……」

還沒等他說完，裴吉便興奮又激動地說：「大哥，你這說的不就是我嗎？就讓我去吧，我一直想去長安瞧瞧呢！」

裴定謀斜眼打量他，仔細一想倒是，便看向慕雲檸道：「還真得讓裴吉去，別的不說，這孩子古靈精怪，輕功也好，我再安排幾個身手好的兄弟陪他一同去。」

「那好，我即刻寫信，你今日便出發。」慕雲檸點頭道。

等信寫好拿臘封住，她將頭上戴著的一支簪子取下來用帕子包好，一同交給裴吉，語氣鄭重。「裴吉，切記，這信一定要親手交到周太尉或周家四郎周錦林手中，且讓他們當著你的面看完。」

裴吉一臉嚴肅，拍著胸脯保證。「嫂嫂放心，我一定將信送到。」

慕雲檸又叮囑道：「長安看似繁花似錦，可暗地裡風雲詭譎、不甚太平，務必事事小心，若是遇到意外，就把信毀了，切莫落入他人手中。」

裴吉點頭道：「多謝嫂嫂惦念，哪怕是死，我也一定會把信送到。」

慕雲檸搖了搖頭。「不可，若是遇到了危險，保命要緊，等你回來咱們再想其他辦法，切莫為了一封信喪命。」

為了方便裴吉行事，慕雲檸還把太尉府的格局畫在紙上，邊畫邊講解。

第二十章　描繪未來

「太尉府門禁極為森嚴，若是正門進不去，莫要硬闖，西南角院牆外有個狗洞，像你身形這樣瘦弱的人，可以鑽進去。

「進去之後，沿著牆根往左，約百步處有個角門，子時一刻，護衛會換崗，你有一盞茶的工夫從那裡過去，沿著那條小路向前……

「若是中途遇到人，這裡有座假山可以藏身，這邊還有個亭子，可以吊在簷下……」

裴吉坐在桌前仔細地聽著，一一牢記。

見她對太尉府瞭若指掌，裴定謀臉色嚴肅，對她身分的猜測越發肯定了幾分。

可她既不願說，他便裝作不知道，反正他看上她了，她也答應找到弟弟就嫁給他，這點最重要。

雖然她加了「考慮」兩字，不過無所謂，要是她不願嫁他，那他入贅也可以。

慕雲檸說完之後讓裴吉複述一遍，見他所有環節都記得清楚，也不再囉嗦。「一路順風，平安歸來。」

裴定謀見慕雲檸交代妥當，便帶著裴吉出門，又去找了幾個性子沈穩、處事老練、武功高強的兄弟，讓他們吃飽喝足、帶夠銀兩，一人牽兩匹馬，連夜下山，直奔長安。

等裴定謀送他們出了寨門回來之後，慕雲檸突然想起一件事。「他們可有路引？」

裴定謀笑了笑，說道：「貓有貓道、鼠有鼠道，這些小事娘子就不必擔心了，他們自有辦法。」

想到他們的身分，慕雲檸突然有些惋惜。「若日後有機會加官進爵、一展宏圖，不知裴郎君可否願意離開青山寨？」

裴定謀先是一愣，隨即哈哈大笑。「娘子說笑了，我不過是一個山匪，能有什麼宏圖？」

當然，要是她願意和他成親，讓他幹什麼都行。

見他嘴不對心，慕雲檸也不再多說，提筆在紙上寫寫畫畫，畫出一把由兩節組成的長柄大刀，遞給裴定謀道：「還請裴郎君幫我打造此兵器，上面的圖案要一模一樣，我日後有用。」

裴定謀拿過那圖紙一看，眼睛一亮，讚道：「好刀。」

隨後打量了慕雲檸那纖細的手腕一眼，心道這柔柔弱弱的小娘子若是他猜測的那個人，那應該是會些三腳貓功夫的，但怎樣都不像拿得起這比她還高的大刀，定然是為她弟弟準備的。

他把圖紙摺好揣進懷裡。「娘子放心，明日我就叫人去辦。」

清晨，柒柒把窗戶推開一道縫，拿木棍支上。微涼的新鮮空氣撲面而來，小姑娘瞇著眼吸了一口，轉頭笑著說：「哥哥，今日又是個好天呢。」

慕羽崢微微笑著，伸出手道：「過來，梳頭。」

「欸。」柒柒乖巧地應了，手腳並用爬到慕羽崢面前背對著他坐好，用手把一頭毛草往後攏了攏，給予他的手藝充分的肯定。「哥哥，像昨日那樣梳就很好。」

就是歪得有點離譜，可他看不見，能幫她梳起來已經很厲害了。

一回生、二回熟，和昨日相比，慕羽崢已經從笨手笨腳進步到有模有樣了。

他把小姑娘那一頭「桀驁不馴」的亂髮給梳順，紮成了兩個小揪揪，拿頭繩綁了個結結實實，卻沒勒著她的頭皮。

柒柒摸了摸，很是滿意，再次給予表揚。「哥哥你可真行，以前你也是自己梳頭吧？等過些日子我領了工錢，就買髮帶給你，到時候你也把頭髮梳起來，天越來越熱了。」

慕羽崢笑了笑，沒說話。他以前有專門的宮人服侍，從不曾自己梳過頭，要不然他也不會任由頭髮一直披散著。

柒柒下了地，先把慕羽崢的枴杖擺在炕邊，又幫他端了一碗水放著。「我這就出門了，晌午就回來，門我還是鎖上，你要是下地活動，千萬要慢著些，就待在屋裡活動，別去灶間……」

每日出門之前，小姑娘都要像個操碎了心的小老太太似的，絮絮叨叨上好一陣子。

慕羽崢嘴角勾著，一一應好。

等到把該交代的全都交代了一遍，柒柒便提上東西，鎖好門往外走。

在山、小翠跟柱子他們已經帶著一幫孩子等在院門口，見柒柒出來，在山接過她手裡的竹筐和裝了空碗的食盒，招呼大家一同往街上去。

柒柒拉著小翠的手，看著她臉上還沒消下去的巴掌印，在心裡又罵了王襄兩句。

經過小翠家門口時，就見王襄跟個賊似的扒在門口偷看，小翠偏過臉去不看她，柒柒卻故意朝著她大聲說：「小翠要去挖野菜，從今天開始醫館不收她的藥草了，妳別打她的主意！」

這話戳中王襄的痛處，她用力把破爛的院門摔上往回走，嘴裡嘟嘟囔囔地罵道：「潑皮！」

柒柒翻了個白眼道：「我願意！」

爹娘沒了，她又沒人護著，要是不潑皮點，還不得被欺負死？

孩子們繞了一點路，把柒柒送到醫館，便從北城門出城，去了草原上。

柒柒在醫館忙碌，如今她已經能獨立拾掇藥草了，她手腳俐落，幹得又快又好。

林義川沒忍住又誇了幾句，惹得許翠嫻笑著打趣說天天誇，再誇柒柒都要上天了。

教完今天需要背的東西以後，林義川又說：「柒柒啊，等過陣子妳背完這些藥草的藥性，就開始背方子吧。」

如果只幹拾掇藥草的活，可用不著背方子……柒柒心情激動，一雙大眼睛撲閃撲閃的，不確定地看著林義川問道：「林爺爺，您是要教我醫術嗎？」

林義川刻意繃著臉。「先背了再說。」

柒柒高興地應道：「欸！」

吃完了午飯，在山幾人揹著今日採到的藥草過來，林義川讓柒柒分類秤重報給他，隨後按說好的價格算錢，今天孩子們竟每人分到了八文，大家都很高興。

等許翠嫻把裝好飯的食盒提出來，柒柒就跟著大家回家，想到慕羽崢交代的事情，又特地繞到胭脂鋪去打聽。

盯著工匠翻新鋪子的年輕夥計很友好和善，讓孩子們開業那天再來，說買不買都不打緊，只要上門就有彩頭可以領。

孩子們笑著說好，在山喊對方「大哥」好拉近關係，順便打聽他們東家是哪裡來的，那夥計卻笑著岔開了話題。

柒柒問了鋪子名，夥計答說沒想好，東家還在斟酌。

纏著夥計聊了半天，除了得知開業有彩頭可拿，其餘一無所獲。

柒柒一到家，還沒等到她開口，慕羽崢便問起了胭脂鋪的事，柒柒如實相告，慕羽崢頗為失望，卻也沒死心，讓柒柒等胭脂鋪開業了再去，柒柒答應了。

隔天是柒柒休息的日子，她便跟著在山他們出城去草原挖野菜。

林氏醫館的生意一向不差，加上這麼多年攢下來的積蓄，許翠嫻做飯時從來不省，雞鴨魚肉隔三差五就能在飯桌上見著。

這對柒柒來說堪稱奢侈，午飯是她和慕羽崢一日三餐中吃得最飽也最有營養的一頓。有了這頓打底，雖然早晚還是以粥為主食，可並不再像之前那樣，整日飢腸轆轆。

當然，也可能是因為如今她在醫館上工，有了底氣，煮粥的時候比以前多放了一把米的緣故。

現在草原上萬物瘋長，有的草甚至比柒柒還高，她一蹲下去就被草給掩沒了，感覺像在森林裡。

在山回頭沒看到她就鬼叫了起來，柒柒無奈地起身，晃著手裡的蘑菇道：「我在這兒呢。」

在山見狀，拍著胸口抱怨。「妳什麼時候能長高一點啊，矮死了！」

不出意料，在山這話招來柒柒一頓打。

朗朗晴空下，野菜、藥草、蘑菇、野花……孩子們收穫豐盛，每個人的筐或簍裡都裝得滿滿的。

他們在茂盛的草叢裡穿梭打鬧，嘻嘻哈哈地四處瘋跑，跑累了就圍坐成一圈，吃著在山他們帶來的食物——這是柒柒、在山、小翠跟柱子四個人湊錢，由蔓雲張羅的。

雖說只是加了野菜的黍米餅，可對於大部分早上只喝了粥的孩子們來說，簡直是人間美味，何況每人各拿到了一大塊，足夠填飽肚子了。

柒柒不餓，就沒要餅來吃，她躺在草地上，枕著自己的手，蹺著二郎腿，望著藍藍的天，還有那一朵朵像棉花一樣的雲，惋惜地嘆道：「要是我哥哥能看見就好了。」

在山啃著餅子，含糊不清道：「妳不是說要給他請大夫看眼睛嗎，一定能好的。」

「對，一定會好的。」柒柒一骨碌爬起來，挎上自己的竹筐。「走，回家做飯嘍！」

見小姑娘被沈甸甸的竹筐壓得歪了肩膀，柱子揹起自己的簍子，上前幫她抬著，一群人浩浩蕩蕩往回走。

在山和柱子去醫館送藥草，柒柒和小翠跟著大夥兒直接返家，到了院門口，柒柒便把小翠拉入家中。「之前我跟妳娘說了，今天會放妳回去，不過我沒說是什麼時候，妳就來我家吃過午飯再回。」

想到回家後不知道有多少罵人的話等著她，小翠點了點頭。「行，那我來做飯。」

開鎖進門，兩人進屋，小翠先跟慕羽崢打了招呼，便去灶間拾掇起野菜和蘑菇，用的是她筐裡的。

柒柒知道小翠是個欠別人人情就難受的人，也不跟她爭，拿碗去米缸抓了六把米出來，往灶臺上一放。「小翠姊，那我就去偷懶了喔。」

小翠笑著說：「快去吧，我來。」

柒柒將竹筐裡那一大把金蓮花拿出來，抱著進了屋，摘下一朵，踮著腳尖掖到慕羽崢耳朵上，她歪著腦袋左右打量一番，傻呼呼地笑了。「嘿嘿，哥哥，你可真是個大美人。」

「胡言亂語，美人怎好用來說男子。」慕羽崢伸手摸了摸鬢角，摸出是一朵花，啼笑皆非地拿下來。「哪有男子戴花的，過來，我幫妳戴上。」

柒柒應了一聲，把腦袋伸過去，為了方便慕羽崢，她直接把腦袋頂在他胸口上，等他摸索著把那朵花插在她一個揪揪上，便又摘了一朵遞給他。「兩個都要。」

慕羽崢笑著說好，仔細地幫小姑娘戴上，隨後扶起她的頭，摸了摸她的臉。「肯定很好看。」

柒柒嘿嘿笑了，在家裡東翻西翻，翻出一個陶罐，洗乾淨裝滿水，把一大捧金燦燦的金蓮花放進去，擺在桌上。

隨後她爬上炕挨著慕羽崢坐下，拉著他的手，向他描述草原上美麗的風景，末了又說：「哥哥，林爺爺已經在幫我打聽會解毒的大夫，等他問到了，我就請來給你看眼睛。」

慕羽崢對自己的眼睛已經不抱太大希望，可還是期盼著有那麼個「萬一」，於是點頭道：「好。」

柒柒說著說著打了個哈欠，身子一歪躺了下去，沒一會兒就睡著了。

勞碌奔波的小姑娘倒下就睡，慕羽崢對此早已習慣。他伸手將人輕輕往裡撈了撈，扯過被子幫她蓋上。

半個時辰過後，小翠做好了飯菜，站在門口喊柒柒吃飯，慕羽崢才把睡得四仰八叉的小姑娘搖醒。

三個人吃著飯時，在山來了，把小翠今天賣藥草的七文錢給她。

小翠嘆了口氣，連同昨天賣得的錢一同交給在山，說道：「在山，你讓蔓雲姊幫我存著吧，我怕拿回家後會被搜走，我想自己攢著。」

在山便幫她收了起來。「成，我正想勸妳呢，反正柒柒都說林爺爺不收妳的藥草了，妳乾脆每天只提一筐野菜回去吧。」

小翠點頭，有些沮喪地說：「我娘估計又要罵個沒完了。」

柒柒安慰道：「小翠姊，妳別難過，我看她以後不敢輕易打妳了，但是罵肯定還是會罵，妳就當沒聽見。」

小翠道：「好，我娘不止一次說過要把我賣了給我哥換媳婦兒，到時候要是攢夠了錢，我就離開那個家。」

柒柒感興趣地問道：「那妳想去哪兒？」

小翠從沒出過雲中城，想了好一會兒也沒想出個地方，只說：「不知道，反正一定要離他們遠遠的。」

柒柒想了想，眼睛亮晶晶的。「那到時咱們一起去都城吧，那裡沒那麼多風沙，冬天也沒那麼冷，都城人多，賺錢肯定也容易。」

小翠點頭。「好，一起去都城。」

在山湊了上來。「我也要去。」

「大家一起。」柒柒興致勃勃地暢想著以後要去的地方。「要是錢夠，我還想去江南看看，聽說那裡的冬天不下雪，有花能看。對了，還有大海，我想去看看大海……」

都城、江南、大海，慕羽峥靜靜聽著，在心裡默默記下。

見他眼眸低垂、沈默不語，柒柒捏了捏他的手。「哥哥，我們一起去，我不會丟下你的。」

慕羽峥抬起了頭，朝柒柒的方向揚了揚嘴角。「好。」

日子不緊不慢地過著，轉眼就到了柒柒領工錢的日子，這天她起得格外早，興高采烈的，走起路來時不時小小蹦跳幾下。

慕羽峥幫她梳頭的時候，小姑娘的小肩膀還不禁左晃一下、右晃一下，他覺得有些好笑。「就這麼開心？」

柒柒想點頭，可頭髮被他抓在手裡，頭沒能低下去，便拍了下手道：「五百文哪，嘿嘿。」

慕羽崢在心裡想，五百文是挺多的，可以買很多米了。

「哥哥，梳好了嗎？」小姑娘迫不及待想出門，忍不住催促道。

慕羽崢加快手上的動作，迅速為她綁好了兩個小揪揪。

柒柒這次破天荒地沒有嘮叨，只說了句「我走了喔」，就拎著東西出了門，速度快得跟一陣風一樣。

有錢不只能使鬼推磨，還能讓柒柒不嘮叨，慕羽崢不禁啞然失笑。

柒柒到了醫館，林義川讓許翠嫻先發工錢給她，許翠嫻怕她不會數數，當著她的面一枚一枚點清了半吊錢。

看著小姑娘那撲閃撲閃的大眼睛，許翠嫻輕輕笑了，等數完，她把那半吊錢拿起來往柒柒懷裡一放，說道：「拿好了。」

「謝謝爺爺、謝謝奶奶。」柒柒咧著小嘴，笑逐顏開，脆生生地道謝。

小姑娘這見錢眼開的模樣，逗得林義川和許翠嫻哈哈笑出聲，林義川說道：「別抱著了，怪沉的，待會兒我送妳回去，剛好再看看妳哥的腿。」

柒柒應了聲好，放下錢，蹦蹦跳跳地跑去拾掇藥草，順口問道：「爺爺，那個擅解毒的大夫回來了嗎？」

林義川搖頭道：「收到回信了，說要到八月才回來，到時候我就帶他去妳家中。」

柒柒小小地嘆了口氣。「唉，還要等那麼久。」

林義川安慰道：「這事急不來，雲中城就這麼大一點地方，醫館就那麼幾家，唯一對毒有研究的就是那位白大夫了，其他幾位本事都和我差不多，不好讓妳哥冒險。」

柒柒點頭道：「好，那就等他回來。」

第二十一章　陰錯陽差

吃過午飯，等在山他們提著藥草過來秤完重量拿了錢，林義川就把柒柒那半吊錢放在裝飯的食盒裡提著，跟孩子們一起回家。

在街上看到擺攤賣髮飾的，柒柒停住腳步，指著掛著的那一排髮帶問道：「老闆，髮帶多少錢一條？」

老闆打量了一下柒柒的穿著，笑呵呵地介紹。「這些素色的三文一條。」

那些灰不溜丟的素色髮帶，柒柒沒看上，她伸手指了指旁邊一條藍色繡著雲紋的問：「這條呢？」

老闆回道：「這條就貴些，要十五文。」

我的天，這麼小小一根布條，居然要十五文？一個大大的羊肉包子才兩文，這一條髮帶居然要七個半肉包子？

柒柒驚訝得直咋舌。

在山好奇地問道：「妳是想買給妳哥嗎？」

柒柒點頭。

在山就說道：「那妳犯不著浪費錢，讓我姊從舊衣裳上剪條布下來縫上就行，妳看我，這不是用得挺好的？」

說著，他轉頭讓柒柒看自己的髮帶。

「我要給我哥哥買。」柒柒把擋住她視線的在山推開，和老闆討價還價。「八文錢我就買。」

老闆差點翻白眼，把髮帶拿下來展示給柒柒看，叫苦道：「小姑娘，八文我就得倒貼，妳若是真心要，算妳十四文，妳看看這料子，還有這繡工。」

柒柒又還價。「十文。」

老闆說了一句「真賣不了」，就把髮帶收回去。

柒柒見狀，便偷偷踢了在山一腳，在山會過意，拉著柒柒就走，大聲說要去別家看看。可放眼看過去──好啊，街上就這麼一個攤位在賣髮飾，去鋪子裡買肯定更貴。

走出去好幾步，那老闆也不喊人，眼見戲演砸了，柒柒牙一咬，轉身回去道：「十三文。」

老闆想了想，鬆了口，把髮帶拿下來雙手遞上。「行，就當開個張了。」

從隨身揣著的荷包裡數好錢付了帳，柒柒接過髮帶，小心翼翼地揣進懷裡。

買完東西，大夥兒朝塔布巷前進，林義川摸了摸柒柒的頭，笑著說道：「真會做生意。」

柒柒笑了，心中卻想著，哪是她會做生意啊，這不是窮嘛，省個一文就能買半個羊肉包子呢，雖然她從來沒買過就是了。

路上，在山感嘆道：「妳可真捨得給小累贅花錢。」

柒柒聽在山又喊慕羽崢小累贅，皺了一下眉。

她知道他沒惡意，不過是嘴上說說而已，該幫忙的時候從來不含糊，但還是追著他踢了一腳，踢完才說：「我樂意給他花錢。」

在山恨鐵不成鋼地說：「行，妳就這麼慣著他吧，早晚慣出個逆子來。」

柒柒又追著他打。「那是我哥，什麼逆子！」

林義川將柒柒送回家，為慕羽崢看過腿、換了藥，便告辭離開。

送走了林義川，柒柒把院門關好，屋門一閂，就搬了椅子堵在門口。

隨後她拿出那半吊錢，往慕羽崢面前一放，抓著他的手按在錢上，滿臉通紅，興奮得小奶音都劈了岔。「哥哥，發工錢了，你快數數！」

慕羽崢被小姑娘的快樂感染，也開心地笑了，應了聲好，摸索著一個一個數起來。

見他在心裡默數，柒柒便慫恿他。「數出聲來，我要聽。」

慕羽崢笑著答應了，重新一一數過。「一、二、三……一百六十三、一百六十四……四百九十九，五百。」

這一聲又一聲，聽在柒柒耳裡宛如天籟，她兩隻小手交叉環住身體，腳後跟不住地反覆抬起來又落下去，恨不得跳起來。

等「五百」兩字一出口，柒柒便哈哈大笑出聲，把錢抱在懷裡，倒在炕上打滾。「有錢嘍！」

慕羽崢不禁笑問：「上次當了幾兩銀子，怎不見妳這麼開心？」

「這是我自己賺的呀。」柒柒抱著錢爬起來，跳下地，鑽到桌子底下，吭哧吭哧一頓忙活，把錢藏好了。

接下來她掏出髮帶，拉過慕羽崢的手，把東西往他手心一放，語氣歡快。「喏，答應你的髮帶，是藍色的，還繡了雲紋，可好看了。」

慕羽崢仔細摸著那光滑細膩的料子，問道：「花了多少錢？」

柒柒背著小手晃著身子，一張小臉寫滿了得意。「也不貴，才十三文。」

小姑娘當初買個香膏都思慮再三、瞻前顧後，這次竟買這麼貴的髮帶給他，慕羽崢既高興又過意不去，沈默了一會兒才說道：「柒柒，不必買這般貴的。」反正他也看不見。

柒柒十分豪邁地說：「我說了要養你的嘛。」要養就得好好養啊。

慕羽崢安靜許久之後，只說了個「好」字，便沒再多言。

吃過午飯，慕羽崢拄著柺去灶間，摸索著要洗碗筷。

他從未幹過這種活，再加上看不見、腿不方便，雖然有柒柒在一旁不停提醒，但動作還是異常笨拙和緩慢。

慕羽崢一手拄著枴杖，從去水缸打水，到把碗洗乾淨，比柒柒自己做多花了三倍的時間，中間還差點摔倒，這活幹得可謂艱難。

可他絲毫沒有氣餒，也沒有煩躁，不疾不徐、一步一步、堅持到底。

柒柒更沒有一絲不耐煩。呂叔傷了一雙腿，頹廢了小半年，那段時間他家裡是個什麼光景，她親眼見過。

先前她曾擔心過慕羽崢也會那般消沈，現在他願意振作，她高興都來不及。

慕羽崢洗完碗，收拾好東西，便拄著枴杖直起身，朝柒柒所在的方向展顏笑了。「以後家裡的碗，都讓我來洗。」

柒柒上前牽住他的手，樂呵呵地說：「哥哥，那你可是幫了我大忙了！」

城中的胭脂鋪已經翻新完畢，即將開業的前兩日，三十歲左右的掌櫃白景急匆匆趕到鋪子，將門一關，把管事的年輕夥計拉到內室，低聲吩咐。「廣玉，開業的時間延後，趕緊收拾收拾，隨我去一趟五原郡。」

廣玉不解道：「可原先不是說越早開業越好，以便少東家找到我們嗎？」

白景招了招手，待廣玉附耳過去，他才用極低的聲音說：「五原郡那邊派人送信說，發現有個鐵匠鋪在打造一把兩節長柄大刀，上面雕的花紋乃是百花坊的玉蝴蝶。」

廣玉驚喜萬分，瞪大了眼睛道：「用長刀，又是玉蝴蝶，可是公主殿下？」

白景點頭道：「八九不離十。」

廣玉開心地搓了搓手說：「想必少東家正和公主殿下在一起了，太好了……真的是太好了！」

白景嘆道：「我說找了這麼久，怎麼一丁點線索都沒有，想必是公主殿下帶著少東家藏了起來，如今出來打刀，就是給咱們傳信。你帶上所有銀兩，咱們速速啟程。」

廣玉指著擺在地上的新招牌道：「那咱們這鋪子還開嗎？」

白景看著招牌上「百花坊」三個字說：「原先直接用了百花坊的名字，是為了方便公主殿下和少東家找到家門，既然人已經尋到了，就沒有必要暴露，鋪子開不開等東家決定，這招牌先毀了吧。」

柒柒一直惦記著胭脂鋪開業要贈送的彩頭，也念著慕羽崢對那鋪子的名字很感興趣，這一日從醫館出來，便跟著在山他們直奔胭脂鋪。

不料到了門前卻發現，說好今日開業的鋪子，竟是大門緊閉，連招牌都不曾掛上去。

孩子們不甘心，跑到隔壁去打聽，裁縫鋪的夥計說這鋪子已有兩、三日沒人露面，猜測怕是家中有事耽擱了，不然花了大錢翻新鋪子，貨品也全都上了貨架，怎會說不開就不開。

雖不知那彩頭是什麼，然而幾個孩子已盼了多日，聞言都有些失望，但也無可奈何，只得離開。

回到家，還不等柒柒說起，慕羽崢就拉著她，語氣頗為急切地問：「怎麼樣，那胭脂鋪開業了吧，名字叫什麼？」

柒柒如實相告，說完就嘆了口氣。「唉，明明那個夥計說了上門就有彩頭，我還想著彩頭如果是一盒香膏該有多好，誰知盼了那麼多天，人卻沒影了。」

慕羽崢一愣，詫異道：「怎麼會？」

「不知道，前幾日路過去看的時候還在上貨呢。」柒柒說道，把慕羽崢的飯拿出來放到他手裡，走去灶間為他熬補藥。

上次林爺爺來看過，說他的內傷雖好了大半，但若要徹底痊癒，補藥還需再喝一陣子，她便又花了一兩銀子抓了一些。

慕羽崢端著飯碗沒有動筷，就那麼怔怔望著前方靜靜坐著，許久後，才困惑地低聲喃喃。「為何忽然不開了？」

長安城內，周敞和周錦林父子倆正在太尉府的書房密談。

「晏兒和清兒到哪兒了？」周敞問道。

周錦林回道：「十日前過了並州地界，已經往東邊去了，若是路上不耽擱，再有個三、五日就能抵達河間，等到了河間再沿海往南。」

「那就好，雖繞了些遠路，卻更穩妥。」周敞點頭，又問：「雲實和知風那兩個孩子往北去了？」

周錦林頷首道：「是，往北去了，他們會扮成晏兒和清兒在北境現身。」

「都是好孩子。」周敞嘆道，再問：「檸兒和崢兒可有什麼消息？」

周錦林搖了搖頭。「沒有，只是北境傳回消息，除了咱們，還有其他人也在暗中尋找，同樣未找到。」

周敞聞言，眉頭緊皺道：「可知是何人所派？」

周錦林答道：「尚且不知，但已經安排人暗地裡一路跟著，待他們最終的落腳處，應該就知道了。」

聽到這話，周敞心急如焚道：「百花坊的人可都派出去了？為何這麼久毫無進展？」

周錦林頗為無奈。「能調動的都調動了，生意也沒做，只顧著找人。」

只見周敞握拳搥桌，恨道：「若不是沒有旨意不得出京，老夫真想親自去尋！」

周錦林同樣焦急。「爹，不如兒臣告病，私下去找？」

「不可，一旦被發現，被藉機扣上謀反的名頭，那便是株連九族的大罪。崢兒和檸兒若是真的沒了，你去也無益；若他們還在，我周家更不能出亂子，且再等等。」周敞搖頭道。

縱有千般本事，可鞭長莫及，父子兩人愁容不展，雙雙嘆氣。

忙忙碌碌，日子過得飛快，轉眼間進入七月了。

雲中郡的夏天短暫且不炎熱，這個時節早晚已是涼爽異常，到了深夜更是寒涼，要蓋條薄被才能安然入睡。

自從知道胭脂鋪沒開業之後，慕羽崢就變得很沈默，柒柒經常看到他呆呆坐在那裡，一副心事重重的模樣，甚至有幾次他碗洗著洗著就突然不動了。

柒柒以為他是擔心自己的眼睛，便寬慰他說等到八月白大夫回來就可以看診了，可慕羽崢只是微微笑著點頭說好，仍舊發著呆。

又過了幾日，慕羽崢幾番思量之後，作了個決定。「柒柒，妳把剩下那半枚玉珮也拿去當了。」

柒柒自是不肯。「為什麼要當？如今我有工錢，足夠養活我們了，那可是你家人留給你的念想，收著吧。」

慕羽崢不好直說自己的目的，他捏著柒柒越發柔軟的小手，語氣溫和地解釋。「前幾日蔓雲不是說，要趁著天氣好趕緊準備秋冬的衣裝，棉被也要拆洗晾曬、重新縫製。妳當了玉珮去買些新棉絮回來，還要置辦柴火和秋菜，準備過冬。」

呂叔一振作起來，蔓雲就輕鬆多了，閒暇時她會跑到柒柒家聊聊天，順便幫忙縫縫補補，這些話都是蔓雲說的，慕羽崢聽過，全部記在心裡了。

雖說他讓柒柒當玉珮是另有所圖，可他說的這些也是實情。這一大堆東西備起來確實要花不少銀子，先前當來的那些錢，差不多都用來給他買藥了。

蔓雲對柒柒說的時候，小姑娘都應下了，卻一直不見她張羅。

昨晚小姑娘以為他睡著了，悄悄鑽到桌子下把錢翻出來數了又數，數到最後偷偷嘆了幾口氣。

想也知道，她在為錢發愁。

聽完慕羽崢的話，柒柒沈默了。

雲中郡這個地方冬季格外漫長，一年之中有五、六個月下雪。

七月過完就要降溫了，過冬的衣物被褥還有柴火之類的，確實該提前準備好。

家裡的被子早已破舊不堪，雖說沒有漏棉花，可補丁卻一個蓋著一個，不怎麼暖和。

如今燒的柴火，還是去年娘親活著時花錢買的，眼看就要燒不了多久了。

前兩天柒柒去隔壁找呂成文和蔓雲幫她算了一下，光是買足這長冬要用的柴火，就至少要花掉二兩銀子。

光靠她每月五百文工錢，要吃飽飯，還要給哥哥買藥，之後還得治眼睛，可說是捉襟見肘，實在沒有餘錢購置這些。

他們兩人的冬衣可以拿爹娘的舊衣改小，再添些新棉花處理一下就成。可一入冬，數九寒天、滴水成冰，柴火要是不夠燒，躺在炕上就能活活凍死。

她是趁著這一段時間晾了很多菜乾沒錯，可從十月開始下雪，等到雪融，要到明年四、五月草原上才有野菜可挖，這麼長的一段時間，那點菜乾可不夠吃。去年娘親還在的時候，也是買了一些秋菜放在地窖裡，這才熬過冬天。

這麼一算，有好多東西要買，隨處都是用錢的地方。

賺錢不容易，養家也很難。

柒柒坐在慕羽崢面前，垂著小腦袋，想了又想，抬起頭來說：「那行吧，眼下只能把你那玉珮當掉，可這樣你就剩一條髮帶了。」

慕羽崢摸摸她的頭，道：「只要我們好好活著就行，其他的都不重要。」

「說了我養你的，卻總拿你的東西去當……唉。」

柒柒過意不去，又道：「等以後我再長大些，能多賺一點錢的時候，就買新的玉珮給你，比這個還好的。」

慕羽崢笑了。「好。」

隔天，從醫館出來以後，柒柒讓在山、柱子還有小翠陪她去當鋪。

當鋪的邱掌櫃眼尖，一眼就認出小姑娘，打趣道：「唷，小客官，又拿什麼寶貝來了？」

柒柒拿出那半枚玉珮，踮著腳尖往櫃檯的窗口一放，道：「掌櫃的，這半枚玉珮死當的話，能給多少銀子？」

「這是上次那半枚的另一半？」邱掌櫃眼睛一亮，往前一站，伸手就要去拿。

柒柒立刻收回玉珮藏到身後。「先報價，要是太少，我不當。」

在山也幫腔道：「少了就不當。」

邱掌櫃從櫃檯裡頭開了門出來，熱情地請柒柒坐下，笑得和藹可親。

「妳看妳這個孩子，上次跟我說只有半枚，我看妳年紀小，好心收了，結果那玉珮至今還押在我手裡呢，根本沒人肯要。」

第二十二章　撥雲見日

收了那半枚玉珮以後，他推薦給了不止一個買家，看是都看上了，可又因為只有半邊而不肯買，倒是有買家說若能找到另外一半，願意出高價買下，一個從都城來的皮貨商，昨日還說肯出一百兩，買回去給女兒當生辰禮。

當初小姑娘一口咬死只有半枚，他信以為真，覺得平白丟了近百兩銀子，還一直痛心來著。

如今見她竟然拿了另外半枚出來，他簡直欣喜若狂，心想無論如何都要做成這單生意。

一聽那半枚玉珮還在他手裡，柒柒小腰板挺直了一些，端起了架子。「可是我這是傳家寶呢，只有這半枚了。」

臨出門前，慕羽崢跟她說，進了當鋪之後，先打聽先前那半枚是否賣掉了，若是已經賣出去，這半枚估計和上次當掉的價格差不多；若是那半枚還在當鋪，那她就能要個高價。

柒柒當時想了又想，大著膽子說那她要賣八兩，這可是翻倍了呢，算高價了吧？

慕羽崢認為價格若是再往上，怕是難以成交，即便能成交，也怕引人生了貪念，回頭給小姑娘招惹禍端，便對八兩這個數字點了頭。

看如今這情形，柒柒心道還真被哥哥說對了，那她可要穩住才行。

她把半枚蝴蝶玉珮一直背在身後，就是不肯拿出來，在山等人把她圍了個嚴嚴實實，邱掌櫃想看一眼都不成。

打過一回交道，邱掌櫃知道這小姑娘人小鬼大，很有主意，也不浪費口舌，讓她直接開價。

柒柒秉持著多要一兩是一兩的原則，報價十二兩。

邱掌櫃原以為小姑娘最多要五兩，聽到是十二兩的時候，倒吸了一口氣，立即說「妳這小姑娘獅子大開口」，隨即毫不客氣地還價六兩。

柒柒嘟著嘴不高興，說「那我不當了」，馬上從椅子上跳下來，裝出要走的模樣。

一言不合就翻臉，談都不願意談了，簡直幼稚至極，標準的孩子做派，可問題是，她就是個孩子啊！

邱掌櫃趕緊將人攔住，好言相勸，說做生意就是要談的，不滿意再還便是，不帶這樣翻臉的。

柒柒心裡也沒底，想著別再像那回買髮帶時演砸了，於是就坡下驢坐了回去，還了價。

兩人你來我往，還來還去，磨磨唧唧了有一炷香的工夫，最後以九兩銀子成交。

等孩子們一出門，邱掌櫃一刻也不耽誤，當即拿著整枚玉珮去找這兩日就要回都城的那個皮貨商，以一百兩的價格痛快地賣了出去，轉個手就賺了八十多兩，令邱掌櫃十分滿意。

柒柒這邊，比原來估計的多當了一兩，也相當高興。

她特地跑了一趟包子鋪，狠心花了二十文，買了十個饞了許久的大羊肉包子。

柒柒給大夥兒每人分了一個，四個孩子就站在包子鋪旁邊，捧著熱氣騰騰、鮮美多汁的羊肉包子，嘶嘶哈哈吃得津津有味，吃完才樂顛顛地回家。

到了家，柒柒把用油紙包著的熱包子往慕羽崢手裡一放，歡快地問：「哥哥，你猜我當了多少錢？」

聽著那股興奮勁，慕羽崢心裡便有數，可為了讓她更高興，就故意往低了猜，從五兩到九兩，猜了半天才得到正確答案，小姑娘還笑著說他笨。

慕羽崢更關心那玉珮的去向，仔細問了過程，柒柒一一說給他聽，末了又道：「我們一從當鋪出來，掌櫃的後腳就急著出了門，等我們買了包子吃完往回走，又在集市口遇到他，看起來可高興了，我猜，他肯定是把玉珮賣了個好價錢。」

聽完這話，慕羽崢暗自鬆了一口氣。難怪之前毫無動靜，果然如他猜想的那樣，原本那半枚玉珮並未賣出去。

如今玉珮完整地送出門，希望之後一切順利，這般想著，他心中又懷了希冀。

柒柒留下三兩銀子在手上，藏了六兩起來，等慕羽崢吃完一個包子表示飽了，她便帶著三兩銀子、拿上三個羊肉包子去了隔壁呂家。

包子交給蔓雲，柒柒要她和呂成文還有在江各拿一個，蔓雲推拒不過，只好收下。

柒柒給呂成文二兩銀子，請他張羅著買柴火，又給蔓雲一兩銀子，讓她下次去街上時幫忙買棉花、布料，做冬衣跟被褥。

兩人自是應好，讓柒柒放心。

隨後柒柒去了柱子家一趟，柱子的舅舅做販菜生意，她請柱子的娘幫忙訂了些大白菜、胡蘿蔔、蘿蔔與馬鈴薯這些可以存放很久的菜，商量好數量和價錢，便付了五十文的訂金。

柱子的娘很樂意柒柒照顧娘家弟弟的生意，一再保證到時會把菜直接送上門，還說讓柱子幫忙搬進地窖。

準備過冬的幾項大事都辦妥了，柒柒心中一塊石頭落地，樂呵呵地回家，往炕上一躺，感嘆道：「有錢可真好啊。」

慕羽崢淡淡地笑著，等到小姑娘細微的呼嚕聲響起，他的嘴角便緩緩沈了下去，拄著枴杖摸索著走到灶間，挪到門口，將門打開一道窄窄的縫隙，感受著外面吹進來的空氣，低聲道：「只盼這一次，能如我所願。」

玉珮從當鋪轉出去之後，慕羽崢再次燃起希望，不再像前段日子那麼沈默，也不再動不動就發呆。

柒柒便以為他之前是操心過冬的事才那樣，拉著他的手說：「哥哥，林爺爺已經開始教我背藥方了，等我學會看診，能幫忙接胳膊、接腿，就能賺更多的錢，到時你就不用再擔心咱們的日子了。」

慕羽崢捏了捏小姑娘那比之前圓了一些的手指，溫聲道：「好，我不擔心。」再等等，等自己人找到家裡來，一切就不用再煩惱了。

白景和廣玉兩個人丟下雲中城的胭脂鋪，火速趕到五原郡，可那鐵匠鋪的人口風緊得很，任憑他們明著問還是旁敲側擊，都沒打聽出到底是何人訂做這把大刀。

無奈之下，只得耐心等待訂刀的人來取貨。他們安排許多人輪番看守，十二個時辰不錯眼地盯著鐵匠鋪，終於在數日後的一個傍晚等到了來取刀的人。

見取刀之人虎背熊腰，一看就是個練家子，兩人也不貿然上前，而是悄悄尾隨，一直跟著對方到了大青山，可經過一處七拐八彎的山谷時，竟然把人跟丟了。

他們循著蹤跡往前，趕在天徹底黑下來之前，摸到青山寨門外。本想趁著夜色進去打探一番，沒想到被人發現，打了起來。

白景和廣玉武功高強，但為了不暴露行蹤，兩人隻身前來，並未帶其他人，因不知這山寨裡的人是敵是友，他們不想下狠手，都收著力道。

然而，青山寨的人以為他們又是官府派來打探消息的走狗，便往死裡下黑手。

白景和廣玉幾次嘗試通過談話的方式溝通，可被剿了幾次的青山寨眾人認定他們就是官府派來的，壓根兒不給說話的機會。

一時之間雙方打得難解難分，直到驚動了已經睡下的裴定謀。

他一件衣裳歪歪垮垮地穿在身上，扛著一把長刀現身打鬥現場，先是一腳踹得廣玉連連後退，又一刀震開白景手裡的劍，隨後打了一個哈欠，慵懶又有些暴躁地說：「大半夜的，哪裡來的雜碎，擾了老子睡覺，不想活了？」

白景和廣玉沒想到此人的武功竟不在他們之下，都暗暗吃驚。

看著他扛著的那把長刀，兩人對視一眼，也無暇計較他口出惡言，雙雙拱手，白景客氣道：「這位郎君，我們想見見這把刀的主人。」

「郎君？」聽到這文謅謅的稱呼，裴定謀想起他家娘子來，他單手握著那重達五十斤的長刀，俐落地轉了個刀花，往地上一豎。「看不見嗎，老子就是這刀的主人。」

夜幕之下，光線昏暗，又隔著一段距離，白景和廣玉看不清那嶄新的刀柄上是否有玉蝴蝶的圖案，但他們認得這刀，和公主殿下以前用的一模一樣，還是東家送給公主殿下的。

白景指著刀柄，決定詐一詐裴定謀。「刀或許是郎君的，那刀柄上的圖案呢？我們想見畫了這圖案的人，若我沒猜錯，應該是位小娘子。」

裴定謀眉梢一挑。唷，還真是衝著他家娘子來的。

難怪他去打刀之前問娘子是否要背著人偷偷來，娘子卻說不必，還說越多人看到越好，敢情是要透過這刀送信呢。

「唉。」裴定謀嘆了口氣，把刀柄拿到眼前看了看，想了想，扛著長刀轉身，晃晃悠悠往裡走。「跟我來吧。」

裴定謀帶著白景和廣玉進入山寨，一路走回自己住的房子，到了門前時回頭說道：「你們先在這裡等著，我去問問我家娘子見不見。」

「你家娘子？」

白景和廣玉震驚得瞪大了雙眼，心中暗自琢磨著難道公主殿下被這山匪強占做夫人？兩人眼中頓時現出了殺氣。

「怎麼，想殺我？那也要問我家娘子捨不捨得。」裴定謀把肩上的長刀拿下來，嗤笑一聲，神情有些得意。

之後他不再理會，轉身進了門，獨留兩人在原地面面相覷。

白景和廣玉對視一眼，看這男人的態度，莫非是公主殿下收了他當入幕之賓？

雖說這匪氣十足的男子武藝高強，但公主殿下的身手更是不凡，這麼一思索，還真有這個可能，兩人露出一副了然的神情。

他們暗暗咋舌，心道公主殿下及笄後便已出宮建府，卻一直不曾選駙馬，整個長安城的青年才俊、世家子弟，她一個都看不上，原來竟是好這一口，這也忒糙了些。

不知身後兩人心中所想，裴定謀進了屋，把長刀往牆邊一豎，說道：「娘子，妳這長刀耍起來還挺順手的。」

慕雲檸閉目養神，只微微點頭，並未答腔。

扯完閒話，裴定謀才走過去坐在她身邊說道：「娘子，外頭有兩個莽夫，闖進來說要見妳，妳可願見？」

慕雲檸聞言，忽地睜開雙眼道：「他們是如何說的？」

裴定謀指著在牆角豎著的長刀說道：「說是要見這刀的主人，我說這刀是我的，他們就又說要見上頭雕的那個什麼蝴蝶的主人。」

「快讓他們進來。」慕雲檸坐直了身體，神色雖未有太大的變化，但是比往日高揚的語調卻突顯了她此刻的急切。

說完，她低下頭看了自己一眼，又道：「還請裴郎君先幫我拿件外衫過來。」

青山寨人數眾多、房子有限，這麼多天以來，她一直住在裴定謀這邊。

裴定謀救了她的命，不僅好生照顧她，更請了好大夫給她治傷，還調動人馬供她差遣，對她大方至極。

他說沒地方睡，要和她同住一房，不然他就得睡到樹椏上去，明知他一個山寨的大當家無論如何都淪落不到那個地步，可她一個客人，自然不好趕他這個主人出去。

好在裴定謀除了嘴上老是喊著娘子，倒也算守禮。

慕雲檸自幼習武，是個不拘小節之人，何況此次她能活下來已是萬分不易，根本沒精力計較那麼多細枝末節，便一直穿著裡衣臥在床上，和他隔著一道矮牆同處一室。

日子一久，她已習慣在他面前披頭散髮、儀容不整。

主要是裴定謀不修邊幅，讓人覺得即便自己一身襤褸、滿身污泥，在這個人面前也沒什麼不自在的，反正大家都是那副德行，誰也別笑話誰。

不過如今外頭來的很可能是自家人，即便她此刻還下不了床，也不能失了公主的威儀——她倒不是怕丟臉，而是怕嚇到他們。

「娘子等著。」這明顯的差別對待，讓裴定謀簡直心花怒放。

他笑逐顏開地應了一聲，從衣櫃翻出一件他去城裡為她買回來的外衫，遞給慕雲檸，隨後自覺地背過身去，說道：「娘子放心，我絕不偷看。」

慕雲檸沒理會。她只是套一件外衫，又不是更換衣衫，能看到什麼？

傷勢未癒，她緩慢地穿好外衫，又把頭髮攏了起來，拿髮簪簪好，這才開口。「裴郎君，你去喊他們進來吧。」

裴定謀應聲出門，片刻工夫過後，帶了白景和廣玉進來。

兩人一見到面色蒼白卻安然端坐著的公主殿下，頓時激動萬分，上前跪地磕頭，熱淚盈眶，白景道：「主子，終於找到您了，老東家快急死了！」

時隔多日，終於見到自家人，向來沈穩淡定的慕雲檸也紅了眼眶，伸手抬了抬道：「快起來。」

兩人起身站到慕雲檸面前，卻不開口。

他們不知公主殿下如今在這山寨之中是何情形，只敢喊了聲「主子」，並未直呼「殿下」。

可接下來要說的話，但凡有心人聽去，便會猜出她的身分，所以兩人表面上謹慎地沈默著，內心卻是焦急萬分。

慕雲檸也想到了這一點，她抬眼看向裴定謀，介紹起來。「裴郎君，這是我家裡人，白掌櫃和廣掌櫃。」

說罷又看向白景與廣玉兩人道：「這位是裴郎君，青山寨大當家，我的救命恩人，若沒有他，你們可能連我的屍首都見不著了。」

白景和廣玉一聽，正了臉色，轉身對著裴定謀齊齊拱手長揖，廣玉說道：「感謝裴當家對主子的救命之恩，改日我倆定攜禮登門致謝。」

「舉手之勞，不足掛齒。」裴定謀客氣地還禮，見他們有話要說，便識趣地離開。

待裴定謀出門，白景便上前一步，壓低聲音急切道：「殿下，太子殿下他可在此處？」

慕雲檸一聽，便知他們未曾尋到自己的弟弟，大失所望道：「不曾，當日……」

雙方將這段時日以來彼此的情況簡單地交流一番，心中便都有了底。

白景與廣玉聽聞當日臨雲驛館發生的一切，憤慨萬分，同時滿腹疑惑。

慕雲檸聽聞父皇並未派人尋找他們姊弟，而是簡簡單單四個字「風光大葬」，面上露出諷刺的笑容。

然而眼下不是追究這件事的時候，重中之重，是找到太子。

慕雲檸和兩人仔細商量了一番，最後作出決定。「我繼續留在青山寨，一則我如今的傷勢還不宜挪動，再者這裡方便避人耳目，眼下我和太子的死已被板上釘釘，我先不露面也好。

「你們用過飯之後，在山寨歇上一晚，明日一早就下山回五原郡，加大力道尋找太子，再飛鴿傳書給太尉府，說明我這邊的情況，記得提一下，有個叫裴吉的少年替我去太尉府送信了。」

兩人一一應好，卻不肯耽擱時間，決定即刻下山，慕雲檸勸不住，只得應允。

第二十三章　意外打擊

臨出門之前，白景又猶豫著開了口。「殿下，您和那位裴郎君……」

慕雲檸簡單解釋道：「裴郎君是個愛開玩笑之人，我和他暫無其他關係，毋須多想，給太尉府的信中也不必提起。」

「暫無其他關係」這話有些耐人尋味，不過這也不是他們該管的事。

再說了，公主殿下為國為民這般勞碌奔波，甚至身受重傷，只要她好好活著，收一、兩個男人入府，又有何妨？

兩人不再多問，恭敬地行過禮，往門外走去。

裴定謀端了茶水過來，見兩人要走，便喊人去廚房用油紙包了兩隻燒雞給他們帶著路上吃，並熱情地將人送到山腳下，一直看著兩人上馬離開，這才折回。

回房之後，他大剌剌地往慕雲檸面前一坐，難得嚴肅地說：「娘子，妳是不是要走了？」

這話聽起來竟有些委屈，和他豪邁不羈的坐姿，還有他那張滿是鬍渣的莽漢臉著實搭不上。

慕雲檸一陣無語，過了好一會兒，給了個模稜兩可的答案。「即便要走，也沒那麼快。」

裴定謀又問：「娘子，那先前咱們的約定還算數嗎？」

慕雲檸看著那不知何時開始變得分外順眼的臉，點頭道：「算數。」

裴定謀便哈哈哈地開心笑了。「那就好，我明日親自下山去找咱們弟弟。」

數日過後，長安城內，太尉府。

夜深人靜之時，周錦林拿著幾經周轉、剛從他處送來的飛鴿傳書，急匆匆地趕到書房，門都不敲便直接闖了進去，急切的聲音帶著喜悅。「爹，有檸兒的消息了！」

周敞激動地從桌前站起身，說道：「當真？情況如何？」

「檸兒好好活著，您自己看。」周錦林將紙條奉上。

周敞接過紙條展開，看過之後老淚縱橫道：「我就說我周家的孩子大富大貴，沒那麼容易死！」

雖說先前抱著一定能找到人的信念，可日復一日毫無音信，難免疑心孩子們已經沒了，如今找到一個，父子倆都激動地落了淚。

高興過後，又雙雙嘆了口氣，周敞捏著紙條說：「姊弟兩人走散，檸兒被青山寨救了，難道崢兒也被哪個寨子撿去？要不，讓白景帶人把北境所有山寨都拜訪一遍？」

話未說完，門再次被人粗魯推開，一向四平八穩的管家周祥急忙衝了進來，將手裡捧著的帕子送上前道：「老爺、四少爺，快看。」

周錦林接過帕子打開，猛地抬頭看向周敞，聲音變了調。「爹，是崢兒身上的蝴蝶玉珮！」

周敞聞言，顫著手接過東西，仔細打量一番後，連連點頭說是，看向周祥道：「如何而得，速速道來。」

周祥簡明扼要地說道：「是一個往返長安和北境的皮貨商從雲中城一家當鋪收的。今日他閨女過生辰，他當眾送了這枚玉珮當禮物，百花坊名下的皮草行花錦軒和他有生意上的往來，掌櫃海常今日也被請了過去。

「一見到這枚玉珮，海常便私下找上這位皮貨商，說這是家中遺失的祖傳之物，願不惜重金贖回。那皮貨商雖有些不捨，但也是重情重義、通情達理之人，聽聞是海常故去母親之物，當即爽快割愛。

「海常仔細打聽過了，說那當鋪最初只有半枚玉珮，後來那舊主顧才又來當了另外半枚，湊成了整枚。」

聽完周祥的敘述，周敞激動不已，一掌重重拍在桌上道：「定是崢兒！若玉珮落在他人手裡，不會先後當了兩次。我就知道，這孩子定是好好躲在哪裡了！」

周祥猜測道：「會不會是少東家沒錢花了，才先後當了這玉珮？」

只見周錦林自豪地說：「不，我更願意相信是崢兒有意為之，他這是給咱們送信呢！」

周敞捏著玉珮道：「無論如何，既然知道崢兒在雲中城，那就立刻傳信給白景，就算讓他把雲中城整個翻過來，也要以最快的速度找到人。」

一旁的周錦林補充道：「檸兒都傷成那樣了，崢兒怕是也好不到哪裡去，何況檸兒還在信中提到，兩人分開之時，崢兒的眼睛突然看不見了。」

「找找找，快去找！」周敞連聲說道。

「是。」周祥應聲，匆忙出門安排去了。

周錦林一掃先前的陰霾，又跟自家父親聊了幾句，便轉身往外走。

誰知還未走到門口，就聽他的貼身護衛周盛在外頭稟報。「將軍，假山處抓到了一個小賊，鬼鬼祟祟的像是要偷東西，被抓了以後卻說要見太尉大人和將軍。」

「何人敢夜闖太尉府，提進來！」周錦林臉上的笑意消失，冷臉說道。

門被打開，周盛手裡拎著一個被捆得結結實實、堵了嘴的少年進來，往地上一扔。

周盛隨後拱手，面色嚴肅地說道：「太尉大人、將軍，這人是從狗洞爬進來的，一路上避開了府中護衛，繞到假山那裡，他對咱們太尉府可謂輕車熟路，卑職懷疑府中有內應。」

「內應」兩個字，聽得周敞父子倆皆是眉頭一蹙、面色一沈。

一聽見「太尉大人」這個關鍵詞，被押在地上的裴吉奮力仰起頭來，嗚嗚出聲，表示自己有話說。

「讓他說話。」周敞坐回椅子上。

周盛扯出裴吉嘴裡的抹布，裴吉一刻都等不得，立刻開口問道：「您可是周太尉，周敞大將軍？」

雖然剛才是被拎進來的，可裴吉一直記得路，知道這就是周太尉的書房，再加上在椅子上坐著的老頭和自家嫂嫂所講的十分相像，便肯定他就是自己要找的人。

「放肆！太尉大人的名諱豈是你這小民能直呼的?!」周盛抬腳踹了一下裴吉。

裴吉被踹歪了身體也不抱怨，而是梗著脖子盯著周敞道：「人命關天，您就說是或不是。」

見這孩子臨危不懼，也不像是個壞人，周敞開口。「正是老夫，是何人派你來的，為何對太尉府如此熟悉？」

裴吉咧嘴笑了，說道：「是我家嫂嫂讓我來送信的，太尉府的地圖就是她畫給我的。」

「你家嫂嫂？」

幾人面面相覷，實在想不出會是何人，周錦林直接問道：「信呢，在何處？」

見他們一臉茫然，裴吉頓時一愣。對喔，好像不該叫嫂嫂，畢竟大哥和嫂嫂還沒成親，可是，他不知道嫂嫂的名字啊……

想到送信要緊，裴吉直起身，把捆著的手舉高，心急地說道：「先幫我解開，我拿信出來。這一路上不太平，耽擱了幾日，我們又沒有路引，進城費了好些工夫，再加上你們太尉府外頭有人盯著，我不敢輕易靠近，又拖了幾天。嫂嫂說了，這信十萬火急，我不能再拖下去了！」

「給他鬆綁。」周敞吩咐道。

待周盛上前鬆開了繩索，裴吉便道了謝，背過身去窸窸窣窣一頓忙活，把縫在褲腰上的夾層拆開，掏出一封信來，轉身雙手奉上，笑嘻嘻道：「這下好了，信已送到，我終於可以換褲子了。」

周錦林接過帶著汗味的信封，臉上毫無嫌棄之色，拆開快速掃了一遍，臉上綻開笑容，遞給周敞道：「父親，是檸兒送來的。」

看過了信，周敞起身繞過桌子，走到裴吉面前，拍著他的肩膀說道：「好孩子，辛苦你跑了這麼遠，這件事我們已經知道了。」

白景跟廣玉已經在飛鴿傳書中打過招呼，言明有人會替慕雲檸送信過來。

「啊，知道了？誰還比我更快？」裴吉驚訝不已。

見少年風塵僕僕，周敞拉著他到椅子上坐下。「是我們的人找到了青山寨，飛鴿傳書回來的，你快跟我說說，檸兒具體情況如何？」

「嫂嫂受了傷，但是我走的時候已經好了許多……」裴吉詳細說明了慕雲檸的狀況。

聽完了他的敘述，周家父子點頭表示知曉，周敞又問：「你為何叫檸兒嫂嫂？」

周錦林也走上前一步，盯著裴吉，目光談不上友善。「你哥哥是何許人也？」

被兩人銳利的目光盯著，裴吉想到自家那厚臉皮的大哥，莫名心虛起來，暗道不好。

他撓了撓腦袋嘻嘻笑，決定先轉移話題。「太尉大人、周將軍，小的餓了，能先吃點肉嗎？」

父子倆看出這少年的小把戲，繃起臉，異口同聲道：「不能。」

久經沙場的將軍，一板起臉來，氣勢可真不是開玩笑的，裴吉不敢再嬉皮笑臉，委屈地說出自家大哥和嫂嫂的約定，還舉手對天發誓。「我大哥就是嘴欠，可他絕對沒有強迫我嫂嫂！」

父子兩人對視一眼，想到檸兒在信中提到一切都好，便放下心來，周錦林吩咐周盛。「帶這孩子下去漱洗更衣，好生款待。」

信送到了，任務完成，裴吉道過謝，便開開心心地跟著周盛下去歇息。

書房內再次剩下周家父子，皆是感嘆。前陣子費盡心力仍毫無進展，今晚卻走了大運，兩個孩子都有了消息。

感嘆過後，周敞冷著臉開口。「過幾日，等晏兒和清兒到了軍中，白景那邊也該有了結果，你傳信給白景，一旦找到崢兒，立刻安排雲實和知風兩個孩子假死，並讓人把消息傳回長安，送入宮中。」

周錦林神色凜然道：「是。」

天氣漸漸轉涼，呂成文幫忙買的柴火到了，孩子們整整齊齊地將柴火靠牆碼在柒柒家的院中，拿草簾蓋在上頭。

蔓雲幫著張羅的秋衣、冬衣還有被褥也都做好了，在大太陽底下曬了幾天，柔軟蓬鬆，甚是暖和。

慕羽崢盼著那枚玉珮能帶來好消息，可這一等便過了七月，到了八月時，仍舊毫無動靜。

他每日側耳仔細聽著外頭的聲響，一日又一日皆無人找上門，一顆心便又慢慢沈了下去，再次變得沈默。

柒柒以為他家人全都沒了，並不知道他在等消息，猜測他是在為眼睛著急，畢竟她說給他找好了大夫，大夫卻一直沒來。

心中愧疚，柒柒卻沒再說什麼，安慰的空話說得太多，自己都心虛起來。

終於，八月十五中秋節當日，得知雲中城唯一對毒物有研究的白治興歸來之後，柒柒便一天也不肯再等，託林義川上門幫他請了白治興到家裡，為慕羽崢看眼睛。

白治興為慕羽崢仔細診脈檢查過後，搖了搖頭，對林義川拱手致歉。「林兄，白某學識淺薄，實在看不出這孩子中的是什麼毒，還請另請高明。」

自從白治興進門，慕羽崢臉上便一直帶著微微的笑，滿懷期盼，可一聽到這話，他的神情立刻黯淡了。

柒柒將他的表情變化看在眼裡，既心疼又難過，問了白治興。「白爺爺，真的一點辦法都沒有嗎？」

白治興搖頭道：「中毒非尋常病症，一定要確認所中何毒，才好對症解毒，不能胡亂診治，以免毒上加毒。」

這是林爺爺請來的好友，柒柒心裡清楚，他若能治，定會盡力。

等林義川帶著白治興告辭，柒柒就上前抓住慕羽崢的手道：「哥哥，你別擔心，明日我就託林爺爺再打聽打聽，我也會去託當鋪掌櫃跟車馬行的老闆，讓他們去其他地方問問，天底下這麼大，咱們總能找到識得這毒的人。」

慕羽崢眼眸低垂，扯著嘴角笑了。「無妨，治不好就治不好，久了就習慣了，走吧，咱們做飯。」

柒柒盯著慕羽崢的臉仔細打量，見他並未如她以為的那麼絕望，微微鬆了一口氣，也不再繼續這個話題，牽著他往灶間去，故作歡快道：「做飯去，今日過節呢。」

之前又領了一回工錢，今天過節，柒柒便買了半斤羊肉，還買了十顆雞蛋，她讓慕羽崢坐在小板凳上，自己燒火煮起了粥，隨後開始切羊肉。

哪怕柒柒經常幹活，用刀時已經很熟練，可她畢竟太小了，切蔬菜還行，一隻手拿著菜刀切肉，力道根本不夠，兩隻手握刀，肉不按著又會亂跑，實在切不好。

這麼久以來，這是家裡第二次買肉，頭一回是蔓雲幫忙切的，她沒機會練習，這會兒忙活了半天也沒切下幾片，又急又累，腦門上都是汗。
聽著小姑娘不斷喘氣，切得費勁，慕羽崢便說他來。
柒柒覺得這樣也好，先打了水讓慕羽崢洗手，之後把椅子搬到他面前，砧板放在椅子上，菜刀遞給他，一再交代他要小心。
慕羽崢看不見，可其他方面的感知卻更加敏銳，他只在肉上來回摸了兩下，便切了起來，動作雖慢，下刀卻很俐落。
柒柒削了兩顆馬鈴薯便去水缸打水，可她不放心慕羽崢，有些心不在焉地回頭望了一眼。
這一望，腳下踩著的小板凳頓時一歪，翻了。
她往前一撲，腰卡在水缸邊沿，整個人頭朝下往缸裡栽去，頭和手都浸到了水裡，兩條腿使勁地撲騰，卻無法讓自己掙脫。
「柒柒？」慕羽崢察覺到了動靜，臉色一變，出聲喊道，可無人回應。
他神情慌亂，手裡的刀一扔，從小板凳上站起身，枴杖都顧不上拿，拖著一條傷腿就朝水缸奔了過去。
慌了神，又看不見，一個不留神，腿便重重地磕向灶臺，疼得他臉色一白，眉頭皺起。
他卻不管不顧，摸索著以最快的速度抵達水缸旁，找到柒柒，抱住她的腿，一把將人從水裡撈了出來。

慕羽崢的動作夠快，柒柒只是嗆了幾口水，並無大礙，重新吸入空氣後，她劇烈地咳了起來。「咳！咳！咳——」

聽到咳嗽聲，慕羽崢緊緊揪著的心鬆了一下，他小心地將頭朝下、抱在自己手上的小姑娘調了方向，腿一軟，摟著她直接往地上一坐，拍著她的背，聲音發顫。「柒柒，妳還好嗎？」

柒柒咳了一會兒，把口鼻裡的水咳了出來，大口大口地喘氣。

整顆頭泡在水裡那種無法呼吸的窒息感，真真切切地嚇到了小姑娘，她淚眼汪汪地扁了扁嘴，很想哭。

可聽著慕羽崢抖得不成樣的語調，感受到他那抖個不停的雙手，她便強行忍住哭意，故作輕鬆地笑了。「我沒事的，哥哥。嘿嘿，本來還想著今晚洗個澡的，這下可好，提前洗了，嘿嘿。」

慕羽崢聽著那假裝堅強的笑聲，再也控制不住，一把將小姑娘緊緊摟在懷裡，臉埋在她小小的肩膀上，情緒崩潰，痛哭出聲。

第二十四章 重新振作

一次又一次的期盼，一次又一次的失望，已經這麼久了，自家人都沒找上他，想必是認定他死了。

外頭虎狼環伺、處境危險，他沒辦法出門，身上再無東西可當。

此生，怕是返家無望。

他的眼睛也治不好，往後都要作為一個瞎子活著，再也無法得見光明；他還拖累才滿六歲的柒柒，害她掉入水缸，差點淹死，他怎麼這麼沒用?!

險些失去柒柒的恐懼，再也無緣與家人相見的傷心，眼睛徹底瞎了的絕望，大仇不得報的憋悶……

自從出事之後，壓在心中一直隱忍未發的所有負面情緒，在這一刻，如排山倒海般洶湧襲來，讓這個不過才九歲的男孩，哭得無法自抑、雙肩顫抖。

柒柒被他嚇到了。自從相識以來，慕羽崢一直是沈穩冷靜的，哪怕是哭，也不過是默默流淚，這還是他頭一次這般崩潰大哭。

以為他是因為自己掉進水缸裡才嚇哭的，小姑娘頓時自責起來，她兩隻小手環住他，拍著他的背，忙不迭地哄著。「哥哥，我好好的呀，你別難過，別難過……」

然而，被負面情緒層層包裹住的男孩，卻是怎麼都哄不好，淚如泉湧、泣不成聲。

「對不起，我下次會小心的，你別哭了呀。」眼看怎麼哄都沒用，柒柒又急又委屈，哇的一聲大哭出來。

中秋節本該是闔家團圓的日子，兩個孩子卻一身濕漉漉地坐在泥土鋪就的地面上，緊緊擁在一起，哭得亂七八糟、狼狽不堪。

哭了好一陣子，慕羽崢率先冷靜下來，雙手捧著小姑娘的臉說：「柒柒，妳哭好了嗎？」

柒柒淚眼矇矓、抽抽噎噎地說道：「哭、哭好了。」

慕羽崢便說：「那我們起來，天氣涼了，妳的頭髮跟身上這麼濕著可不行，容易著涼。」

「好。」柒柒乖巧地應下，大哭過後，她的聲音啞啞的，讓慕羽崢更心疼。

她小心避開了慕羽崢的傷腿，從他懷裡起身，扶著他慢慢站起來。

「哥哥，你的腿是不是磕著了？」柒柒見他右腿一瘸一拐的，忙蹲下去想捲起他的褲腿查看。

慕羽崢伸手攔住，將她扯起來說道：「無妨，磕了一下而已，快去換身衣裳，再拿條帕子來，我幫妳把頭髮擦乾。」

柒柒應好，先扶著他到灶前的小板凳上坐下，往灶裡添了幾根柴火，這才回屋換了一身乾衣裳，又為慕羽崢拿了件乾爽的外衫，跑回灶間遞給他。

等他換好外衫，她拿了帕子遞到他手裡，在他面前抱膝蹲成一小團，把還在滴水的小腦袋往他懷裡一拱。

慕羽崢拿著帕子，拆開小姑娘頭上綁著的兩個小揪揪，溫柔地幫她擦起頭髮。

灶膛裡新加的木柴燃了起來，火勢越燒越旺，柒柒的背被烤得暖烘烘的，心情也慢慢好了起來。

慕羽崢一直沈默著，直到把小姑娘頭髮擦了個半乾，這才扶起她的頭說道：「妳在這裡把頭髮烤乾，我去切肉。」

「好。」柒柒接過帕子，把先前被慕羽崢挪開、擺了砧板的椅子搬回來，自己蹲在灶膛前。

菜刀規律地落在砧板上，一塊羊肉一點一點變成厚薄均勻的肉片。

柒柒聽著那聲音，歪著腦袋、托著腮，盯著慕羽崢不急不躁的動作瞧。

他的手還是那麼好看，然而隨著幹的活多了起來——燒火、洗碗、摘菜、洗衣，已經不像之前那麼細膩了。

不過哥哥的力氣真的很大，剛才一下子就把她抱了起來，肉也切得那麼好呢……柒柒的眼睛彎了起來。

慕羽崢切好肉，柒柒的頭髮也烘乾了，她把削好皮、洗乾淨的馬鈴薯遞給他，讓他切了，隨後撈出鍋裡的熱水，起鍋熱油，學著上回蔓雲的做法，燉起了羊肉和馬鈴薯。

柒柒收好砧板跟菜刀，打水讓慕羽崢洗手，便拎了小板凳挨著他坐好，兩人守著灶裡的火，靜靜地等著菜熟。

托腮坐了一會兒，柒柒往慕羽崢身邊挪了挪，小臉趴在他右腿上，道：「哥哥，我們今晚把肉都吃完喔。」

哭過以後，慕羽崢那雙眼宛如被水浸過的黑曜石一般發亮，他怔怔地望著前方，聞言低下頭來，伸手輕輕撫著小姑娘的臉頰，嘴角微揚道：「好，都吃完。」

熱氣從鍋緣冒了出來，柒柒用力吸了吸鼻子，嘿嘿笑了。「真香。」

半個時辰之後，兩個孩子飽餐了一頓。

柒柒心滿意足地捧著自己的肚子坐了一會兒，陪慕羽崢洗過碗，便去把他的藥端過來讓他喝了。

隨後兩人燒了一大鍋熱水，各自簡單洗了個澡，爬上燒得熱呼呼的炕，鑽進暖烘烘的被窩裡。

夜深人靜，外頭颳起了風，吹得窗戶砰砰作響。

柒柒一隻小手鑽進慕羽崢的被窩，扯住他的袖子拽了拽，小聲道歉。「哥哥，對不起，我以後會小心的，不會再讓你擔心了。」

痛哭過後，慕羽崢已經接受了殘酷的事實，心中堆積已久的一團烏雲散開了，整個人顯得平靜許多。

他翻身和小姑娘面對面，輕輕摸著她的臉說：「不怪妳，是我有些想家了才哭的，是我不好，嚇到妳了。」

柒柒伸手碰了碰他長長的睫毛，小聲地說：「哥哥，我也不怪你，我娘說，想哭就哭，哭過之後，該笑就笑。」

慕羽崢輕聲應道：「好，明日我們就笑。」

「我現在就笑，嘿嘿。」小姑娘憨憨地笑了，又說：「哥哥，我給你講個故事吧。」

風聲漸大，察覺小姑娘瑟縮了一下，慕羽崢掀開自己的被子，蓋在小姑娘的被子上，將她往自己這邊攏了攏，道：「好，我聽著。」

柒柒沈默了一會兒，才輕聲開口。「哥哥，我作過一個夢，夢裡的世界很冷很冷，那裡的莊稼和植物全凍死了，沒有一點綠色，也沒有食物。

「那裡還有一種得了怪病的人，他們不會思考，不知道自己是誰，見人就吃，被他們咬過的人要是不死，也會傳染上這種怪病。

「在夢裡，我生了病，成了累贅，我娘嫌我拖累她，就把我丟下了，我躺在黑漆漆的屋子裡，一個人凍死了。」

小姑娘平日講故事時總是繪聲繪影，力求生動活潑，可今晚不知是睏了，抑或是累了，她的語氣平平淡淡。

可慕羽崢卻從那淡淡的語氣中聽出了一絲悲傷，他將又蜷成一小團的小姑娘往懷裡撈了撈，拍著她的後背說：「不過是個夢，別怕。」

「有哥哥在，我就不怕。」柒柒打了個哈欠，不再去想那些讓人傷心的過往。想到關著門好一陣子的胭脂鋪明天又要開業了，柒柒笑了，語氣裡帶著一絲興奮。「哥哥，明天我去領彩頭喔。」

小姑娘邊說著話，邊閉上眼睛，睡了過去。

慕羽崢卻是久久難眠。如今沒了盼頭，一顆心倒是安定了，不再像先前那般焦灼。他的內傷已好得差不多，腿傷也痊癒了大半，拄著枴杖能活動，從明天開始，他要把丟下的功夫慢慢撿回來，這麼久不曾操練，再這樣下去，該荒廢了。

雖再無機會建功立業，可總要防身，還要護著柒柒。

就從投壺開始吧，明天讓柒柒準備一些小土塊，再拿一個陶罐。

慕羽崢正想著，抓著他袖子睡得好好的小姑娘忽然間抖動了一下，隨即帶著哭腔喃喃道：「媽媽，果果聽話，不要丟下果果，媽媽……」

這是作噩夢了？慕羽崢看不見，將小姑娘摟進懷裡輕聲哄著。「別怕，有哥哥在。」

小姑娘哼哼唧唧哭了兩聲，好一會兒又嘀咕了句。「哥哥，我不會丟下你。」

說完便又睡了過去。

慕羽崢伸手輕輕摸著她的頭髮，語氣困惑地低聲重複了一遍。「果果？」他唸了兩遍「果果」，猜測著會不會是柒柒的小名，但他卻從來不曾聽她說起。她喊的「媽媽」，又是誰？

小姑娘剛才講的那些，她說是故事，可不知為何，他竟有一種感覺，那是她親身經歷之事。

方才，她在夢裡哭得那樣委屈和悲傷，彷彿真的被那個她喚「媽媽」的人拋下了。可柒柒說過，她的爹娘都很愛她，這一點也能從柒柒和其他孩子們的對話中得到證實，日子雖然一直貧苦，但柒柒是被爹娘寵愛著的。

至於那位丟下柒柒去過好日子的鄭氏，柒柒根本不在意她。

有幾回提到鄭氏時，柒柒表示自己能理解鄭氏想去過好日子的想法，因為她也一樣。她只是氣她把遇兒帶走，難過他們姊弟倆就此分離，怕是一輩子再也見不到了。

小姑娘並不擅長隱藏情緒，他聽得出來，她對鄭氏這個表姑母拋棄她這件事，是真的沒什麼怨恨。

所以，她那生怕自己成為累贅、怕被拋棄的心結究竟是從哪裡來的？難道就從那樣一個奇怪的夢境衍生而來？

慕羽崢琢磨了好一會兒也不明白，便不再多想，將只要睡著就會縮成小小一團的小姑娘又摟緊了些，閉眼歇息。

同一時刻，雲中城一處宅子內，白景、廣玉還有其他幾位百花坊的兄弟們聚在一處商議事情。

一人說：「前陣子城裡總算消停了，可這幾日不知為何，又有人在尋人，雖不曾拿畫像，可聽他們口中打聽之人，和太子殿下十分相像。青山寨那邊是裴當家親自帶人在尋，咱們都見過，不是他們。」

廣玉咬牙恨道：「這夥來歷不明之人，想必就是那些躲在陰溝裡的臭老鼠，他們這是還沒死心。」

「都給我盯牢了，找人可以，但是別讓他們送信出去。」白景面色陰沈，又問：「當鋪那邊呢？」

另一人答道：「那當鋪的掌櫃簡直油鹽不進，無論如何威逼利誘，都不肯說出典當玉珮之人，您看要不要將他抓起來拷問？」

白景擺手道：「別輕舉妄動，當鋪掌櫃的也是好心維護主顧，盯著就是。」

廣玉嘆道：「怪了，雲中城就這麼大一點地方，咱們都快翻了個底朝天了，竟找不到人。」

白景想了想，說道：「不，嚴格來說，並沒有翻遍。不是說有條巷子頗為古怪嗎，再仔細說給我聽。」

廣玉說道：「對，那條叫塔布巷的小巷子總共七、八十戶人家左右，都是些尋常百姓，可卻對外來之人格外警惕，即便是個走街串巷的貨郎，都不得輕易進入。」

白景分析道：「不是說先前城內來了拍花子，到塔布巷去搶孩子嗎，他們警惕些也在情理之中。」

廣玉卻搖頭說：「整個雲中城的百姓都對打聽孩子的陌生人心存戒備，可塔布巷的人卻不同尋常。那條巷子最古怪的，並非圍著陌生人盤問的大人，而是那些半大孩子，但凡要往巷子裡走，那些孩子就拚命喊著『有拍花子』，拿各種東西往人身上砸，不管兄弟們是扮成貨郎還是乞丐，抑或是其他身分，他們的態度絲毫不變，那感覺就像，就像……」

白景眼睛一亮道：「就像被人教過，刻意為之？」

廣玉點點頭說：「對，就是這種感覺。」

「大人們不好控制，可孩子們心性單純，容易被左右，而咱們少東家天資聰穎，自幼便善於算計人心。」白景將最近這段時日所得來的消息仔細思索了一遍，一拍桌子，笑著道：「若是我沒猜錯，少東家極有可能就藏身在這塔布巷內。」

眾人激動萬分，蠢蠢欲動，廣玉問道：「不如連夜過去探查一番？」

白景搖頭道：「咱們盯著別人，又怎知無人暗中盯著咱們？那巷子無法輕易進去，那些見不得光的臭蟲更加不敢明目張膽硬闖，咱們切莫大意，免得無意中把人引了過去。」

廣玉急迫道：「那可如何是好，老東家不是說少東家身上有傷？」

白景說道：「這樣吧，明日你去一趟牙行，讓牙行的人帶你去塔布巷買間房子，既然巷子裡的百姓排外，那就成為巷中人。」

有人問：「若是無人肯賣呢？」

「天下就沒有咱們百花坊做不成的買賣，」廣玉拍了拍那人的肩膀，看著白景道：「三日之內，定能辦妥。」

白景點頭道：「不管你用什麼方法、花多少銀兩，兩日之內都要搬進塔布巷內。」

廣玉應道：「是，一定辦妥。」

白景又吩咐眾人。「胭脂鋪明日照常開業，既然已經猜到太子殿下身在何處，城中還有幾夥身分不明之人，那暫且別用百花坊這個名字，就用備用的『花影軒』吧。」

一覺醒來，柒柒精神百倍，煮了兩顆雞蛋，把昨晚剩下的菜熱了，和慕羽崢吃了早飯。

慕羽崢見小姑娘活蹦亂跳的，並沒有因為昨日落水而生病，頓時放下心來，可幫她梳頭髮的時候，還是忍不住摸了她的額頭幾次。

柒柒晃著腦袋在他手心蹭了蹭道：「哥哥，你總是摸我腦門幹麼？」

慕羽崢搖頭道：「沒事，妳別晃頭，我梳歪了。」

柒柒便用雙手捧臉固定住腦袋，說道：「我不動了，你梳吧，梳快一點喔，我還得去胭脂鋪呢。」

小姑娘為了那開業的彩頭，已經念叨不知道多少遍了，慕羽崢笑著應好，加快速度為她綁了兩個小揪揪。「好了。」

柒柒摸了摸頭上那越梳越正的兩個小揪揪，滿意地笑了笑，便起身往外走。「你在家好好的，我走了喔。」

「好，早去早回。」慕羽崢摸索著拿起枴杖，一步一步挪著，將小姑娘送到門口，自己則在屋內把門閂上了。

自從他能下地，就會由內把屋門閂上，可柒柒還是不放心，每天走之前都要在外面把門鎖好。

鎖好屋門、院門，把掛著鑰匙的繩子放進衣領內，柒柒就跟著在山他們興奮地討論著待會兒去胭脂鋪領彩頭的事。

怕去晚了彩頭被人領完，幾個孩子今日早起了半個時辰，趕在去醫館之前先去了胭脂鋪。

孩子們一路小跑，跑到胭脂鋪門口的時候，正好趕上店家放完鞭炮，往裡頭迎客。

先前他們搭過話的那個年輕夥計沒見著，不過站在門口的掌櫃倒是滿面笑容，甚是熱情。

柒柒仰頭看著那塊招牌，在心裡默默唸著，花、花什麼……

這招牌上的書法龍飛鳳舞的，她認不太出來。

第二十五章　柳暗花明

在山幾人跟著她仰起頭，柱子納悶地問道：「柒柒，妳看什麼？」

柒柒搖頭，打算待會兒問問掌櫃這鋪子的名字，哥哥一直惦記著呢。

夥計們在鋪子裡招呼客人，白景就站在門口打量過往行人，順便迎客。見到幾個穿著樸素的孩子站在幾步之外，望著招牌指指點點，想到塔布巷的古怪，白景便對小孩子格外留意。

他想了想，笑著招手道：「小客官們，小店新開張，為了圖個吉利，今日有彩頭相送。」

柒柒便招呼大家一同上前，客氣地問道：「掌櫃的您好，這鋪子叫什麼名？」

白景看著不到他腿高的小姑娘挺有禮貌的，便微微彎腰笑著說道：「花影軒。」

花影軒……柒柒默唸了兩遍，記在心裡，抬頭笑得燦爛。「我們是來領彩頭的。」

白景將路讓開，做了個「請」的姿勢說道：「歡迎。」

等到孩子們陸續進門，他便跟在後頭陪他們一同往裡走，話家常一般不經意地問起。

「不知幾位小客官家住何處？」

白景很熱情，沒什麼心眼的柱子便笑著回答。「塔布巷。」

一聽到「塔布巷」三個字，白景心念一動，鋪子裡正在忙碌的三位夥計也齊齊看了過來。

柒柒一進鋪子就好奇地四下打量，不曾留意掌櫃的跟夥計們，再加上他們都是大人，她不特地仰頭便看不見他們的眼神交流。

然而，鋪子這一瞬間的沈默，她卻注意到了。

自從他們進門以來，幾個夥計都在滔滔不絕地向客人推薦貨品，可此刻卻像突然被掐住了脖子，全不說話了。

柒柒覺得奇怪，忍不住抬頭看了夥計們一眼，便見他們全目不轉睛地盯著他們幾個，眸光炙熱。

這讓柒柒突然緊張起來，覺得他們有點不像好人，她下意識地揪住在山的袖子扯了扯，小小聲說：「在山哥，我們拿了彩頭就快走。」

好警覺的小娃娃。

把這一幕看在眼裡的白景，心中暗自讚嘆，忙悄悄給幾個夥計使了眼色，讓他們繼續忙，夥計們便又熱情洋溢地對身邊的客人介紹起來，而白景則是越發上心了。

方才在鋪子外他就留意到了，四個孩子之中，拿主意的似乎是這年紀最小的小姑娘，而她此刻已起了戒心，想必沒那麼容易套出話來。

他壓下追問的衝動，先把孩子們引到最裡面一個貨架前，指著上面擺著的一大堆香膏介紹。「小客官，這些香膏是原先這胭脂鋪的掌櫃留下的，雖說盒子樸實無華，可這羊油加上柳蘭花熬製的香膏卻是護膚的好東西。」

「我知道，我以前買過。」柒柒點頭，又問：「這是要送的彩頭嗎？」

白景笑著說：「對，這個便是彩頭，一人一份，來，請拿好。」

還真是送香膏啊！柒柒跟其他孩子都很高興，每人伸出手接了一盒，道過謝就要走。

誰知白景又道：「幾位小客官請留步，我們鋪子往後賣的貨品定價頗高，這些香膏不過是前頭鋪子留下來的，價位太低，和其他貨品不搭，所以才趁著開業都送出去。」

見四個孩子有些茫然，似乎沒明白他這話的意思，白景便笑著解釋道：「初來乍到，小店沒什麼客源，若你們能幫忙跑幾條街宣傳一下，就可以按照家中的人口數，每人各領一盒。」

孩子們眼睛一亮，在山扯著幾人退開幾步，四顆小腦袋湊在一起嘀嘀咕咕。

在山有些興奮地說：「我要是報家裡有二十口人，豈不是能拿二十盒了？反正這香膏是他們鋪子不要的東西，不如多領幾盒回去放著慢慢用，我姊那手可是一到冬天就會裂開呢。大不了我回頭多跑幾條巷子，幫他們大力宣傳一下就是。」

小翠雖然也非常心動，可膽子到底小了些。「這樣撒謊不好吧。」

柱子沒什麼主意，看向柒柒道：「柒柒，妳說呢？」

柒柒想了想，說道：「要不，別報那麼多？每個人多報一、兩個人就行，不然要是被發現撒謊，連手裡這盒也收回去，那就不好了。」

孩子們點了點頭，齊聲道：「成。」

見四個小孩子竊竊私語，白景站在幾步外靜靜等著，也不催促，直到他們商量好走回來，這才問：「如何？」

柒柒便說：「我們幫您宣傳，我家有三個人。」

在山說：「我家有六口人。」

兩人說完了以後，柱子和小翠也各自報了人數。

白景笑著問道：「你們家中都有什麼人呢？」

柒柒警戒地看著他說：「這您就別管了，您給我們香膏，我們幫忙跑腿就是。」

她這麼一說，其他幾個孩子就紛紛點頭，不說話了。

白景並非真的想知道孩子們家裡有幾口人，只是想多留他們一會兒，嘮嘮家常，看能否從中套出什麼來。

可沒想到這小姑娘竟如此小心謹慎，閒話都不肯聊上幾句。

不過無妨，他還有一招，等到他和幾個孩子一說，想必會有更多塔布巷的孩子來領香膏，來的人多了，總有嘴鬆的。

他爽快點頭，拿了四個大荷包，按照孩子們報上來的人數，分別裝了對應數量的香膏進去，交到他們手中。

見白景這麼好說話，也沒因為她剛才的拒絕而不高興，柒柒鬆了一口氣，頓時有點不好意思。

白景見狀，知道機會來了，壓低聲音詢問。「若你們還認得能幫忙跑腿宣傳的孩子，可以介紹到鋪子來。」

在山眼睛立刻一亮，問：「那還需要多少人？」

「城東、城南、城北、城西，四個地方都要跑一跑、喊一喊。」白景假裝考慮了一會兒，又說：「你們年紀小，得兩、三個一組才安全，這麼算下來，至少得七、八個人。」

在山爽快地點頭道：「成，我現在就回去幫您找人，這些香膏先留著，千萬別給別人。」

白景點頭，叮囑道：「你們別跟太多人說了，免得不夠送。」

四個孩子應好，每人拿著一個大荷包，將柒柒送去醫館以後，在山幾人就先往家跑。將東西送回家，再去找巷子裡年紀稍微大一點的孩子說了情況，這些孩子便樂顛顛地往胭脂鋪去了。

找好了人，在山才跟小翠、柱子出城，往草原上去挖藥草。

天氣越來越涼了，到了下個月就要降溫，還可能會下雪，得趁有得挖時多挖一些。

白景在孩子們離開之後，安排人悄悄尾隨他們，很快就有人回報，說最小的孩子去了林氏醫館，剩下三個則回了塔布巷。

白景聞言，便搬了把椅子，端著茶杯，坐在花影軒門口等著。

沒多久，有一幫孩子氣喘吁吁地跑來了，說是來這裡應徵跑腿的。

白景熱情地把大夥兒迎進門，帶到鋪子後面的內室，統計好每人家中的人數，才慢悠悠地發送香膏，順便拉著他們話起家常。

久經商場、城府深沈的百花坊大掌櫃，對著一群拿到香膏就樂得沒了提防的單純孩子，輕鬆套出了想要的訊息——兩、三個月前，塔布巷一個叫鳳柒的小姑娘，撿回了一個受傷的男孩。

之前在山說過要時刻提防拍花子到巷子裡拐孩子，可孩子們心想，這胭脂鋪這麼大，掌櫃的還大方地送了這麼多東西，肯定不是拍花子，又見他對鳳柒她哥哥感興趣，便你一言、我一語地說了幾句。

只是慕羽崢一直沒出門，他們也很少去鳳柒家裡，除了知道那孩子是草原上撿回來的、受了傷、長得還挺好看的以外，再也說不出多餘的來了。

聽見關鍵的幾項訊息，算著撿到人的時間，白景便能夠確定，名叫鳳柒的孩子撿回去的，正是他們苦苦找尋的太子殿下。

前頭來的那四個孩子當中，其他人便喚最小的那個叫柒柒，想來就是她了。她那麼警覺，想必也是太子殿下教的。

雖說原先已經有了猜測，可如今確認了消息，白景還是激動萬分，如釋重負。

將那款香膏全部發完以後，白景便匆匆打發孩子們離開，連他們問該去哪裡宣傳時，他也只是敷衍地說：「城南跟城北隨便哪個地方，有空去喊幾嗓子『花影軒胭脂鋪開業了』就成。」

拿了這麼多東西，卻只要喊幾嗓子這麼簡單，孩子們都有些不敢置信，可一想到在山他們都拿了，也就沒多想，道過謝，樂呵呵地回家了。

孩子們一走，白景當即飛鴿傳書給太尉府，又讓人跑了一趟青山寨，送信給公主殿下。隨後他親自去尋一早就前往牙行的廣玉，心道得讓他想辦法買到鳳柒小姑娘家隔壁的院子才行。

從醫館返家，柒柒歡天喜地，一進門就喊：「哥哥，你猜我得了幾盒香膏？」

慕羽崢上午獨自在家，摸索著將家裡整理了一番，不過家徒四壁，也沒什麼可收拾的，無非是掃了掃地、拿抹布四處擦了擦，又把灶間的物品歸攏歸攏罷了。

小小的屋子，走過多回，他已經熟悉得不會再撞到東西了。

整理完屋子，慕羽崢執棍當劍舞了起來，不過他腿傷未癒，不敢使力，只是溫習使劍的動作而已。

柒柒回來時，他剛舞完最後一遍劍，額頭上還掛著汗珠，聽到小姑娘的聲音，他拎著棍子轉身，笑著問：「一盒？」
柒柒把荷包往桌上一放。「不對，再猜。」
小姑娘最愛故弄玄虛，兩人每天都要玩幾次猜猜猜的遊戲，慕羽崢便很配合地裝作驚訝道：「不會是兩盒吧？」
柒柒牽著他的手走到桌邊，讓他摸著那些香膏。「足足三盒哪，這下好了，可以搽到過年了。」
慕羽崢好奇地問為何有三盒，說這胭脂鋪掌櫃也太大方了些。
柒柒便說了胭脂鋪掌櫃講的話，末了評論道：「你說這既好又便宜的香膏，他為何不賣？我聽那夥計跟別人說，往後店裡最便宜的東西要賣到八十文，真夠貴的！」
小姑娘惋惜得直嘆氣，又說：「對了，哥哥，那胭脂鋪叫花影軒。」
經過昨天那一遭，慕羽崢已死心，聽到「花影軒」三個字，心道果然不是。
這只能夠說是陰錯陽差，百花坊名下的產業，慕羽崢不可能不知道，但這是他出事之後新設的點，他自然不曉得。
對慕羽崢來說，胭脂鋪掌櫃的做法雖有些過於慷慨，可對一個外地來的生意人而言，只需付出幾盒成本低廉的香膏，便能讓孩子們跑遍全城宣揚名頭，是個划算的買賣。
當初他讓在山拿些食物，便哄得整條巷子的孩子幫忙演了一場趕跑拍花子的戲，也是同樣的道理。

柒柒沒見到後頭那些孩子去胭脂鋪的情景，便沒當一回事，也沒跟慕羽崢提起。

慕羽崢則是以為只有柒柒和在山他們幾個拿了香膏，也沒多問。

等慕羽崢坐在炕上吃完柒柒從醫館帶回來的飯，小姑娘竟蜷在他身邊睡著了。

慕羽崢脫掉她的鞋子，鋪好被褥，將她放進被窩，隨後摸索著去洗碗，又洗過手擦乾，便拿了一盒香膏走到炕邊坐下，抓起小姑娘的手為她慢慢塗起來。

小姑娘每日都拾掇藥草，手沾染上淡淡的藥草香氣，頗為好聞。

慕羽崢仔細塗完小姑娘兩隻手，又挖了一塊香膏準備幫她塗臉，本想塗滿整張臉，可又想起柒柒說過那樣太敗家了，只塗臉頰就成。

若是他能賺錢，自然不會省這麼一點香膏，可如今是柒柒在養家，他得聽她的。

於是慕羽崢便把手指上的香膏朝蓋子上抹了一下，只留下一半，塗在小姑娘的雙頰。

塗完香膏，他就躺在小姑娘身邊，陪著她睡午覺。

其實他並不睏，可他不想吵到小姑娘，也喜歡和她並排躺著，只要聽著她那像隻小貓一樣細微的鼾聲，他心中便感到安寧。

等到柒柒睡飽起來，慕羽崢便把準備練習投壺的事情跟她說了。

柒柒一聽到他要練武，拍著手樂呵呵地應了，當下就去外頭院子裡搬了個已經裂了縫的陶罐進來，又用一個破碗撿了許多小土塊回來。

待柒柒將陶罐靠著牆放好，慕羽崢便站在炕邊，先試探著丟了一個，接下來柒柒便「左一點」、「右一點」、「往前」、「往後」地指揮。

皇天不負苦心人，慕羽崢拋出的第二十三個土塊，終於準確無誤地落進陶罐裡。

「中了！中了！」柒柒樂得喊了一聲跳起來，跑到慕羽崢面前抱著他表揚。「哥哥，你可太厲害了！」

慕羽崢著實有些汗顏，以前百投百中，如今卻投了二十三個才中，他可當不起這「厲害」兩字，於是道：「這不算什麼，等我再練些時日。」

有那箭術高超之人，哪怕蒙眼射箭，依然能百步穿楊，既然別人能，那他慕羽崢一樣能。

見他說這話的時候意氣風發，還帶著一股不服輸的傲氣，柒柒開心地直跳著。「我也要練！」

兩個孩子上了癮，守著陶罐玩了一個下午仍意猶未盡。

只是先前撿回來的那些小土塊鬆散了些，在一次又一次的拋擲下碎成了渣渣，柒柒便又端著破碗去院子裡頭撿。

在山間來無事趴在牆頭，看到柒柒蹲在地上撿東西，便從牆上摳下一個小土塊，丟過去打在柒柒背上。「柒柒，妳撿什麼寶貝呢？」

柒柒練得正起勁，現在見到活靶子，哪有放過的道理，她手裡捏了個土塊，不動聲色地站起來，慢悠悠地走過去，待走近了幾步，便揚手一拋，打中在山的胸口。

打完，她得意地晃著腦袋道：「怎麼樣，準吧？」

在山從牆頭上跳下來，「呿」了一聲，一臉瞧不上地說：「我這是懶得躲，不然妳可丟不著，還不得跟在江一樣，哭天抹淚。」

柒柒不服，又撿起幾個土塊，追著在山丟。「你躲你的，我丟我的，我保證不哭！」

兩個孩子正嘻嘻哈哈鬧著，就聽西院有人說話，柒柒不禁好奇地望了過去，可惜她太矮，什麼都看不見。

在山便用手指戳了戳她的背，將她往屋裡推。「不用看了，是買房子的，我聽我姊說，從早上看到現在，看了好幾家了。」

雖說塔布巷很破，可這天底下窮人也多，來塔布巷買房安家的人，想必也和他們一樣，一窮二白。

兩個人說著話進了屋，柒柒把這件事說給慕羽崢聽，他立刻有些警戒地說：「怎麼會突然有人來這裡買房？」

——未完，待續，請看文創風1256《心有柒柒》2

2024 週年慶

白梨 著

手足齊心協力發家致富，
全家分工合作造生機

5/14 出版

穿成農村小丫頭，親爹受傷瘸腿，娘親越過越糊塗，
她只得自立自強為自家這一房打算，趁早分家免得被其他人拖累！
只是怎麼一切跟計畫的不一樣，各房還搶著照顧他們這一家？!

文創風 1258-1260《我們一家不炮灰》全三冊

明明是好好在睡覺，穿越這種事為什麼就輪到自己身上了？
穿成一個農村的六歲小丫頭就算了，偏偏親爹打獵傷了雙腿，
娘親懷著身孕又是個不濟事的，家裡還有一個任性無腦的極品奶奶；
最要命的是，她知道再過幾年，這一家子在故事裡就是炮灰配角，
再怎麼努力怕也是沒用，王晴嵐鬱悶得只想找死穿回去！
為了求生，她打算趁著爹爹受傷的情況，順勢提出分家，
但是……這個原本的極品奶奶怎麼不極品了？!
而且其他各房怎麼還搶著要照顧他們三房？!

週年慶 2024

登入狗屋HAPPY GO，買書抽獎夠哈皮

購書專屬抽好禮

參加辦法

活動期間內，只要在官網購書並成功付款，系統會發e-mail給您，並附上抽獎專用之流水編號，買一本就送一組，買十本就能抽十次，不須拆單，買越多中獎機率越大。

獎項

10名　紅利金 200元

3名　文創風 1261-1262《算是劫也是緣》全二冊

得獎公佈

6/5(三)於狗屋官網公佈得獎名單

週年慶 購書注意事項：

(1) 請於訂購後**三日內**完成付款，最後訂購於**2024/5/19**前完成付款才算有效訂單喔！
(2) 購書滿千元(含)以上免郵資。未滿千元部分：
郵資65元(2本以下郵資50元)／超商取貨70元(限7本以內)／宅配100元。
(3) 特賣書籍因出書時間較久，雖經擦拭、整理，仍有褪色或整飾痕跡，故難免不如新書亮麗。
除缺頁、倒裝外無法換書，因實在無書可換，但一定會優先提供書況較良好的書給大家。
若有個人原因需要換書，需自付來回郵資。
(4) 各書籍庫存不一，若遇缺書情形可選擇換書或退款。
(5) 歡迎海外讀者參與(郵資另計)，請上網訂購或是mail至love小姐信箱
(love@doghouse.com.tw)詢問相關訊息。

狗屋有權修改優惠活動的實施權益及辦法。

流浪貓狗介紹所

為流浪貓狗加油 和貓寶貝 狗寶貝

廝守終生(一定要終生喔！)的幸福機會

對人來說，貓寶貝狗寶貝只是生活的一部分，但妳（你）對牠們來說，卻是生活的全部，領養前請一定要考慮清楚——

▲ 身經百戰的元氣男孩——仔仔

性　　別：男生

品　　種：狐狸犬

年　　紀：約3～5歲

個　　性：活潑、愛撒嬌、有脾氣

健康狀況：已結紮，已施打預防針，
已治癒心絲蟲、下顎口腔腫瘤、膽沙

目前住所：台中市大里區

本期資料來源：梅森動物醫院

『仔仔』的故事：

仔仔是一隻狐狸犬，在收容所時幾乎咬遍照護員，一開始想説應該是牠身體還不舒服，醫好後就可以送養了。為了接受治療，從收容所轉移陣地來到愛媽公司，也獲得妥善照顧，沒想到此舉導致公司全體同仁都得去打狂犬病和破傷風疫苗，仔仔的咬人毛病真是令人頭痛極了。

療程結束後，我們將仔仔送到訓練犬學校，期望矯正牠的行為，讓牠學會基本指令及不要咬人。如今總算進步到平時見了人已不會咬了，只有摸到肚子、腳會引起牠不安全感的敏感地帶，才會有想要攻擊的行為。

除此之外，目前仍住在學校裡接受訓練的仔仔，其實是個活潑、愛撒嬌的微笑天使，而且活動力很強，喜歡藉由散步和運動來放電。您也嚮往與狗狗相伴一起親近戶外嗎？不妨加Line ID：candy591112，聯繫鄭小姐安排一場戶外約會，赴約前請記得將自身電力蓄滿，免得被仔仔拖著跑啦！

認養資格：

1. 認養人一旦認養，須繳交半年期追蹤保證金，回報正常且確認無誤後，會歸還保證金。
2. 須同意簽認養寵物切結書。
3. 須同意送養人日後之追蹤探訪，對待仔仔不離不棄。

來信請説明：

a. 個人基本資料：姓名、性別、年齡、家庭狀況、職業與經濟來源等。
b. 想認養仔仔的理由。
c. 過去養寵物的經驗，及簡介一下您的飼養環境。
d. 若未來有結婚、懷孕、出國或搬家等計劃，將如何安置仔仔？

文創風
1255

心有柒柒 1

國家圖書館出版品預行編目資料

心有柒柒 / 素禾著. --
初版. -- 臺北市 : 狗屋出版社有限公司, 2024.05
冊 ; 公分. --（文創風 ; 1255-1257）
ISBN 978-986-509-518-5（第1冊 : 平裝）. --

857.7　　113004189

著作者　素禾
編輯　連宓均
校對　陳依伶
發行所　狗屋出版社有限公司
地址　台北市104中山區龍江路71巷15號1樓
電話　02-2776-5889～0
發行字號　局版台業字845號
法律顧問　蕭雄淋律師
總經銷　知遠文化事業有限公司
電話　02-2664-8800
初版　2024年5月
國際書碼　ISBN-13　978-986-509-518-5

本著作物由北京晉江原創網絡科技有限公司授權出版

定價290元
狗屋劃撥帳號：19001626
網址：love.doghouse.com.tw　E-mail：love@doghouse.com.tw